Patrycja Spychalski
Heute sind wir Freunde

Patrycja Spychalski

Heute sind wir Freunde

Der Verlag weist ausdrücklich darauf hin, dass im Text enthaltene externe Links vom Verlag nur bis zum Zeitpunkt der Buchveröffentlichung eingesehen werden konnten. Auf spätere Veränderungen hat der Verlag keinerlei Einfluss. Eine Haftung des Verlags ist daher ausgeschlossen.

 Dieses Buch ist auch als E-Book erhältlich.

Verlagsgruppe Random House FSC® N001967

2. Auflage
© 2016 cbt Verlag, München,
in der Verlagsgruppe Random House GmbH,
Neumarkter Str. 28, 81673 München
Alle Rechte vorbehalten
Lektorat: Ivana Marinović
Umschlaggestaltung: © semper smile, München
Umschlagmotiv: © Shutterstock / Eisfrei
jb · Herstellung: kw
Satz: Uhl + Massopust, Aalen
Druck: CPI books GmbH, Leck
ISBN 978-3-570-16410-5
Printed in Germany

www.cbt-buecher.de

Nell

Bereits seit einer Woche ist die Unwetterwarnung auf allen Radio- und Fernsehkanälen. Das Tief »Angelika« zieht von der Nordsee rüber und es wird mit großflächigen Überschwemmungen und einem starken Sturm gerechnet. Vielleicht der stärkste Sturm in der Geschichte. Samstagabend soll er unsere kleine Stadt erreichen, und den Einwohnern wird dringendst empfohlen, zu Hause zu bleiben, die Kellerfenster abzudichten und die Autos in Garagen abzustellen. Ich finde das unglaublich aufregend! Ich habe noch nie ein Unwetter erlebt. Die Moderatoren im Radio sprechen von heftigem Starkregen, Hagel und Orkanböen von über 120 km/h. Meine Eltern haben 30 Liter Wasser besorgt, mehrere Konserven, endlos Wurst und Käse, eine Zwei-Kilo-Packung Nüsse, viel Zartbitterschokolade, saure Gurken und Trockenfleisch. Außerdem 100 Kerzen und zwölf DVDs mit amerikanischen Komödien, dazu natürlich Popcorn. Ich fand das maßlos übertrieben, schließlich sollte das Unwetter höchstens zwei Tage dauern, aber meine Eltern hatten sich da total reingesteigert.

»Wir machen uns ein ganz kuscheliges Wochenende!«, sagte Mama heute begeistert am Frühstückstisch und überprüfte noch einmal die Konserven.

»Und wenn der Strom ausfällt?« Ich rührte die Cornflakes in meiner Schüssel, bis sie ganz matschig wurden, so mag ich sie am liebsten.

»Dann spielen wir eben Scrabble.« Sie musterte skeptisch die Zutatenangaben und schüttelte den Kopf. »Was da an Konservierungsstoffen drin ist!«

»Deswegen heißt es ja Konserven«, entgegnete ich etwas genervt, aber nicht wegen der Konserven, sondern eher wegen der Aussicht auf Scrabble.

Ein Videoabend, schön und gut, aber Brettspiele mit meinen Eltern gehören nicht zu meiner Lieblingsbeschäftigung. Ganz besonders, weil Papa ein schlechter Verlierer ist und die Stimmung mit jedem Spiel mieser wird. Das ein ganzes Wochenende lang zu ertragen, kam für mich nicht infrage, aber das musste ich meiner Mutter ja nicht sofort auf die Nase binden. Ich steckte mein Schulbrot ein und verabschiedete mich mit einem hastigen Winken.

Ich fuhr wie üblich mit dem Rad zur Schule und schon da kam ich nur mit Mühe voran, weil der Wind von allen Seiten gegen mich und mein Fahrrad drückte. Auf der anderen Straßenseite sah ich eine ältere Frau, die sich mit ihren schweren Einkaufstüten gegen eine Böe stemmte, und ich überlegte einen Moment, abzusteigen und ihr zu helfen, aber ein Blick auf die Uhr sagte mir, dass ich sowieso schon spät dran war.

Völlig verschwitzt saß ich schließlich im Unterricht

und konnte mich nicht konzentrieren, weil ich die ganze Zeit an den Aufsatz denken musste, den ich am Nachmittag nachschreiben würde. Fast der halbe Deutschkurs hatte bei dem Klausurtermin gefehlt, dabei war er ausschlaggebend für unsere Noten, die in weniger als zwei Wochen feststehen sollten. Deshalb überließ uns der Direktor die Wahl: nachschreiben oder eine Note schlechter im Zeugnis.

Der Aufsatz selbst machte mir keine Angst, aber ich hatte gehört, dass Leo auch nachschreiben würde, und das machte mich schrecklich nervös. Seit Ende der neunten Klasse, also zwei Jahre schon, bin ich in Leo verknallt. Heimlich verknallt, von Weitem verknallt, ich weiß nicht einmal, ob er überhaupt weiß, wie ich heiße. Wir haben nur den Deutschkurs zusammen, und da hat er nicht ein einziges Mal mit mir gesprochen, obwohl er schon mehrmals hinter oder vor mir saß. Und ja, ich bin bestimmt nicht die Einzige, die auf ihn steht, schon klar! Ich habe auch wirklich versucht, mir diese Verknalltheit auszureden, ihn zu vergessen, mich nach anderen Jungs umzusehen, aber in keiner verdammten Hofpause kam ich an ihm vorbei. Mir wurden die Knie weich und der Mund trocken und ich verfiel wieder in irgendwelche Tagträumereien. Zum Beispiel, wie wir zusammen in einem Flugzeug sitzen, das, ähnlich wie in der Serie *Lost*, auf einer traumhaften Insel abstürzt, und wir sind die einzigen Überlebenden. Erst mal wäre das bestimmt seltsam, aber wir würden uns langsam annähern, quatschen, Fische fangen und braten, eine Hütte zusammen bauen, süße Früchte von den Bäumen pflücken, und schließlich würden wir uns küssen, weil es doch das ist, was früher oder später passieren muss!

Und nun sitze ich hier, mit Leo. Okay, leider nicht alleine, denn Valeska aus der 11a, Anton und Chris aus der 11c und Leos Kumpel Marc haben den Aufsatz letzte Woche ebenfalls aus dem einen oder anderen Grund verpasst. Regelschmerzen, Beerdigung von der Oma, Grippe. Die üblichen Ausreden eben. Ich hatte wirklich Kopfschmerzen gehabt, aber wenn ich gewusst hätte, dass ich den Aufsatz nachschreiben muss… Na ja, jetzt bin ich eben hier.

Vorne am Lehrerpult sitzt Herr Radtke, der junge Deutschreferendar, der bestimmt erst 25 ist und neben dem Rest des Kollegiums wie üblich viel zu schick für die Schule angezogen ist. Seine dunkelblonden Haare sitzen immer perfekt, inklusive Föhnwelle, und seine Klamotten sind wirklich jeden Tag farblich aufeinander abgestimmt. Trägt er ein blaues Shirt zu seiner grauen Jeans, dann hat er mindestens auch die passenden blauen Schuhe an. Heute hat er eine schwarze Hose an, ein weißes T-Shirt, schwarze Jacke und natürlich weiße Sneakers. Und gerade fummelt er unter dem Tisch an seinem Smartphone herum. Der glaubt wohl, wir sind blöd und kriegen das nicht mit. Frau Meissner, unsere Deutschlehrerin, hat sich schon gestern ins verfrühte Wochenende verabschiedet, und da haben sie Herrn Radtke die Nachschreiber aufgehalst. Wahrscheinlich kriegen die Referendare immer solche beknackten Aufgaben.

Ich denke, mein Aufsatz ist ganz gut geworden, bestimmt keine fünfzehn Punkte, aber elf müssten drin sein, und das, obwohl ich bestimmt die Hälfte der Zeit auf Leos Rücken und seine schwarze Lederjacke gestarrt habe.

Jetzt schaue ich zur Abwechslung aus dem Fenster und frage mich, ob die Wetterexperten sich vielleicht geirrt haben und der Jahrhundertsturm früher kommt als erwartet. Die Baumkronen wiegen sich im Wind, wie ich das noch nie gesehen habe, die Äste schlagen gegen die Regenrinnen, und die Blätter wirbeln wie verrückt durch die Luft. Obwohl es erst 15 Uhr ist, ist es draußen ganz finster. Schwere graue Wolken haben sich vor die Sonne geschoben. Eigentlich könnte ich jetzt gehen, mein Aufsatz ist fertig, aber wann bekomme ich schon die Gelegenheit, so nah bei Leo zu sitzen? Keine Ahnung, was ich mir davon verspreche. Sollte er mich endlich mal eines Blickes würdigen, würde ich wahrscheinlich keinen geraden Satz rausbekommen, aber trotzdem!

»Nell? Sind Sie fertig?« Herr Radtke rückt auf seinem Stuhl vom Tisch weg und steckt das Handy in seine Hosentasche. Seit wir in der Elften sind, werden wir gesiezt.

»Äh, nein, ich muss noch hier … ich muss noch …«, lüge ich, beuge mich schnell über mein Blatt und tue so, als würde ich konzentriert etwas prüfen.

»Also gut. Fünfzehn Minuten noch für alle und dann geht es endlich ins Wochenende.« Er steht auf und dreht eine Runde, schaut jedem über die Schulter, nickt zufrieden, dann stellt er sich ans Fenster und schüttelt den Kopf. Ich bin nicht ganz sicher, aber ich meine, dass er

»So eine Scheißidee« murmelt. Als es auch noch anfängt, gegen die Fensterscheiben zu prasseln, atmet er schwer aus, holt das Handy aus seiner Tasche und fängt an hektisch zu tippen. Alle sehen jetzt zu ihm, Anton mit seiner Brille aus der vorderen Reihe, Valeska, unsere Schulschönheit, Chris, der immer mit einem Fotoapparat durch die Gegend rennt, Marc in seiner ausgebeulten Jogginghose, der ständig mit Leo rumhängt, und Leo selbst… Alleine sein Profil zu betrachten, macht mich völlig alle. Seine dunkelbraunen Haare hat er mit den Fingern verwuschelt, einige Strähnen fallen ihm lässig in die Stirn und er knabbert auf seinem Kugelschreiber rum. Seine dunklen Augenbrauen hat er skeptisch zusammengezogen, und seine feine, gerade Nase macht mich sowieso ganz verrückt.

»Ihr entschuldigt mich bitte einen Moment.« Herr Radtke verlässt den Klassenraum, lässt die Tür aber einen Spaltbreit offen.

»Hey… pssst… Streber, mit welcher Epoche sollen wir diesen Scheiß vergleichen?« Leo beugt sich nach vorne und fängt an, Anton am fein säuberlich gebügelten Hemd zu zupfen.

Der dreht sich mit hochgezogenen Augenbrauen zu Leo um. »Ich habe einen Namen«, raunt er.

»Schon klar, aber sag doch mal, welche Epoche?«

»Wenn du meinen Namen nicht weißt, weiß ich auch nicht welche Epoche.«

»Konstantin? Jonas? Franz?«

»Fick dich!« Anton wendet sich ab und schreibt munter weiter.

Leo schaut sich betont irritiert im Klassenraum um. »Hat der echt gerade *Fick dich* zu mir gesagt?«

Als sich unsere Blicke treffen, zucke ich nur ratlos mit den Schultern und meine Wangen fangen an zu glühen. Es ist das erste Mal, dass er mich bewusst ansieht. Das ist jetzt deine Chance, Nell, los!

»Romantik«, krächze ich, und es fühlt sich total verwegen an, dieses Wort zu Leo zu sagen.

»Was?«, flüstert er.

»Romantik.«

»Kannst du das noch mal sagen, bitte?«, grinst er.

»Die Epoche. Romantik«, wiederhole ich und muss sofort meinen Blick senken, als Leos braune Augen amüsiert aufblitzen. Das verursacht ein so extremes Ziehen in meinem Magen, dass ich mich frage, wie ich überhaupt jemals ein ganzes Gespräch mit ihm führen soll. Normal ist das jedenfalls nicht.

»Cool. Danke.« Als er sich über seine Blätter beugt und wild drauflos kritzelt, traue ich mich, aufs Neue zu ihm zu sehen, und da legt sich wieder dieser Schleier über meine Augen.

Ich sehe uns beide aus dem Schulhaus rennen. Wegen des Regens zieht er seine Lederjacke aus und spannt sie über unsere Köpfe. Ich muss ganz nah an ihn ranrücken, damit wir beide drunter passen. Er nimmt mich an der Hand, und wir rennen los, springen über die riesigen Pfützen, weichen den Bäumen aus, weil die Blitze gefährlich am Himmel zucken, und kämpfen mit aller Kraft gegen den Wind an. »Wir sollten uns unterstellen«, sagt er in mein Ohr, und sein warmer Atem jagt mir Schauer durch den ganzen Körper. Wir laufen zu der alten, leer stehenden Markthalle und rütteln am Tor. »Wir müssen da rein, bevor der Hagel einsetzt.« Er greift nach einem großen Stein und donnert damit gegen das Stahlschloss. Erstaunlicherweise geht sein Plan auf, doch bevor wir beide im Innern verschwinden können, um ein Lagerfeuer anzumachen und uns aneinanderzu-kuscheln, reißt das Bild ab, weil Herr Radtke mit hoch-rotem Kopf wieder im Klassenzimmer erscheint.

»Also gut, hört zu, ich habe gerade mit dem Direktor telefoniert. Er ruft erst einmal eure Eltern an und dann sehen wir weiter.«

»Hä? Was ist denn jetzt los?« Leo steckt sich den Ku-gelschreiber wieder in den Mund.

»Was heißt, dann sehen wir weiter?« Valeska, die nicht nur gut aussieht, sondern auch eine verflucht sexy Stimme hat, schiebt ihre Blätter zur Seite.

»Die Situation ist etwas heikel«, erklärt Herr Radtke und weiß nicht, wo er hinschauen soll.

Jetzt hören alle auf zu schreiben.

»Was sollen wir weitersehen? Ich hab heute echt noch Besseres zu tun«, motzt Chris und zerrt wie zum Beweis seine Kamera unter dem Tisch hervor.

»Hast du mal aus dem Fenster gesehen, Junge?« Dem armen Mann treten Schweißperlen auf die Stirn, und man sieht ihm förmlich an, dass er sofort bereut, so barsch gewesen zu sein. »Entschuldigung. Wie heißt du?«

»Chris.«

»Chris. Es ist gerade etwas … schwierig.«

Leo streckt seinen Arm in die Höhe und fängt an zu schnipsen.

»Du musst dich nicht melden, Leo!«

»Okay. Heißt das, wir müssen den Aufsatz nicht zu Ende schreiben?«

»Schreib ihn bitte zu Ende«, erwidert der Referendar, so ganz sicher scheint er sich aber nicht zu sein.

»Machen Sie Witze? Haben Sie mal aus dem Fenster gesehen? Wie soll ich mich da noch auf die Romantik konzentrieren?« Das sagt er mit einem dicken Grinsen, dreht sich zu mir um und zwinkert mir zu. Vor lauter Aufregung verschlucke ich mich an meinem eigenen Speichel und muss mich räuspern. Das ist wirklich furchtbar armselig.

Sofort entsteht Unruhe im Klassenzimmer. Alle lassen ihre Stifte fallen und schieben die Stühle zurück. Valeska ist die Erste, die ans Fenster tritt. Wir anderen folgen, nur Anton bleibt sitzen und liest sich seinen Text noch einmal durch.

Chris ruckelt am Fenster, bekommt es aber nicht auf.

»Da braucht man einen extra Schlüssel für«, erklärt Herr Radtke und schaut alle zwei Sekunden auf sein Display. Dann läuft er nervös zu seinem Stuhl, zieht seine Jacke aus, hängt sie über die Lehne und streicht sich den Schweiß von der Stirn.

Von draußen ist plötzlich ein heftiger Knall zu hören, und wir drücken uns die Nasen an den Scheiben platt, um zu sehen, was da los ist.

»Die große Mülltonne ist umgefallen.« Chris schießt ein paar Bilder durch die Scheibe.

In meinem Magen fängt es an zu kribbeln. So etwas habe ich echt noch nie erlebt. Der Schulhof ist bereits mit großen Pfützen bedeckt und die Regentropfen scheinen mit jeder Sekunde größer zu werden. Herr Radtkes Handy klingelt und er rennt damit aus dem Klassenzimmer.

»Heißt das, wir müssen den Aufsatz noch mal nachschreiben?« Valeska lässt sich theatralisch auf einen Stuhl fallen.

Ich habe nichts gegen Valeska, wirklich nicht, ich kenne sie ja praktisch gar nicht, aber manchmal macht sie mich wahnsinnig. Es geht gar nicht um ihre Schönheit an sich, wir haben viele schöne Mädchen an der Schule, aber sie hat so etwas Kühles an sich, das mich schrecklich irritiert. Ihre dunklen glänzenden Haare fallen ihr wie in einer Shampoo-Werbung über die Schultern, keine einzige Strähne, die mal absteht. Ihre blasse Haut ist so glatt und schimmernd, als hätte sie die im Katalog bestellt, zusammen mit dem kleinen Fleck rechts über der Oberlippe, der dem Wort Schönheitsfleck alle Ehre macht. Ich weiß nicht, ob sie Lipgloss benutzt oder ob ihre vollen Lippen von Natur aus immer so glänzen, Letzteres würde mich jedenfalls nicht wundern. Unglaublich geschwungene Wimpern, zarte schöne Hände mit langen Fingern, an denen sie täglich andere Ringe trägt, schlanke lange Beine, solche, für die Skinny-Jeans erfunden wurden. Allerdings trägt sie keine, sondern immer nur irgendwelche ausgefallenen Kleider, die bestimmt nicht von der Stange kommen, sondern aus einer exklusiven Boutique. Alles an ihr ist besonders, perfekt, einschüchternd, das gebe ich gerne zu. Wenigstens ist sie arrogant, wenn sie nämlich auch noch nett wäre, könnte ich das nicht ertragen. Trotzdem ist sie oft das Thema, wenn ich mich mit meinen Freundinnen treffe.

»Du willst echt so sein wie die?«

»Ich will nicht so sein wie die, ich find's nur unfair, dass Valeska sich wegen ihres Aussehens nicht anstrengen muss. Wahrscheinlich ist ihr komplettes Leben so perfekt, wie sie aussieht.«

»Ach, das stimmt doch gar nicht!«

»Woher willst du das wissen?«

»Na, die hat doch bestimmt voll einen an der Waffel, so wie die rumrennt.«

»Was denn für eine Waffel?«

»Mann, das sagt man doch nur so! Ich meine, vielleicht ist sie manisch-depressiv oder so?«

»Wie kommst du denn auf so einen Schwachsinn?«

»Jeder hat so seine Problemchen!«

»Was ist denn dein Problemchen?«

»Darum geht's doch gerade gar nicht!«

So in der Art jedenfalls. Mich nervt es, dass Valeska so viel Raum in unseren Gesprächen einnimmt, obwohl wir überhaupt nichts mit ihr zu tun haben. Umso mehr freut es mich, dass jetzt niemand auf ihre Frage antwortet. Aus der Ferne ist ein Donnergrollen zu hören und der Regen nimmt an Heftigkeit zu. Der Gedanke an den Heimweg macht mir plötzlich Angst. Ich werfe einen Blick auf Anton und frage mich, wie er so entspannt bleiben kann. Er sitzt seelenruhig an seinem Platz und streicht seine Aufsatzblätter glatt.

»Du bist mit dem Fahrrad da, stimmt's?« Chris dreht sich zu mir und lehnt sich gegen den Heizkörper.

Wir sind uns heute Früh an den Fahrradständern begegnet, hatten aber nur Zeit, uns kurz zuzunicken.

»Ja. Du auch, oder?«

»Genau. Wäre wohl klüger, sie stehen zu lassen.« Er räuspert sich und fummelt an seinem Objektiv rum.

»Wahrscheinlich. Aber zu Fuß ist auch nicht besser«, sage ich ziemlich laut, in der Hoffnung, dass Leo es hört und wunderbarerweise vorschlägt, mich nach Hause zu begleiten, aber der geht bloß zu seinem Tisch und fängt an, seine Sachen zusammenzupacken.

»Was machst du?« Marc, der bisher kein Wort gesagt hat, schlurft ebenfalls an seinen Platz.

»Siehst du doch.«

»Packst du?«

»Ich packe!«, antwortet Leo betont langsam, als sei Marc schwer von Begriff.

»Okay«, sagt der und folgt Leos Beispiel.

In dem Moment kommt Herr Radtke wieder zurück, diesmal kreidebleich. »Ihr könnt jetzt nicht gehen«, sagt er mit Blick auf die Jungs, die ihre Rucksäcke schultern.

»Mein Aufsatz ist fertig.« Leo sammelt die Zettel von seinem Tisch ein und hält sie Herrn Radtke hin.

»Darum geht es nicht.«

»Worum geht es dann?«, mischt sich Chris ein.

»Setzen Sie sich doch alle mal einen Moment hin.« Herr Radtke deutet mehrmals auf die Bankreihen, um das Gesagte zu verdeutlichen.

Nach einigen Seufzern begeben wir uns auf unsere

Plätze und schauen erwartungsvoll nach vorn. Herr Radtke reibt sich nervös die Hände, plötzlich sieht er viel jünger aus als sowieso schon.

»Ich habe gerade mit dem Direktor gesprochen und der hat mit euren Eltern telefoniert. Es gab bereits mehrere Unfälle in der Stadt. Dachziegel sind runtergekommen und Äste auf die Fahrbahn gefallen. Außerdem kann man aufgrund des Regens kaum noch die Hand vor den Augen sehen. Sie halten es alle für das Beste, wenn wir hier ausharren, bis sich das schlimmste Unwetter gelegt hat.«

Eine Weile herrscht verblüfftes Schweigen, wir lassen den Blick schweifen, sehen einander an und dann wieder zu Radtke, auf den Boden, zur Decke und schließlich wieder zum Fenster. Davor scheint sich mittlerweile eine Wand aus Wasser zu ergießen.

»Und wie lange wird das wohl dauern?« Anton hat seine Hände gefasst auf dem Tisch abgelegt und eine kerzengerade Haltung eingenommen.

»Ich weiß es nicht, Anton«, gibt Herr Radtke zu. »Es könnte bloß ein kleiner Ausläufer des Sturms sein, vielleicht ist es aber auch schon der Sturm selbst. Wir können euch nicht guten Gewissens nach draußen schicken. Dachziegel, die von einem Haus runterfallen, können tödlich sein.«

»Das verstehe ich.« Anton ordnet seinen Blätterstapel, steht auf und geht zum Lehrerpult, um seinen Aufsatz dort abzulegen. »Ich bin so weit fertig«, murmelt er, bevor er wieder an seinen Platz zurückkehrt. Ich betrachte seine grünen Adidas Sambas, die gepaart mit dem komplett zugeknöpften orange-weiß karierten Hemd einen schrägen Kontrast bilden. Dann zucke ich zusammen, als Leo geräuschvoll seinen Stuhl vom Tisch wegschiebt.

»Na ja, festhalten können Sie uns hier nicht.« Er wirft erneut seinen Rucksack über die Schulter und wechselt einen Blick mit seinem Kumpel. Der wirkt einen Moment unschlüssig, springt aber schließlich auch auf.

»Was soll das werden?« Radtke macht ein paar Schritte Richtung Tür.

»Wir gehen.«

Das Herz rutscht mir in die Hose. Gespannt halte ich den Atem an.

Leo wirft einen letzten Blick in die Runde, dann kommt er noch mal an meinen Tisch, beugt sich zu mir runter und flüstert »Danke für das mit der Romantik« in mein Ohr.

Ich drohe innerlich zu explodieren, will Radtke zurufen: *Lassen Sie ihn auf keinen Fall gehen!!! Alles, nur das nicht!* Aber glücklicherweise scheine ich so etwas wie einen internen Kontrollsensor zu besitzen, der mich davor bewahrt, mich völlig lächerlich zu machen.

Schon stehen die Jungs an der Tür, doch Radtke stemmt die Hände gegen den Türrahmen, um ihnen den Weg zu versperren. »Ihr werdet jetzt nicht gehen!« Seine Stimme überschlägt sich etwas.

Chris dreht sein Objektiv scharf.

»Darf ich bitte durch?« Leo sagt das ganz ruhig, als habe er überhaupt keinen Schiss vor den Konsequenzen.

»Nein.«

»Er lässt uns nicht durch«, sagt Leo zu Marc, und der zuckt mit den Achseln.

Chris legt gespannt seinen Finger auf den Auslöser, Valeska stößt einen Seufzer aus und Anton schaut skeptisch aus dem Fenster.

»Glauben Sie, dass Sie einen guten Lehrer abgeben werden?« Leo ist tatsächlich auch noch einen Kopf größer als der Referendar.

»Selbstverständlich!«

»Sehen Sie, das glaube ich auch. Und deshalb werden Sie sich sicher nicht auf ein Handgemenge mit einem Schüler einlassen.« Und schon taucht er unter dem Arm des Referendars hindurch. Der versucht noch, nach ihm zu greifen, aber Leo windet sich raus, und auch sein Kumpel nutzt die Gelegenheit, um aus der Tür zu schlüpfen.

Chris drückt den Auslöser. »Scheiße, zu spät«, flucht er leise.

»Sie bleiben jetzt auf der Stelle stehen!!!«

Ich horche auf die sich entfernenden Schritte im Flur, dann auf der Treppe, versuche, die ganze Situation als ein Missverständnis abzutun, einen Scherz, der gleich aufgelöst wird. Aber als dann auch noch die schwere hölzerne Eingangstür scheppernd ins Schloss fällt und Herr Radtke sich hilflos an den Kopf fasst, sacke ich völlig enttäuscht über der Tischplatte zusammen.

Es hätte so schön sein können!

»Romantik«, flüstere ich stumm vor mich hin, als könnte das jetzt noch etwas helfen.

Anton

Ich habe noch nie *Fick dich* zu jemandem gesagt.

Wenn es jemand verdient, dann dieser Leo.

Wofür steht diese Abkürzung überhaupt?

Leonard? Leopold? Leonid? Leon?

Ich wundere mich, dass er mir keine gescheuert hat. Und bin erleichtert.

Herr Radtke entpuppt sich als große Enttäuschung. Er schafft es nicht, sich gegen Schüler in Lederjacken durchzusetzen.

Das ist ein furchtbares Klischee.

Jetzt steht er mit hängendem Kopf im Türrahmen und reibt sich die Schläfen.

Ich drehe mich nach meinen Mitschülern um und kann sie ungeniert beobachten, keiner achtet auf mich.

Dieses Mädchen, Nell, hat den Kopf auf der Tischplatte abgelegt und sieht aus wie der sterbende Schwan höchstpersönlich. Ich verstehe einfach nicht, warum die Mädchen immer auf so Typen wie Leo fliegen. Auch das ist ein Klischee.

Genau wie dieser Chris, der sich hinter seiner Fotokamera versteckt, wahrscheinlich um geheimnisvoll und anziehend auf Mädchen zu wirken.

Und auch die schöne Valeska – kühl, anmutig, klug, nicht von dieser Welt. Klischee! Wahrscheinlich ist sie am Ende eine Fantasygestalt. Elfe, Sirene oder gar eine Vampirin.

Nicht zu vergessen: ich selbst. Keine siebzehn Jahre und der größte Klugscheißer weit und breit. Mit Brille. Die Lehrer mögen meine kritischen Fragen nicht, die Schüler hassen mich für meine Hemden.

Es ist ziemlich bedauerlich, dass die Welt sich aus diesen Klischees zusammensetzt.

Aber ich kann es nicht ändern.

Deshalb schaue ich bloß zu.

»Nicht, dass hier jemand auf die Idee kommt, den beiden zu folgen.« Herr Radtke knallt die Tür hinter sich zu, schiebt einen Stuhl davor und setzt sich drauf. Ängstlich schielt er auf das Display seines Handys, als gäbe es dort Antworten.

»Ich denke, letztendlich ist die Schulleitung dafür verantwortlich«, versuche ich, ihn zu trösten.

»Bitte?« Er schaut mich mit großen Augen an.

»Ich denke, hier wurde eine ganze Reihe Fehlentscheidungen getroffen.«

Valeska kichert hinter mir, Chris nickt zustimmend und Nell ist es endlich gelungen, den Kopf von der Tischplatte zu lösen.

»Und möchten Sie uns das näher erläutern, Anton?« Herr Radtke verdreht innerlich die Augen, da bin ich mir ganz sicher.

»Dafür reicht es, aus dem Fenster zu sehen.«

Alle schauen hin, obwohl sie genau wissen, was da draußen vor sich geht.

»Ja, okay, der Wetterbericht hat Mist gebaut, aber wie lange sollen wir denn hier festsitzen? Das ganze Wochenende etwa?« Valeskas Augen glänzen so, dass ich nicht sagen kann, ob sie es schlimm fände oder auf seltsame Art und Weise auch gut. Sie steht jedenfalls auf, greift nach ihrer schwarzen Lederumhängetasche und läuft nach vorne.

Herr Radtke richtet sich alarmiert auf seinem Stuhl auf. »Das lässt sich schwer sagen. Ich werde in einer halben Stunde noch einmal mit dem Direktor telefonieren. Dann wissen wir mehr.«

»Wenn bis dahin die Verbindung noch funktioniert.«

Kaum hat Chris das gesagt, zücken alle ihre Handys.

»Ich gehe mal meine Eltern anrufen.« Valeska macht Anstalten, vor die Tür zu gehen, aber Radtke schüttelt den Kopf. »Das kannst du auch hier drin machen.«

Es ist ein wenig lächerlich. Er kann uns doch unmöglich in dem Klassenzimmer einsperren. Früher oder später muss jemand auf die Toilette.

»Ich muss mal«, quengelt Nell wie aufs Stichwort.

Ich bin ein Hellseher!

»Okay, okay, wir beruhigen uns jetzt alle und dann machen wir einen Plan.«

»Darf ich trotzdem vorher auf die Toilette?«

»Könntest du noch ein paar Minuten warten?«

Nell seufzt, gibt sich aber geschlagen und tritt wieder ans Fenster. Aus der Ecke neben der Tafel ist das leise

23

Murmeln von Valeska zu hören. Anscheinend hat sie jemanden erreicht.

Sollte ich ebenfalls meine Mutter anrufen?

Innerlich sträubt sich alles. Immerhin hat der Direktor schon mit ihr telefoniert.

Sie würde mich doch nur bloßstellen vor allen, und das, obwohl die anderen sie gar nicht hören könnten.

Meine Mutter kann so etwas.

Aber sie meint es nicht böse.

Auch Chris hält sich jetzt sein Handy ans Ohr und wendet sich zur Wand, als ob wir ihn dann nicht mehr hören könnten.

»Mama? Ja, haben wir gehört. Nein, mir geht es gut. Weiß ich, hier gibt es auch Fenster... Aber... Soll das die ganze Nacht gehen? Hm, okay, gut, ich warte. Wann später? Ja, mein Akku ist voll. Aha, ja... Nein... Gut... Gruß zurück.«

Als er aufgelegt hat, sieht er zu uns und zuckt mit den Schultern.

»Kein Grund zur Sorge«, versichert Herr Radtke, sieht dabei aber selbst sehr verstört aus.

»Ich hab kaum noch Empfang«, berichtet Nell, während sie das Handy in Richtung Fenster hält.

»Schreib doch eine SMS, dass es dir gut geht«, rät Chris und stellt sich mit seinem Fotoapparat wieder an die Heizung.

»Ja, ich versuch's mal.« Nell tippt.

Eine Weile herrscht unangenehmes Schweigen.

Damit kenne ich mich aus. Wo ich bin, wird viel geschwiegen. Zu Hause oft, in der Schule fast immer, sogar in der Therapiestunde bei Doktor Kornfeld, wo ich immer noch hin muss, obwohl mein Vater schon seit sieben Jahren tot ist.

»Wir haben uns nichts mehr zu sagen«, erkläre ich meiner Mutter.

Sie winkt dann ab und sagt: »Es gibt Dinge, die brauchen Zeit, viel Zeit.«

Gespräch beendet.

Aus Nells Handy piept es. »*Haltet durch,* schreibt mein Vater.«

»Ihr müsst euch keine Sorgen machen, wir haben hier alles im Griff, und spätestens…« Aber da muss Herr Radtke seine Ansprache unterbrechen, denn von draußen ist plötzlich ein lautes Scheppern zu hören. Er horcht angestrengt nach allen Seiten und erinnert dabei an ein Erdmännchen.

»Wir brauchen Hilfeeeee!!!« Das kommt jetzt eindeutig aus dem Schulgebäude.

Wir stürmen alle aus dem Klassenzimmer, Herr Radtkes Stuhl fällt dabei zu Boden.

Im Flur wird laut geflucht. Ich erkenne die Stimme von Leo, außerdem ein Wimmern, wahrscheinlich von diesem Marc, mit seinen skandalösen Jogginghosen, über die sich merkwürdigerweise niemand beschwert. Hauptsache, sie haben meine Hemden im Visier.

Ich weiß das, weil ich sie so gut wie alle auf Facebook stalke. Mit meinem Kätzchen-Profil.

So leicht hatte ich mir das auch nicht vorgestellt, aber alle wollen mit einem kleinen süßen Kätzchen namens Ginger befreundet sein. Ich kommentiere hin und wieder etwas, Fotos oder Statusmeldungen, und selbst wenn es nicht besonders nett ist, was Anton/Ginger da schreibt, gibt es dafür immer ganz viele Likes.

Ich denke, das Leben als kleines Kätzchen wäre wesentlich einfacher.

Leo kommt die Treppe hochgerannt. »Marc ist echt übel verletzt«, schnauft er, und auch er selbst blutet an der Nase.

Herr Radtke wird augenblicklich blass.

So langsam tut er mir wirklich leid.

Wir rennen die Treppe runter.

Valeska schlägt sich die Hand vor den Mund.

Chris greift schon nach seinem Fotoapparat, überlegt es sich dann aber anders und tut lieber betroffen.

Möglich wäre auch, dass er wirklich betroffen ist.

Eigentlich schätze ich ihn als einen feinen Kerl ein. Einer, der sich nicht immer so in den Vordergrund drängen muss. Und wenn er was sagt, klingt es halbwegs vernünftig. Wir sind seit der Siebten in einer Klasse. Ich kann mich nicht erinnern, dass er mir jemals unangenehm aufgefallen wäre.

Jetzt eilt er Marc zur Hilfe.

Nell kann ihren Blick nicht von Leos verletzter Nase lösen.

Herr Radtke kniet sich neben Marc, der auf den kalten Steinfliesen liegt und seinen Kopf hält. Die Hände sind blutverschmiert und zwischen den Fingern sickert noch mehr Blut hervor.

»Was ist passiert?«, brüllt Radtke Leo an.

»Ein Scheißast ist vom Scheißbaum gekommen!«, brüllt

Leo zurück und bedeutet mit den Händen, wie groß der war.

Ziemlich groß, wie es scheint, ich könnte mir aber durchaus vorstellen, dass er ein wenig übertreibt.

»Ich habe doch ausdrücklich gesagt, ihr sollt nicht gehen!!!«

»Jetzt ist es auch schon zu spät! Da draußen ist echt die Hölle los!« Leo wischt sich über das Gesicht und verschmiert dabei Blut über die Wange.

»Du hast da… Warte… Ich habe da…«, stottert Nell und holt ein Taschentuch aus ihrer Hosentasche. »Das ist noch unbenutzt.« Sie wird rot.

Währenddessen versucht Herr Radtke herauszufinden, wie schwer Marcs Verletzung ist. Valeska kniet sich ebenfalls hin und nimmt seine Hand.

Die weiblichen Wesen unter uns scheinen so etwas wie ein Krankenschwester-Gen zu besitzen.

»Er verliert ziemlich viel Blut, das muss auf jeden Fall genäht werden«, stellt Herr Radtke professionell fest.

Na ja, falls er bald von der Schule fliegt, kann er sich immer noch als Sanitäter ausbilden lassen.

»Und wie bitte sollen wir das hier nähen?« Leo ist außer sich. Dumm ist er eigentlich nicht, aber wahrscheinlich gerade ziemlich durch den Wind.

Chris jedenfalls verdreht ob dieser Bemerkung die Augen, beugt sich zu Marc runter und versucht, ihm gut zuzureden.

»Natürlich nicht hier! Er muss ins Krankenhaus!« Radtkes Gesichtsfarbe wechselt jetzt von Weiß zu Dunkelrot.

Langsam habe ich den Eindruck, in einem absurden Theaterstück gefangen zu sein.

Nell: »Können wir irgendwas tun?«

Radtke: »Ich brauche ein Stück Stoff oder so was.«

Nell rennt los, zurück ins Klassenzimmer.

Chris: »Vielleicht rufen wir den Krankenwagen?«

Radtke (atmet tief durch): »Gute Idee.«

Er reicht Chris sein Handy.

Chris: »Ich?«

Radtke: »Ja, bitte!«

Marc (schwer verständlich): »Das tut scheiße weh.«

Valeska: »Schscht.«

Chris: »Besetzt.«

Nell (kommt mit einem weißen Stück Stoff ange-rannt): »Das ist mein Sportshirt, ich hatte es aber nicht an, weil ich heute Sport geschwänzt habe.«

Radtke wirft ihr einen tadelnden Blick zu, greift nach dem Shirt und drückt es Marc auf die Wunde.

Chris: »Immer noch besetzt.«

Valeska: »Ist dir übel oder so?«

Marc schüttelt schwach den Kopf.

Valeska (mit einem Blick zu Nell): »Ich glaube, ein Glas Wasser wäre gut.«

Nell (mit Stirnfalten): »Ich?«

Valeska (süßlich): »Wärst du so lieb?«

Nell zuckt mit den Schultern und verschwindet von der Bühne.

Chris: »Alter, mach doch mal frei jetzt!«

Leo (nimmt Chris das Handy aus der Hand): »Gib mal her!«

Chris (holt sich das Handy von Leo zurück): »Spinnst du? Ich kann das schon alleine.«

Radtke: »Jungs!«

Marc (nuschelt): »Vollidioten.«

Valeska: »Schscht.«

Chris (drückt auf Wahlwiederholung): »Die sind wahrscheinlich alle im Einsatz.«

Radtke: »Jesus, Maria!«

Leo (höhnisch): »Bitte?«

Radtke: »Du sollst mir jetzt nicht auf den Sack gehen!« (Unangemessen, aber durchaus verständlich.)

Chris (grinst): »Oh, oh.«

Nell (taucht wieder auf und sieht mit großen Augen zu Herrn Radtke): »Das Wasser.«

Valeska nimmt ihr den grünen Plastikbecher aus der Hand und führt ihn Marc an die Lippen. Nell wechselt einen kurzen Blick mit Leo. Beide lächeln, auch als sie sich nicht mehr ansehen. Chris gibt einen entnervten Laut von sich.

Radtke (zu Valeska): »Kannst du das mal bitte halten?«

Valeska drückt den Stoff gegen Marcs Kopf. Radtke steht auf und wischt sich mit einem Zipfel seines Shirts über die Stirn.

Dabei entblößt er für wenige Sekunden seinen braun gebrannten muskulösen Bauch.

Prahlhans.

Valeska bekommt trotzdem sofort einen Rotstich auf ihren Wangen.

Herr Radtke holt sich sein Handy von Chris zurück

und probiert es selbst. Es vergehen einige Sekunden, in denen alle schweigen. Dann steckt Radtke das Handy kopfschüttelnd in die Hosentasche.

Radtke: »Ich werde ihn ins Krankenhaus bringen. Mein Auto steht auf dem Lehrerparkplatz, das sind nur ein paar Schritte. Ich rufe den Direktor aus der Ambulanz an. Ihr meldet euch beim Hausmeister. Anton, du bist der Vernünftigste von allen, ich möchte, dass du dem Hausmeister Bescheid sagst. Anton…? Anton!«

»Was?« Ich konnte Theaterstücke, in denen die Zuschauer mit einbezogen werden, noch nie leiden.

»Ich komme mit«, sagt Valeska mit flehendem Blick zu Herrn Radtke.

»Du bleibst, wo du bist.«

»Aber Sie werden Unterstützung brauchen«, versucht sie zu argumentieren.

»Er ist mein Kumpel! Ich begleite ihn selbstverständlich.« Leo zeigt Valeska einen Vogel und sie sieht ihn mit einem giftigen Blick an.

»Ihr alle bleibt, wo ihr seid. Und ganz besonders DU!« Herr Radtke deutet mit ausgestrecktem Zeigefinger auf Leo. »Das wird noch ein Nachspiel haben, ganz sicher, Freundchen.«

Leo setzt an, etwas zu sagen, lässt es aber in letzter Sekunde bleiben. Ganz offensichtlich fällt ihm nicht immer etwas Erstklassiges ein.

In diesem Fall ist es besonders bedauerlich, da es von mir ablenken könnte. So aber schaut mich Herr Radtke noch einmal ganz eindringlich an. »Anton?«

»Ja?«

»Du weißt doch, wo der Hausmeister ist?«

»Ja.«

Ich könnte eine große Diskussion darüber anfangen, warum ich es für eine pädagogisch schwache Leistung von ihm halte, nun ausgerechnet mich für diese Aufgabe vorzusehen: Außenseiter + Arschaufgabe = Außenseiterarsch^2. Aber da Menschenleben zu retten immer Vorrang hat, will ich mich nicht querstellen. Marc stöhnt vor sich hin, und es wird höchste Zeit, dass er abtransportiert wird.

Radtke ist ihm beim Aufstehen behilflich, und Valeska holt auf seine Bitte hin schnell dessen Umhängetasche, die noch auf dem Lehrerpult liegt.

Dann wendet er sich mit ernster Miene an uns: »Noch einmal, ihr könnt nicht mitkommen. Es gibt klare Anweisung vom Direktor, dass wir im Schulgebäude bleiben sollen. Die Versicherung wird den Schaden nicht abdecken, falls ihr euch auf eigene Gefahr nach draußen begebt. Marc hier muss ganz dringend ins Krankenhaus, und ich bin der Einzige, der ihn dorthin bringen kann. Ich bin so schnell wie möglich wieder zurück. Ihr seid alt genug. Ihr könnt jetzt beweisen, dass ihr Verantwortung übernehmen könnt. Es ist eine schwierige Situation für uns alle.« Herr Radtke sieht uns herausfordernd an.

Wenn er erwartet, dass wir jetzt auf die Tische steigen und *O Captain! My Captain!* rufen, dann ist es sicherlich eine herbe Enttäuschung für ihn, dass wir nur halbherzig mit den Köpfen wackeln.

Bis zur Tür dürfen wir trotzdem mit. Winken und einen neugierigen Blick nach draußen riskieren.

Der Wind fegt Blätter und dicke Regentropfen in den Flur.

Radtke hält seine Tasche über Marcs Kopf und stützt ihn am Arm. »Geht's?«

Marc nickt. Die beiden laufen los.

»Mach's gut, Alter!«, ruft Leo seinem Kumpel hinterher.

Es dauert nur wenige Sekunden, bis sie von der Regenwand verschluckt werden.

»Ich weiß nicht, ob das eine gute Idee ist«, murmelt Valeska vor sich hin.

Wir anderen warten mit angehaltenem Atem.

Eins, zwei, drei, vier, fünf, sechs, sieben, acht, neun, zehn, elf, zwölf, dreize…

Der Motor springt an.

Ich bin mir nicht ganz sicher, aber aus den Augenwinkeln sieht es so aus, als würde Valeska sich bekreuzigen.

»Könntet ihr mal kurz stillstehen? Ich würde euch gerne so fotografieren, also vor der offenen Tür.« Chris dreht am Objektiv.

»Ehrlich jetzt?« Leo wirft ihm einen genervten Blick zu. Aber als Chris nicht antwortet, schüttelt er bloß den Kopf und bringt sich in Pose.

»Wo hat euch der Ast denn erwischt?«, fragt Nell mit ihrer sanften, leisen Stimme.

»Gleich hinter dem Unterstufenflügel.« Leo zeigt in die Richtung, aber zu sehen sind nur der Regen und die Birken, die sich im Sturm zu allen Seiten neigen.

Der Auslöser von Chris' Kamera klickt im Hintergrund.

Ich schlinge die Arme um meine Brust. Der Wind, der ins Schulhaus weht, lässt mich frösteln.

So langsam realisiere ich, was hier eigentlich passiert ist.

Radtke ist weg und hat mich zu seinem Stellvertreter befördert.

Eine Aufgabe, die mich schon jetzt überfordert.

Am liebsten würde ich durch die Regenwand brechen, davonrennen, meine Arme ausbreiten und mich in den Wind legen, damit er mich nach oben zieht und davonträgt, ganz weit weg, von mir aus auf einen anderen Kontinent. Ich hätte wirklich nichts dagegen.

»Das ist echt total krass, oder?« Nell streckt ihren Arm durch die Tür und fängt den Regen in ihrer Handfläche auf. Als keiner antwortet, dreht sie sich um. »Ich meine, habt ihr so was schon mal erlebt?«

Ich schüttele vorsichtig den Kopf.

Chris drückt noch zweimal ab und tritt dann zu Nell. »Willst du mal sehen?« Er hält ihr das Display seines Fotoapparats hin.

Nell nimmt die Kamera und klickt sich durch die Bilder. »Wow, du machst echt super Fotos.«

»Danke.«

Als sie ihm die Kamera zurückgibt, lächeln sich die beiden kurz an. Chris sieht aus, als würde er noch etwas sagen wollen, als wäre ihm der Satz jedoch auf halbem Weg abhandengekommen. Er hängt sich seine Kamera um den Hals, steht einen Moment unmotiviert in der Gegend rum und zupft schließlich nur gedankenverloren an seinem schwarz-blau karierten Holzfällerhemd.

Valeska lässt sich an der Wand nach unten gleiten und schaut anklagend zur Decke.

Leo pult Putz von der Wand, lässt ihn zwischen seinen Fingern zerbröseln und auf den Boden fallen.

Unsere Schule wird gerade Stück für Stück saniert. Es gibt Flügel, da haben Glas und Metall das Erscheinungsbild übernommen, und es gibt noch diese maroden Stellen wie hier, die beweisen, warum es allerhöchste Eisenbahn war, diese Anstalt zu modernisieren.

Leo kann seine Griffel nicht von der Wand lassen.

»Hör auf damit«, sage ich, allerdings nur in Gedanken. Ich habe heute schon Schlimmeres zu ihm gesagt, aber die Situation ist jetzt eine andere.

Ich hänge hier fest, mit diesen Leuten, die sich nicht im Geringsten für mich interessieren und bei denen ich auch nicht weiß, worüber ich mit ihnen reden könnte.

Zumal ich generell nicht geübt bin im Reden.

Ich verspüre nun doch ein großes Bedürfnis, meine Mutter anzurufen, und entferne mich unauffällig von der Gruppe.

»Wo gehst du hin?« Valeskas tiefe, samtige Stimme beschert mir unwillkürlich eine Gänsehaut.

»Auf die Toilette. Ich wusste nicht, dass man sich bei dir abmelden muss.«

»Du hast echt ein Problem, stimmt's?« Ihre Augen funkeln mich böse an.

»Entschuldigung?« So sehr ich mich bemühe, ich kann ihrem Blick einfach nicht standhalten.

Die Regeln der zwischenmenschlichen Kontaktaufnahme sind mir ein Graus.

»Natürlich musst du dich bei mir nicht abmelden. Ich wollte nur wissen, wo du jetzt hingehst.« Sie spricht jedes Wort ganz langsam und deutlich aus, als wäre ich geistig minderbemittelt.

Ich weiß nicht, wie ich damit umgehen soll, also zucke ich bloß mit den Schultern.

»Du willst doch gar nicht auf die Toilette, du willst bloß zum Hausmeister rennen.« Leo tippt sich an die Stirn, als hätte er soeben eine Erleuchtung gehabt.

»Ich muss nur pinkeln.« Warum mischt der sich jetzt auch noch ein?

»Du lügst.«

»Du musst mir nicht glauben, ich gehe trotzdem pinkeln.« Ich wende mich ab.

»Ich komme mit!«, ruft Leo und klatscht in die Hände.

»Jetzt lass ihn doch auf die Toilette gehen«, schaltet sich Chris ein.

»Ich muss aber auch«, gibt Leo zurück.

»Vielleicht sollten wir danach eine Krisensitzung im Klassenraum abhalten«, schlägt Nell vor.

»Yes, Sir!« Er schlägt seine Hacken zusammen. »Äh… Madam.« Und dann folgt er mir.

Unsere Schritte hallen durch das leere Schulgebäude.

Der Wind pfeift von draußen durch die Fensterrahmen.

Wir müssen ein Stockwerk höher und der Weg kommt mir endlos vor.

Leo immer zwei Schritte hinter mir.

Pfeifend.

Bestimmt werde ich nicht pinkeln können, wenn er mit im Raum ist.

»Und? Mit welcher von beiden würdest du es gerne treiben?«

»Was???«

»Na, mit der niedlichen Nell oder der verführerischen Valeska. Mit welcher würdest du es lieber treiben?«

GRUNDGÜTIGER! WOMIT HABE ICH DAS VERDIENT?

Valeska

Liebe stille Begleiterin,

ich bin echt glücklich, dich immer bei mir zu haben. Jetzt kann ich hier in der letzten Reihe sitzen und schreiben, beschäftigt tun, zur Not die ganze Nacht. Ich habe gerade mal geblättert, es sind noch 56 leere Seiten, das müsste reichen. Jetzt, da Herr Radtke (na ja, Florian, meine ich – vor dir brauche ich mich ja nicht zu verstellen) weg ist, könnten wir auch einfach gehen, aber ich denke, das, was mit Leo und Marc, diesem Idioten, passiert ist, hat uns alle abgeschreckt. Meine Eltern werden sich in die Hosen machen vor Angst um ihre Tochter – die Kleine, die Zarte, die Unerfahrene, die Kränkliche. Geschieht ihnen recht. Das Telefonat vorhin war nicht besonders aufschlussreich, Mama wiederholte nur ständig: »*Du bleibst, wo du bist … du bleibst, wo du bist*«, und sagte, laut Nachrichten sei dies schon der richtige Sturm. Der Wetterdienst habe Fehler in irgendwelchen Berechnungen eingeräumt. Meine Mutter meinte, dies wäre ein triftiger Grund für eine Sammelklage. »Sobald das vorbei ist, werde ich Unterschriften sammeln«, versprach sie mit ihrer aufgesetzt empörten Stimme, und ich konnte mir gut ihre zusammengekniffenen Lippen und diese zornigen Falten drumherum vorstellen. Ich kann meine Mutter selten ansehen, ohne sofort diesen Widerwillen zu verspüren. Gegen ihre besserwisserische Art, gegen die Kälte in ihren Augen und ganz besonders gegen ihren verbissenen Gesichtsausdruck. Wenn Leute sagen, ich sehe ihr ähnlich, ahnen sie gar nicht, welche Magenkrämpfe sie damit bei mir auslösen.

Aber jetzt sitze ich hier, weit weg von meiner Mutter und meinem Vater. Wäre Florian noch hier, hätte es vielleicht nett werden können. Ich könnte stundenlang auf seine Grübchen starren. Das macht mich glücklich. Wenn wir die ganze Nacht hätten, könnten wir uns bestimmt ganz wundervoll unterhalten, über andere Dinge als Schule. Musik, Religion, Philosophie, Politik. Ich wette, er hat wirklich interessante Ansichten zur Welt. Ich würde ihn nach seinem Lieblingsbuch fragen und wohin er reisen würde, wenn er eine Zeitmaschine hätte. Und ich könnte wetten, dass es in seinen Ansichten mehr als eine Überschneidung zu den meinen gäbe. So aber, mit diesen ganzen anderen Leuten… Ich weiß nicht, was ich mit denen reden soll. Ich habe mich mit keinem von ihnen je wirklich unterhalten. Das Einzige, was mir einfiele, wäre das Wetter. Nun ja, heute ein wirklich interessantes Thema, aber ich hätte dann das Gefühl, Theater zu spielen. Und das mache ich sowieso ständig.

Jeder einzelne Schultag fängt damit an, dass ich noch

zu Hause, vor dem Badezimmerspiegel, diese Maske aufsetze, die mich möglichst reibungslos durch den Tag bringt. Die freundliche Maske, die gebildete Maske, die Alles-läuft-gut-bei-mir-Maske. Meine Mutter sagt, es sei wichtig zu wissen, welchen Leuten man sein wahres Gesicht zeigt, und dass es davon nur ganz wenige gebe. Eigentlich verabscheue ich die Ansichten meiner Mutter und trotzdem ist mir das in Fleisch und Blut übergegangen. Spätestens seit Judith, meine Ex-beste-Freundin, damals in der Achten alle meine intimsten Geheimnisse ausplauderte, um sich bei den anderen Mädchen aus der Klasse beliebt zu machen. Ich habe mir geschworen, nie wieder so einen Schmerz in mein Herz zu lassen, wie damals, nachdem ich ihr meine Freundschaft gekündigt hatte.

Deswegen versuche ich, so zu tun, als wäre alles in bester Ordnung, und je weniger ich mit den anderen zu tun habe, umso besser. Wenn ich sie in Ruhe lasse, lassen sie mich hoffentlich auch in Ruhe.

Die beiden Jungs sind aufs Klo gegangen und Nell und Chris stehen am Fenster und schauen in den Regen hinaus. Sie geben ein schönes Bild ab. Chris hat ein bisschen was von James Dean. Ich wette, das ist ihm selbst nicht bewusst, weil er kein so eingebildeter Macker ist wie dieser Leo. Seine braunen Haare sind auf der einen Seite etwas länger und legen sich geschmeidig über die Stirn. Ab und zu pustet er sich eine Haarsträhne weg, vor allem dann, wenn er ein Foto machen will. Außerdem hat er diesen sehnsüchtig suchenden Blick. Das kommt bestimmt vom Fotografieren, aber auch wenn er seine Kamera nicht um hat, rennt er mit diesem Blick durch die Gegend. Solche Menschen rühren mich immer sehr. Die, die gar nicht ahnen, wie sie auf andere wirken. Die, die einfach so sind, wie sie sind, und dadurch, bei näherer Betrachtung, unglaublich an Attraktivität gewinnen. Versteh mich nicht falsch, er ist nichts gegen Florian, bei Weitem nicht, aber wenn ich jetzt ein Problem hätte und mich an jemanden aus der Gruppe wenden müsste, dann wäre es mit Sicherheit Chris.

Ich glaube ja, er steht voll auf Nell. Irgendwie ist da so eine Spannung. Allerdings nur von seiner Seite aus. Nell knabbert bloß an ihren Nägeln und achtet gar nicht auf seine verstohlenen Blicke. Aber eigentlich kann mir das alles egal sein. Was interessieren mich fremder Leute Lovestorys?

Sollten wir wirklich die ganze Nacht hierbleiben, frage ich mich, wo wir schlafen sollen. Mit einem Pullover unter dem Kopf auf der Tischplatte? Ich glaube nicht, dass ich hier einschlafen könnte. Überhaupt, gleich wenn diese Lagebesprechung vorbei ist, werde ich mich abseilen. Am besten in den Chemieraum. Ich mag den Geruch dort. Vielleicht, wenn ich lange genug alleine da sitze und die Äste unheimlich gegen die Fensterscheiben peitschen, es immer dunkler wird und der Wind gespenstisch durch das Schulgebäude pfeift, werde ich inspiriert sein und melancholische Gedichte schreiben. Es wäre zu schön, endlich inspiriert zu sein! Ich warte mein ganzes Leben darauf.

Meine Eltern haben mich zum Klavierspielen geschickt, da war ich fünf. Vielleicht war ich damals in-

40

spiriert, keine Ahnung, ich kann mich nicht erinnern. Ballett mit sechs, Vorlesewettbewerbe, Musical-AG, Kochunterricht bei Mama, Volleyball wegen Mannschaftsgeist (konnte ich mich aber rauswinden, nachdem ich unglücklich gestürzt war und mir das Handgelenk verstaucht hatte), Engagement im Tierschutzverein, Cello als Zweitinstrument. Ich hätte lieber Gitarre gelernt. Später dann der Wechsel von Ballett zu Modern Dance. Meine Tage sind verplant. Ich tue ständig etwas, ich habe überhaupt keine Zeit, inspiriert zu sein. Ich habe neulich in einer Zeitschrift gelesen, Kreativität entstehe durch Langeweile. Das leuchtete mir sofort ein. Auf dem Bett rumliegen, an die Decke starren, stundenlang, bis dann, endlich, ganz tief drinnen etwas zu brodeln beginnt.

Als ich den Artikel meinen Eltern auf den Tisch legte, kniff meine Mutter ihre Lippen zusammen und mein Vater spottete, das sei der größte Quatsch, den er jemals gelesen hätte.

Das schrecklichste Gefühl der Welt ist es wahrscheinlich, sich unverstanden zu fühlen. Ich kann es kaum erwarten, mit achtzehn die Haustür hinter mir zuzuziehen und zu verschwinden. Irgendwohin, wo es meine Eltern schockieren würde... Kolumbien, Südafrika, Libanon.

Leo und Anton kommen zurück. Ich kann ihre schlurfenden Jungsschritte durch den Flur hallen hören. Einer von beiden pfeift. Bestimmt Leo. Der pfeift sich durchs Leben. Deshalb geht er mir auch so auf die Nerven. Weil für ihn alles locker und leicht ist, ein großes Spiel, in dem er nach Belieben die Regeln ändert. Das alles, gepaart mit einer schwarzen Lederjacke, macht ihn auch noch unverschämt sexy. Was nicht meine persönliche Meinung ist, aber ich weiß, dass die anderen das so sehen. Das regt mich furchtbar auf. Und was mich noch mehr aufregt, ist, dass ich ahne, ich wäre gerne so wie er. Ich würde mich auch gerne so durchs Leben pfeifen. Nach der Schule mit den anderen auf der Wiese rumliegen und rauchen oder ein Bier an der Hafenmole trinken und Steine ins Wasser werfen.

Stattdessen lächele ich brav, betreibe Konversation, erzähle von meinen tausend Freizeitaktivitäten und fühle mich innerlich leer. Ich gebe niemandem die Schuld daran. Höchstens der Maske, die ich täglich aufsetze, und daran bin alleine ich schuld. Ich weiß trotzdem nicht, was ich anders machen könnte, um die Leute, die mir gegenüberstehen und genauso brav lächeln wie ich, darauf zu bringen, dass es in mir drin ganz anders aussieht.

Jetzt kommen sie in den Klassenraum getrottet. Anton mit hochrotem Kopf und einem offenen Schnürsenkel – der wirkt auch immer unfreiwillig komisch. Und Leo, der seine Jacke an einem Finger hängend über die Schulter geworfen hat, um seiner Coolness noch die Krone aufzusetzen. Nell und Chris drehen sich zu ihnen um.

Liebe stille Begleiterin, ich werde dich hier ein wenig als Protokoll benutzen, damit ich tierisch beschäftigt wirke und möglichst nicht angesprochen werde. Verzeih.

Leo haut Anton kumpelhaft auf den Rücken, der setzt

sich wieder an seinen Platz und fängt an in seinem Rucksack zu kramen. Leo setzt sich auf den Tisch neben der Tür, lehnt sich an die Wand, legt seine dreckigen Stiefel auf der Tischplatte ab, wirft mir einen provozierenden Blick zu. »So, Freunde, also Lagebesprechung?«

»Wir sind keine Freunde« Chris setzt sich auf die Heizung.

»Oh Mann, ja. Markier ruhig dein Revier.« (Leo)

»Das hat damit nichts zu tun.«

»Womit denn dann?«

»Damit, dass wir keine Freunde sind.«

»Wenn du nicht so ein Arschloch wärst, wären wir vielleicht welche.«

»Okay, ist doch gut jetzt.« (Nell) Die Jungs schauen zu ihr. »Wir sollten lieber überlegen, was wir jetzt machen.«

Ich frage mich, ob sie in ihrer Klasse vielleicht Klassensprecherin ist, dieses Organisatorische scheint ja voll ihr Ding zu sein.

Anton räuspert sich. »Ich denke, ich werde demnächst mal den Hausmeister aufsuchen müssen.«

»Hm.« Nell überlegt.

Leo brummt/grunzt.

Chris trommelt mit den Fingern gegen den Heizkörper. »Ich halte das für keine so gute Idee.«

Von ihm habe ich das nicht erwartet.

»Nun ja, ich wurde aber damit beauftragt.« Anton fummelt nervös an seinen Knöpfen.

»Herr Radtke war im Stress, ihm ist nichts Besseres eingefallen. Der wird so oder so Ärger bekommen, aber ehrlich, müssen wir deswegen leiden? Der Hausmeister ist ein frustrierter alter Sack. Die Situation ist scheiße genug, wir müssen sie nicht noch beschissener machen.« Chris springt von der Heizung, setzt sich neben Anton.

»Ich habe es aber versprochen.«

»Echt? Ich kann mich nicht erinnern. Meiner Meinung nach hast du bloß gesagt, dass du weißt, wo der Hausmeister zu finden ist.«

»Ja schon, aber er hat gemeint...«

»Er hat gemeint... er hat gemeint, dass wir alt genug sind, um Verantwortung zu übernehmen. Und ich denke, dafür brauchen wir keinen Hausmeister.«

Jetzt kommt der arme Anton ins Schwitzen.

»Also wir sind zwar keine Freunde, aber ich muss sagen, Chris hat recht.« Leo schwingt sich vom Tisch, baut sich vor Anton auf.

»Wir könnten Radtke erzählen, wir hätten den Hausmeister nicht angetroffen.« (Nell)

Ich kann mich noch nicht entscheiden, ob ich sie ganz nett finde oder eher nervig.

»Ich kann nicht lügen.« (Anton)

»Dann bringen wir es dir bei!« Leo grinst, als wäre das die Idee des Jahrhunderts.

Anton schüttelt den Kopf.

»Dann bleibt uns wohl nichts anderes übrig, als dich an den Stuhl zu fesseln, damit du nicht zum Hausmeister rennst wie ein kleines Mädchen.«

An dieser Stelle würde ich mich zu gerne einschalten und eine Diskussion zum Thema Gleichberechtigung in der Sprache mit Leo anfangen, aber eigentlich weiß ich schon, dass es verlorene Liebesmüh wäre, und außerdem wollte ich ja meinen Mund halten.

»Wir fesseln niemanden.« (Chris)

»Aber wir könnten abstimmen.«

Jetzt bin ich mir fast sicher, dass Nell Klassensprecherin ist. Sie holt aus ihrem Rucksack ein Blatt Papier, reißt es in fünf Stücke und verteilt sie an alle.

So, ich bin wieder da. Musste dich kurz zuklappen, als Nell mit dem Zettel vor mir stand.

»Du hast noch gar nichts gesagt«, meinte sie mit so einem Mutter-Theresa-Lächeln.

»Ihr macht das schon«, erwiderte ich, nahm ihr den Zettel aus der Hand, kritzelte *Hausmeister nicht holen* drauf und reichte ihn ihr zurück.

»Danke. Eigentlich sollte das eine geheime Wahl sein…«

»Ist mir egal.«

»Okay.« Endlich entfernte sie sich von meinem Tisch.

Ich betrachte sie seitdem aus den Augenwinkeln. Ihre dunkelblonden Haare sind zu einem losen Zopf zusammengebunden und an den Seiten haben sich einzelne Strähnen gelöst. Ihr Kleidungsstil ist unauffällig, aber doch gut kombiniert. Schwarze Hose, ein graues T-Shirt mit dem schwarzen Konterfei von Amy Winehouse. Außerdem trägt sie dunkelgraue Stiefeletten und silberne Armreife um das Handgelenk.

Ich frage mich, wie es wohl wäre, mit ihr befreundet zu sein. Wahrscheinlich würden wir dann stundenlang in einem hübsch eingerichteten Mädchenzimmer

voller Band-Poster bei Kerzenschein auf dem Flokati-
teppich sitzen, Amy Winehouse hören, Tee trinken, uns
vielleicht die Nägel lackieren oder Gedichte vorlesen,
über Horoskope lachen oder gemeinsam Filme schauen.
Oder, oder, oder.

Ich frage mich, wie sich das anfühlen würde.

»Okay. Das Ergebnis ist ziemlich überraschend. Fünf
Mal *Hausmeister nicht holen*.«

Alle blicken erstaunt zu Anton.

»Ich WILL ihn ja nicht holen«, erklärt er, während er
sich endlich seinen Schnürsenkel zubindet.

»Na, dann ist doch alles geritzt.« (Leo) Er greift in
seinen Rucksack, holt eine Tupperdose raus, öffnet sie.
»Wer will?«

»Vorgeschnittenes Obst? Echt jetzt?« Chris muss lachen und sofort ein Foto machen.

»Was ist denn jetzt schon wieder das Problem?« Leo
runzelt die Stirn, steckt sich drei Stück Apfel auf einmal
in den Mund.

»Kein Problem, es ist bloß zu komisch.« Dann ein
Foto von Leos Hamsterbacken.

Man könnte echt glauben, die beiden wären verliebt.

Nell greift in die Dose und nimmt sich eine halbe
Möhre.

Chris geht noch näher an die Tupperdose, stellt sein
Objektiv scharf und knipst ein paar Bilder von dem
Rohkost-Stillleben.

»Food-Porn, oder wie?« (Leo) »Für Facebook, oder
wie?«

»Keine Sorge, ich werde dich schon nicht verlinken.«

»Mach, Alter! Tu, was du nicht lassen kannst.«

Chris nimmt die Kamera von seinem Hals und verzieht sich in eine Ecke, um sich die Bilder anzusehen.

»Ich habe mich immer noch nicht entschieden, falls das jemanden interessiert.« Anton meldet sich mit seiner dünnen Stimme wieder zu Wort.

»Hä? Wir haben doch aber abgestimmt.« Leo grabscht sich ein Stück Gurke.

»Das stimmt.« Nell rückt näher an Leo ran. Sie glaubt wahrscheinlich, das wäre unauffällig, aber ihr Blick verrät sie. Mein Gott, sollte die etwa auf Leo stehen?

Da kann Chris aber wirklich einpacken.

Schade, James Dean, ich hätte es dir gegönnt.

»Ihr wollt mich beeinflussen.« (Anton)

»Red keinen Scheiß, du hast es selbst auf den Zettel geschrieben!«

»Schon, aber …«

»Leute, wir drehen uns im Kreis.« (Chris)

»Genau. Unser Paparazzo da hinten hat recht. Du gehst nicht zum Hausmeister. Keiner geht zum Hausmeister. Keiner hier hat Bock auf den stinkenden Fettsack. Und du hörst jetzt mal auf rumzuheulen. Hier, iss eine Möhre, das beruhigt die Nerven.« Leo hält Anton die Tupperdose hin.

Ich würde gerne jemandem eine SMS schicken: *Hey, du glaubst nicht, was hier gerade abgeht!*

Aber obwohl ich über hundert Kontakte in meinem Handy gespeichert habe, weiß ich gar nicht, wem ich das schreiben sollte. Sie laden mich alle zu ihren Geburtstagsfeiern ein und zu jedem Picknick im Park, wollen bei Facebook mit mir befreundet sein, winken mir vor der Schule zum Abschied, aber wirklich reden kann ich mit keinem von ihnen.

»Ist das eigentlich unsere einzige Verpflegung?« Anton greift tatsächlich nach der Möhre und beißt ab.

Leo zuckt mit den Schultern.

Nell kramt in ihrem Rucksack. »Ich habe noch Kekse.« Sie legt die Packung auf dem Lehrerpult ab. »Die Hälfte dürfte noch drin sein.«

Chris holt ein Papiertütchen mit Pfefferminzbonbons aus seiner Hosentasche und schmeißt sie zu den Keksen.

»Ey, Prinzessin. Und was ist mit dir? Was schreibst du da eigentlich die ganze Zeit?« (Leo)

Meint er mich?

Oh Gott, er meint mich.

Ich muss schnell

Doch plötzlich dreht er sich um.

Wir alle.

Liebe stille Begleiterin, da bin ich wieder. Das Licht im Flur wurde ausgeschaltet, wir haben ein lautes Fluchen gehört. Der Hausmeister. Keiner von uns rührte sich. Wir hielten den Atem an. Dann fiel die Eingangstür mit einem wütenden Krachen zu. Es war totenstill im Gebäude. Wir hörten, wie der Schlüssel in der Eingangstür umgedreht wurde, ein Rütteln zur Sicherheit. Wir rannten im Dunkeln nach unten, draußen sprang ein Motor an. Der Hausmeister war entweder komplett übergeschnappt, da rauszufahren. Oder er hatte einen guten Grund.

Ich spürte ein aufgeregtes Kribbeln, und als ich die anderen ansah, wusste ich, dass auch sie es spürten. Der Hausmeister war weg. Wir waren hier eingesperrt, allein… und die ganze Nacht lag vor uns.

Chris

Jetzt hat Leo allen Spitznamen verpasst. Streber, Paparazzo, Prinzessin.

Nur Nell hat keinen bekommen. Was mir Sorgen macht. Ich kann nicht genau sagen, wieso. Nur so ein Gefühl. Aber das ist auch schon das Einzige, was mir Sorgen bereitet. Alles andere läuft bestens.

Der Hausmeister ist weg.

Ich kann es noch gar nicht fassen. Die anderen auch nicht. Seit wir wie hypnotisiert seinen Scheinwerfern nachgeschaut haben, die prompt von der Regenwand verschluckt wurden, hat noch keiner ein Wort gesagt. Wir sind alle wieder zurück im Klassenzimmer und haben uns an unsere Plätze gesetzt. Seitdem herrscht Schweigen. Wenigstens von Leo hätte ich ein paar Sprüche erwartet, aber er spielt gerade den Nachdenklichen.

Hätte Leo mich vorhin nicht als Paparazzo beschimpft, könnte ich jetzt schöne Bilder von ihnen machen, wie sie alle ihren Gedanken nachhängen, aber ich will nicht aufdringlich sein.

Dabei mache ich eigentlich nichts anderes, als immerzu zu fotografieren. In Farbe, in Schwarz-Weiß, digital und analog. Auf dem Schulhof, auf dem Heimweg, in der Bücherei, im Park und auf Partys. Ich sammele die Bilder unter anderem für die Abizeitung. Die von der Redaktion haben mir sieben Seiten für Fotos zugesichert. Und ich freue mich schon jetzt auf den Moment, wenn einer sich auf den Bildern wiederfindet und sagt: *»Wow, wer hat denn das Foto gemacht? Und wann?«*

Die Menschen sind dann am schönsten, wenn sie sich unbeobachtet glauben.

Das wird wahrscheinlich auch der Titel meiner Bewerbungsmappe für die Fotoschule.

Ich habe mir vor einem halben Jahr diese digitale Nikon-Spiegelreflexkamera zugelegt, außerdem Adobe Photoshop auf den Rechner geladen und in der Stadt tatsächlich einen Laden gefunden, der qualitativ hochwertige Abzüge macht.

Ich mag viele meiner Bilder, aber für die Mappe habe ich erst drei. Ich will der Fotoschule perfekte Bilder vorlegen und die sind nicht einfach so gemacht. Eins habe ich von Valeska, ich habe es ihr noch nie gezeigt, weil ich nicht sicher bin, ob sie das überhaupt sehen will. Sie wirkt auf mich ein wenig unterkühlt. Genauso wie jetzt, wie sie da etwas abseits sitzt und aus dem Fenster schaut, als wäre sie allein im Raum.

Ich wage einen unauffälligen Blick zu Nell.

Mit ihr in einem Raum zu sein, hat mich bisher immer ziemlich nervös gemacht. Die Art von nervös, bei der man sich plötzlich ganz ungelenk und schlecht gekämmt fühlt. Bei der man glaubt, die Stimme könnte einem mitten im Satz versagen, oder, falls nicht, man zumindest etwas ganz Blödes sagt, so was wie: *Ich mag Delfine.* Mir ist schon klar, dass das nicht passieren wird, aber das Gefühl reicht aus, um meine besten Vorsätze zunichtezumachen. Wenn ich wirklich ehrlich bin, dann bin ich wohl schon seit der Achten in Nell verknallt. Okay, mit kleinen Pausen wegen Nancy Fischer, aber da hatte ich mich geirrt. Seit der Achten, das ist eine erbärmlich lange Zeit. Ich habe mir aber ein Limit gesetzt, um in Aktion zu treten, spätestens bis Ende dieses Schuljahres, zwecks Selbstachtung und so.

Es gibt jede Menge guter Gründe, in Nell verknallt zu sein, die großartigsten sind wohl aber:

- die Leberflecke auf ihrem rechten Arm, die sich in kleinen Grüppchen vom Handgelenk bis hoch zum Oberarm schlängeln
- ihre kleinen Füße
- die Bilder, die sie in Kunst malt und die dann gerahmt im Flur ausgestellt werden
- mit wie viel Konzentration sie sich in der Stadtbücherei Kunstbände ansieht
- Wenn sie auf dem Schulhof mit ihren Freundinnen auf der Bank sitzt und diskutiert, dann hat sie immer die Beine angezogen und ihr Kinn ruht auf den Knien. (Da habe ich auch mal ein Bild von gemacht. Leider gehört es nicht zu den perfekten. Vielleicht, weil mir der Abstand fehlt.)
- Wenn sie mit ihrem Fahrrad gegen den Wind an-

kämpft, flucht sie laut. Das weiß ich seit heute Morgen.

- ihr Lächeln
- ihre Brüste
- die Art, wie sie sich ihre Haare zu einem Zopf zusammenbindet
- Ich habe sie einmal auf einer Schulparty tanzen gesehen. Wahnsinn!

Fakt ist aber, dass mich Nells Anwesenheit heute nicht nervös macht. Vielleicht liegt es an dem Sturm, der da draußen wütet und alles, was sonst ist, außer Kraft setzt. Wenn es wirklich zu einer Überschwemmung kommen sollte, kann es sein, dass wir hier mehrere Tage festhängen. Ich kann mir lebhaft vorstellen, wie meine Eltern jetzt im Wohnzimmer sitzen, beide mit Sorgenfalten auf der Stirn, Mama, die ständig zum Fenster schaut und sagt: *Ich habe immer gesagt, wir sollten von der Küste wegziehen.* Papa, der dann seufzt. Sie reden nicht viel miteinander, und wenn sie es doch tun, gehen sie sich meistens auf die Nerven. *Könntest du nicht so laut schmatzen? Ach, nicht schon wieder so ein Frauenfilm! Wieso hast du das vergessen, es stand doch auf dem Einkaufszettel! Früher ... Hör doch auf mit früher!*

Es liegt mir öfter auf der Zunge, sie zu fragen, ob sie nur noch wegen mir und meinem Bruder zusammen sind. Und ihnen dann zu versichern, dass ich mit einer Trennung klarkommen würde. Ein Wochenmodell wäre für mich in Ordnung und ich würde auch keins von diesen gestörten Scheidungskindern werden. Aber dann sage ich es doch nicht. Keine Ahnung, vielleicht bewerte ich es auch falsch und sie lieben sich ganz innig, und ich kann es bloß nicht erkennen.

Aber zurück zu Nell.

Ich folge ihr mit meinem Blick, wie sie jetzt zum Lehrertisch geht und sich dort eins von meinen Pfefferminzbonbons aus der Packung nimmt. Ich deute das mal als gutes Zeichen.

Nell hat damit den Bann offenbar gebrochen und auch die anderen kommen wieder in Bewegung. Leo kippelt auf seinem Stuhl, dreht sich zu Valeska um und macht komische Schnalzlaute.

»Was ist?«, fragt sie pampig.

»Was hast du da eigentlich vorhin über mich in dein Buch geschrieben?«

»Nimm dich mal nicht so wichtig. Ich wüsste keinen einzigen Grund, warum dein Name in diesem Buch auftauchen sollte«, erwidert sie mit einem Blitzen in den Augen.

»Nicht? Dann zeig doch mal.« Er springt von seinem Stuhl auf und geht direkt auf Valeska zu, streckt die Hand nach dem Buch aus.

»Finger weg!« Sie schlägt ihm auf die Hand, die schon auf dem Buch lag, und er zieht sich wieder zurück. Sehr beeindruckend, wie viel Verachtung sie in ihren Blick legen kann.

»Was schreibst du da sonst, hä?«

»Geht dich nichts an.«

»Ich denke, du bist ein Spitzel.« Leo tänzelt vor ihr rum, traut sich aber nicht mehr, zu nah an sie ran.

»Und ich denke, dass du dich für einen echt geilen Typen hältst, aber wenn du mal aufnehmen würdest, was du den ganzen Tag so redest, und dir diesen Müll dann anhören würdest, könntest du nur schreiend vor dir selbst wegrennen.«

Leo pfeift anerkennend. »Ja, das war echt ein guter Satz, vielleicht solltest du einen Song daraus machen und ihn dir vor dem Schlafengehen vorsummen.«

»Siehst du, womit meine Theorie bewiesen wäre: Mund auf – Schwachsinn raus.«

»Okay! Wir haben jetzt aber ganz andere Sorgen.« Anton schaltet sich ein, und ich bin für einen Moment überrascht, irgendwie hatte ich schon wieder vergessen, dass er auch hier ist. »Hat jemand von euch die Nummer von Herrn Radtke?«

»Was willst du denn damit?« Leo lässt sich wieder auf seinen Stuhl plumpsen, nachdem er den Zweikampf mit Valeska so kläglich verloren hat.

»Ich sollte ihm Bescheid sagen, dass…«

»Geht das schon wieder los!« Leo schlägt sich die Hand vor die Stirn. »Chill mal, Junge!«

»Leo hat recht«, schalte ich mich ein, aber nicht, um es Leo recht zu machen, sondern, weil es auch in meinem Interesse liegt, dass Anton jetzt nicht anfängt, irgendwelche Erwachsenen ins Boot zu holen, wo wir sie gerade erst losgeworden sind.

»Und was schlägst du vor?« Anton sieht mich erwartungsvoll an.

»Ich schlage vor, wir entspannen uns erst einmal und genießen den Blick aus dem Fenster. Hast du schon mal so einen Regen gesehen?« Jetzt muss ich doch wieder ein Foto machen. Wie die dicken Tropfen an der Scheibe runterrinnen, sieht einfach phänomenal aus. Ich probiere das gleich noch mal mit einem Filter.

»Wenn wir hier wirklich die ganze Nacht ausharren müssen, werde ich es mit einer Karotte und ein paar Keksen nicht schaffen.« Von Entspannung kann bei Anton keine Rede sein.

»Vor der Cafeteria steht ein Snackautomat.« Nell kramt Kleingeld aus ihrer Hosentasche und legt es vor Anton auf den Tisch.

Auch Valeska und Leo schauen nach ihren Kleingeldreserven.

»Ich weiß nicht, wie weit wir mit Müsliriegeln und Gummibärchen kommen«, gibt Anton zu bedenken.

»Du siehst eigentlich gar nicht nach einem Fresssack aus«, bemerkt Leo. »Der Mensch kommt wochenlang ohne Essen aus, weißt du.«

»Da habe ich aber keine Lust drauf.«

»Oh, der feine Herr hat da keine Lust drauf! Na dann sollten wir schleunigst den Pizzaservice anrufen.«

»Die Tür ist abgeschlossen, schon vergessen?«, sagt Nell, holt ihre Kekse vom Lehrertisch und legt sie demonstrativ vor Anton ab.

»Ich weiß, dass die Tür abgeschlossen ist. Das war ein Scherz, ein Witz, was zum Lachen, versteht ihr?«

Valeska verdreht die Augen.

»Cafeteria«, überlege ich laut, und plötzlich schauen alle zu mir.

»Du meinst…?« Leo lächelt diabolisch.

»Keine Chance, die ist abgeschlossen.« Das muss man Anton lassen, er weiß sofort, worum es geht.

»Pfff.« Leo zuckt mit den Schultern.

»Klar, weil du jetzt auch noch Schlösser knacken kannst«, sage ich und lege meine letzten zwei Euro fünfzig zu der Sammelkasse. Als ich mich wieder umdrehe, streife ich Nells Arm mit meinem, traue mich dann aber doch nicht, ihr ins Gesicht zu schauen, um zu sehen, wie sie darauf reagiert.

»Natürlich kann ich Schlösser knacken.« Er zieht eine Plastikkarte aus seinem schwarzen Lederportemonnaie heraus und wedelt damit rum. Eigentlich hab ich nichts gegen Leo, auch wenn wir in der Schule nicht besonders viel miteinander zu tun haben, was mich bloß so stresst, ist sein verdammt gutes Aussehen. Er braucht nichts machen und die Mädchen liegen ihm trotzdem zu Füßen. Das ist unfassbar frustrierend. Wäre es ihm gelungen, mit Marc durch den Sturm abzuhauen, wären meine Chancen bei Nell erheblich höher. Aber ich will nicht jammern. Das heute, das wird eine ganz besondere Nacht. Zumindest hoffe ich das.

»Wir können nicht in die Cafeteria einbrechen.« Anton sortiert das Geld auf dem Tisch und stapelt es zu kleinen Türmchen.

Leo sieht ihn mit hochgezogenen Augenbrauen an. »Nicht?«

»Wir können nicht NICHT den Hausmeister holen und NICHT Herrn Radtke anrufen und dann noch in die Cafeteria einbrechen.«

»Und wer genau will uns das verbieten? Du?«

»Nein. Ich denke nur, es wäre dumm.«

»Okay, ich sage dir jetzt mal was. Wir hängen hier in dieser beknackten Schule fest. Hätte ich den verdammten Ast nicht ins Gesicht bekommen, wäre ich schon längst zu Hause, aber stattdessen machen wir hier in diesem stinkenden Klassenzimmer Plenum. Du bist derjenige, dem der Magen knurrt, und ich habe keine Lust, mir von einem Spielverderber sagen zu lassen, was ich hier tun darf und was nicht, das geht mir nämlich langsam auf die Nerven. In diesem Fall müssen sich unsere Wege trennen. Du kannst hier weiter rumsitzen und Türmchen bauen, von mir aus könnt ihr alle hier rumhängen und Löcher in die Luft starren. Ich gehe mir jetzt ein Schnitzel braten und werde froh sein, mir dieses Rumgeheule nicht mehr reinziehen zu müssen. Also bis die Tage, Mädels!« Er wirft sich seine Lederjacke über die Schulter und verlässt den Klassenraum.

Wir lauschen auf seine Schritte im Flur, und es dauert keine zwei Sekunden, da schnappt sich Nell ihren Rucksack und folgt ihm. Im Türrahmen bleibt sie noch kurz stehen und sieht uns an. »Kommt ihr mit?«

Es wäre ziemlich fahrlässig von mir, sie mit diesem Möchtegern-Rockstar alleine zu lassen, also werfe ich Anton und Valeska einen aufmunternden Blick zu und hänge mich Nell an die Fersen.

»Eigentlich könnte das echt lustig werden«, versuche ich sie in ein Gespräch zu verwickeln, fummele aber an meiner Kamera rum, damit es beiläufig rüberkommt.

»Ja«, antwortet sie einsilbig und beschleunigt den Schritt, sobald Leo um die Ecke gebogen ist. Verdammt!

Ich habe es ja geahnt, vielleicht kann ich Leo doch nicht ausstehen.

»Ich glaube, um diese Story werden uns einige beneiden.« So schnell gebe ich nicht auf. Bis zum Ende des Schuljahres sind es schließlich nur noch wenige Wochen.

Jetzt sieht sie zu mir rüber. Ist es vielleicht das erste Mal, dass sie mich überhaupt wirklich ansieht? Und ist da etwa ein halbes Lächeln auf ihren wundervollen Lippen? »Stimmt. Ich habe mir so etwas immer gewünscht.«

»Ach ja?«

»Ja. Das Leben ist doch sonst stinklangweilig.«

»Findest du?« Es überrascht mich, dass sie das sagt.

»Findest du nicht?«

»Hm.« Ich überlege, welche Antwort die beste wäre, um sie in eine stundenlange Diskussion zu verwickeln, aber mir fällt nur dieselbe Frage ein. »Warum findest du das Leben stinklangweilig?«

Sie seufzt, zieht sich das Gummi aus den Haaren und macht sich einen neuen Zopf. »Weil nie etwas Unvorhergesehenes passiert.«

»Heute schon.«

»Ja, heute schon. Meinst du, Leo ist schon dabei, das Schloss zu knacken? Wollen wir uns beeilen? Ich würde mir das gerne ansehen.«

»Klar«, antworte ich, obwohl es das Letzte ist, was ich gerade will. Ich drehe mich nach Anton und Valeska um, die in großem Abstand voneinander hinter uns her schlurfen, als ginge es auf eine Beerdigung.

Die Cafeteria liegt im Erdgeschoss, sie ist eigentlich

das Erste, was man sieht, wenn man durch den Haupteingang die Schule betritt. Sie wurde vor einem Jahr aufwendig renoviert, hauptsächlich mithilfe von Spenden des Fördervereins und einzelner Mütter, die im Akkord Muffins gebacken hatten. Valeskas Mutter, als Vorsitzende des Vereins, stolzierte eine Woche lang über die Schulflure, verteilte ihr blumiges Parfüm in jedem Gang und beaufsichtigte den Verkauf, indem sie streng darauf achtete, dass sich niemand vordrängelte. Die ganze Schule wurde quasi gezwungen, Muffins für den guten Zweck zu essen. Ich habe mal zwei Lehrer belauscht, die auf der Treppe standen, und einer sagte: »Ich wünschte, diese Mütter würden sich endlich eine Arbeit suchen und uns mit diesen Backkreationen verschonen.«

Das war ein bisschen gemein von ihm, andererseits verstand ich auch, dass sie keinen Bock mehr auf diese furztrockenen Muffins hatten.

Als wir vier unten ankommen, macht sich Leo schon am Schloss zu schaffen. Anton schaut sich hektisch nach allen Seiten um.

»Wir sind hier alleine«, erinnere ich ihn.

»Schon, aber …« Weiter fällt ihm nichts ein. Er stellt sich vor den Snackautomaten und mustert skeptisch das Angebot. Es gab eine Zeit, da konnte man im Automaten Schokoriegel, Chips und gefüllte Waffeln ziehen, bis der Elternbeirat beschlossen hat, es wäre unverantwortlich, die Kinder mit Zucker zu vergiften. Seitdem gibt es bloß Müsliriegel mit Biosiegel, vegane Gummibärchen mit Fruchtzucker, die nach praktisch nichts schmecken, und Sesamcracker, von denen man ungefähr hundert essen müsste, um überhaupt halbwegs satt zu werden. Es ist also phänomenal, wie Erwachsene es immer wieder schaffen, in unsere Lebensräume vorzupreschen und uns den Spaß zu verderben. Unser Direktor knickt immer vor den Eltern ein. Und am Ende führt es nur dazu, dass zwei Jungs aus der Zehnten, Alex und Gino, auf dem Schulhof Snickers für € 2,50 das Stück verticken. Ich frage mich, warum die Erwachsenen nicht peilen, was sie sich für einen Mist ausdenken.

Valeska hat sich auf die unterste Treppenstufe gesetzt und wieder ihr Buch aufgeschlagen, während Nell am Türrahmen der Cafeteria lehnt und auf Leos Hände starrt, die am Schloss rumhantieren.

»Scheiße, das ist gar nicht so einfach, wie ich dachte«, beschwert der sich, und es treten tatsächlich ein paar Schweißperlen auf seine Stirn, aber wahrscheinlich nicht wegen der körperlichen Anstrengung, sondern weil er droht, sein Gesicht vor uns zu verlieren.

»Kann ich dir irgendwie helfen?«, frage ich, aber weniger, weil ich so hilfsbereit bin, sondern eher, um Nells Aufmerksamkeit wieder auf mich zu lenken.

»Ihr solltet es lassen«, wirft Anton ein, während er immer noch am Automaten steht und durch die Scheibe guckt.

»Und du hast versprochen, die Klappe zu halten.« Leo zieht die Plastikkarte aus dem Türspalt und biegt sie zurecht.

»Hab ich nicht.« Anton hat sich anscheinend entschieden, er wirft eine Münze in den Schlitz und drückt einen Knopf.

»Ich glaube, du brauchst eine, die sich besser biegen lässt«, sage ich und deute auf die Karte in Leos Hand.

»Ach?«

»Ich sag's ja bloß.«

»Das ist nicht das erste Schloss, das ich knacke«, gibt er leicht genervt zurück.

»Schon, nur ist das eine besondere Tür, die ist nicht so einfach.«

»Und du bist Türexperte?«

»Das sieht man doch, dass das eine besondere Tür ist.«

»Du hast also einen besseren Vorschlag, ja?« Er steckt seine Karte in die Hosentasche und lehnt sich an die Tür. Dabei wechselt er einen Blick mit Nell, wofür ich ihm am liebsten eine knallen würde, aber das könnte leicht überspannt wirken, und diese Rolle überlasse ich lieber Anton.

»Probier es mal damit.« Ich reiche Leo meine laminierte biegsame und doch stabile Mitgliedskarte von der Videothek.

»Da gehe ich auch immer hin«, sagt Nell, und das ist ein guter Punkt, um unser Gespräch von vorhin wieder aufzunehmen.

»Wohnst du in der Nähe?«

»Nein, aber eine Freundin hat mir die empfohlen.«

»Was ist deine Lieblingsabteilung? Oder nee, lass mich raten. Independent?«

»Falsch.« Sie grinst mich herausfordernd an.

Mist. Ich hätte drauf schwören können. »Fantasy?«

Sie schüttelt den Kopf.

»Film noir?«

»Nein.«

»Doch nicht etwa Liebeskomödien?«, frage ich mit gequältem Gesichtsausdruck.

Sie deutet auf ihr Shirt. »Musikfilm natürlich.«

Ich haue mir mit der Hand vor die Stirn. »Natürlich!«

»Ist doch voll offensichtlich«, mischt sich Leo ein, und im nächsten Moment hat er das Türschloss geknackt, weshalb mein böser Blick in seine Richtung untergeht.

»So, Freunde der Nacht. Darf ich bitten?«

Leo

Es gibt wirklich Besseres, was ich mir für einen Freitagabend vorstellen könnte. Eigentlich wollte ich heute Abend bei der Open Stage im *Nirwana* vorbeischauen und vielleicht sogar selbst ein paar Songs spielen. Ich weiß gar nicht, ob ich so weit bin. Könnte auch in die Hose gehen, aber ich muss es probieren. Ich habe gehört, die Ladys dort sollen besonders heiß sein. Tätowiert, gepierct, mit verwischter Wimperntusche, schön runtergerockt. Aber wenn ich mich dort zum Idioten mache, kann ich in dieser Stadt einpacken. Vielleicht war dieser beschissene Ast auch ein Zeichen, dass ich nicht hin soll. Wäre natürlich ein bisschen unfair Marc gegenüber. Aber andererseits, die werden ihn schon wieder zusammenflicken, und ich werde mich an anderer Stelle bei ihm revanchieren. Außerdem war er nicht besonders unterstützend gewesen. »Bei solchen Frauen hast du doch gar keine Chance«, hatte er gesagt, kurz bevor sich die halbe Baumkrone löste. Wahrscheinlich war das seine Strafe gewesen. Aber vielleicht sollte ich wirklich noch mehr üben, bevor ich auf die Bühne steige.

So oder so, ich werde die Nacht heute wohl hier verbringen müssen. So ein Durcheinander wie da draußen, habe ich noch nie erlebt. Man konnte kaum sprechen, der Wind hat uns die Wörter direkt wieder in den Mund zurückgeweht. Ein einziges Auto war auf der Straße, ist über den Asphalt gekrochen, mit 5 km/h und Scheibenwischern auf höchster Stufe. Aus der Ferne waren Sirenen zu hören. Marc hatte Schiss. Ich hatte auch Schiss, aber so was sagt man nicht laut. War trotzdem eine interessante Erfahrung, so im Angesicht des Todes, als der Ast auf uns runterrauschte.

»Lass mal das Licht kurz aus.« Nell legt ihre Hand auf meine Hand, die den Lichtschalter berührt, und lässt sie einen Tick zu lang dort liegen. Vielleicht sollte ich versuchen, sie rumzukriegen. Das wäre jedenfalls ein guter Zeitvertreib für heute Nacht, wenn auch kein Vergleich mit den richtig heißen Ladys aus dem *Nirwana*.

Die Verteilung, zwei Mädchen auf drei Jungs, ist mehr als unbefriedigend. Ich hätte es mir anders gewünscht: ich als einziger Mann und vier liebeshungrige Mädchen, ruhig aus dem Abi-Jahrgang. Aber ich will nicht meckern. Valeska ist ja durchaus heiß, es gibt einen Haufen Jungs auf der Schule, die gerne bei ihr landen würden, nur trauen die sich nicht sie anzusprechen. Feiglinge!

Und Nell? Sie ist mir bisher nie aufgefallen, aber sie hat ein hübsches Gesicht, je länger ich hinschaue, umso hübscher wird es. Außerdem sind die Brüste nicht übel. Und der Knackpo – alles da.

Bei Valeska muss ich vorsichtig sein. Die beißt bestimmt. Ist mir gerade ein bisschen anstrengend. Aber

Nell – wie sie da gerade ihre Hand auf meine gelegt hat –, warum nicht?

Der Abend ist noch jung.

»Schaut mal aus dem Fenster. Sieht das nicht irre aus?« Nell und die anderen drei machen ein paar Schritte auf die große Fensterfront zu. Sobald die Augen sich an den Wasserfluss an der Scheibe gewöhnt haben, erkennt man dicke dunkelgraue Wolkenberge am Himmel, und dort, in regelmäßigen Abständen, langgezogene Blitze. Falls da ein Donnern folgt, wird es jedenfalls vom Heulen des Windes übertönt. Die Äste krümmen sich im Wind, ganze Baumkronen neigen sich Richtung Boden.

Paparazzo-Chris schießt gleich mal ein paar Fotos. Valeska steht da, bewegungslos wie eine Statue, während Nell sich die Nase an der Scheibe plattdrückt. Anton hingegen fummelt an den Knöpfen seines hässlichen Hemds rum.

Das ist echt nicht die Clique, die ich mir freiwillig ausgesucht hätte. Nicht in diesem Leben und auch nicht in einem anderen. Aber mein Vater sagt gerne: »Junge, das Leben sollte, wenn möglich, aus lauter einmaligen Gelegenheiten bestehen. Und wenn du klug bist, wirst du sie alle am Schopf packen.«

Ich schätze, das hier ist so eine einmalige Gelegenheit. Jahrhundertsturm, gefangen an einem verhassten Ort, mit Leuten, mit denen man sonst nie ein Wort wechseln würde. Mit Sicherheit wird das den Charakter stärken.

Ich mache jetzt doch das Licht an, streiche über die Tischreihen der Cafeteria und habe den Eindruck, dass da etwas Klebriges an meinen Fingern zurückbleibt. Angewidert wische ich die Hand an meiner Jeans ab. Der Geruch vom Mittagessen schwebt immer noch in der Luft: gestampfte Kartoffeln mit Spiegelei und Spinat.

Die Theke der Essensausgabe ist verlassen, keine fröhlich dreinschauenden Küchendamen, die immer einen netten Spruch auf Lager haben. Die Mülleimer sind geleert und die Krümel vom Boden aufgefegt. Die Putzkolonne ist freitags anscheinend immer früher da. Ich stelle mir vor, dass es der beschissenste Job der Welt sein muss, hinter einem Haufen pickeliger, nerviger Teenager hinterherräumen zu müssen. Viel schlimmer geht's nicht. Aber auch da sagt mein Vater: »Jeder kriegt das, was er verdient. Leo, denk daran, du suchst dir dein Leben selbst aus.«

Klar, deshalb wird es jetzt auch höchste Zeit, die Initiative zu ergreifen. Wollen wir doch mal sehen, wie wir hier ein wenig Spaß in die ganze Veranstaltung bringen. Ich stoße die Schwingtüren zur Küche auf und steuere die großen Edelstahlkühlschränke an.

Na bitte, geht doch!

Paprika, Eier, geriebener Käse, Mais in der Dose, Unmengen an Fleischwurst, Crème fraîche, literweise Milch und eine ganze Palette Bio-Pudding. Im großen Regal daneben außerdem Zwiebeln, Tomaten, Öl, Mehl, Zucker, Apfelmus und Marmelade.

»Kann jemand von euch Eierkuchen machen?«, rufe ich zu den anderen rüber.

Zwei Sekunden später steht Anton in der Tür. Ausgerechnet!

»Hat dir deine Mutter nicht beigebracht, wie man Eierkuchen macht?«

»Meine Mutter bestellt Pizza und gebratenen Eierreis, die volle Packung Glutamat.«

»Verstehe.« Er knöpft sich die Ärmel auf und krempelt sie mit einer Arschruhe nach oben. »Meine Mutter glaubt, in Fast Food sind Stoffe drin, die aggressiv machen.«

»Was willst du damit sagen?« Dieser Typ ist echt unglaublich.

»Nein ... äh ... nein ... so habe ich das nicht gemeint. Ich wollte eigentlich sagen, dass ich denke, dass meine Mutter paranoid ist. Zumindest was Essen angeht.« Er öffnet ein paar Schränke und holt schließlich eine große silberne Schüssel raus, die er auf die Arbeitsplatte stellt.

Ich mustere ihn, seine ungelenken Bewegungen, seinen zuckenden Mund, seine merkwürdig unfrisierten Haare, und frage mich, wie es ist, so zu sein. Ich hab ihn noch nie irgendwo mit Freunden rumstehen sehen, mit Mädchen sowieso nicht. Entweder er sitzt im Klassenzimmer, das Gesicht in Büchern vergraben, oder er läuft hektisch durch die Flure, als hätte er einen wichtigen Termin. Ich hatte mal überlegt, ihm zu folgen, zu sehen, wo er denn so eilig hinläuft, aber dann stellte ich fest, dass es mir eigentlich scheißegal ist. Soll er doch machen, was er will.

»Hast du irgendwo einen Mixer gesehen?«, fragt er und klappert mit den Schranktüren.

»Wie sieht denn so ein Mixer aus?« Ich grinse ihn an.

69

»Meinst du das ernst?« Er verharrt einen Moment in einer komischen Pose und sieht mich ungläubig an.

»Natürlich nicht, du Vogel.«

»Meinst du, es würde dir gelingen, einen Tag lang keine herabsetzenden Spitznamen zu benutzen?«

»Meinst du, es würde dir gelingen, einen Tag lang normal zu reden?«

Wir stehen einander gegenüber wie in einem Western, die Blicke ineinander verhakt. Eins muss man ihm lassen, Schiss hat er nicht.

»Ich könnte jetzt was sagen. Mache ich aber nicht.« Seine Augen verengen sich zu kleinen Schlitzen. Ich weiß nicht, ob er mir damit irgendwie Angst einjagen will.

»Hey, du warst derjenige, der angefangen hat. Du hast *Fick dich* zu mir gesagt.« Normalerweise bin ich nicht nachtragend, aber der braucht sich gar nicht so hinstellen und tun, als wäre ich hier der Mobber und er das Opfer.

»Ja, das war ... Ich weiß es auch nicht genau.«

»Hast wohl heimlich Fast Food genascht?«, ziehe ich ihn auf.

»Siehst du! Es ist einfach kein ernsthaftes Gespräch mit dir möglich.« Er wendet sich wieder ab und holt Öl, Mehl und Zucker aus dem Regal. Mein Gott, der benimmt sich wie eine kleine Diva. Ich mache mich mal lieber auf die Suche nach dem Mixer, vielleicht beschert ihm das bessere Laune.

»Was treiben eigentlich die anderen?« Ich wühle mich durch einen Karton mit Haushaltsgeräten.

Anton schaut durch die Schwingtür in die Cafeteria. »Sie stehen immer noch am Fenster rum und starren in den Regen.«

»Meinst du, wir schaffen es, hier ein wenig Leben in die Bude zu bringen?« Ich ziehe von ganz unten etwas hervor, das vielleicht ein Mixer sein könnte.

»Wir?« Anton lässt die Tür wieder zuschwingen und macht sich daran, Eier über der großen Schüssel aufzuschlagen.

»Ja, wir, die zwei mit den durchgeknallten Müttern.«

»Meine Mutter ist nicht durchgeknallt!« Ein Ei explodiert ihm zwischen den Fingern.

Und ich wette, sie ist doch durchgeknallt. »Lass mich raten, sie sucht diese abartigen Hemden für dich aus.«

»Das stimmt nicht.«

»Nein? Dann lass dir eins gesagt sein, Kumpel, du hast einen echt miserablen Geschmack. Hier, dein Mixer.« Ich laufe zu ihm rüber, lege das Mixerding neben seiner Schüssel ab, lehne mich an die Arbeitsplatte und beobachte ihn dabei, wie er mit zusammengepressten Lippen mit einem Taschentuch die Eierpampe von seiner Hand wischt.

Ganz kurz kreuzt sein Blick den meinen, dann schrubbt er weiter. »Nicht jeder muss sich hinter einer Lederjacke verstecken«, murmelt er.

»Ich verstecke mich hinter meiner Lederjacke?«, pruste ich los. Der hält sich echt für einen Schlauberger. »Und woher weißt du das?«

»Ich beobachte.« Endlich hat er seine Hand sauber bekommen und macht sich an die anderen Eier.

71

»Du beobachtest mich?«

»Nicht dich speziell. Euch alle.« Er hält inne und läuft knallrot an.

»Du weißt schon, wie das klingt?

»So ist das nicht gemeint«, beeilt er sich zu sagen und schraubt nervös am Deckel der Ölflasche rum.

»Weißt du, langsam finde ich dich echt interessant.« Ich nehme ihm die Flasche aus der Hand und entferne den Sicherheitsverschluss. »Wie viel?«

»Zwei Esslöffel.« Er kramt in der Schublade nach einem Löffel.

»Lass mal, ich mache das nach Gefühl.« Ich gieße das Öl in die Schüssel, während Anton mich ungläubig mustert und mit dem Löffel wedelt.

»Da staunst du, was?«

Er setzt an, etwas zu sagen, lässt es aber bleiben und macht sich stattdessen an der Mehlpackung zu schaffen.

»Dann erzähl mal, du bist also so ein kleiner perverser Spanner?« Okay, ich könnte ihn in Ruhe lassen, schon klar, aber er fordert es quasi heraus, mit seinen klugscheißerischen Bemerkungen, die er wahrscheinlich aus diesen Büchern hat, mit denen er ständig abhängt. Dass ich mich hinter meiner Lederjacke verstecke, ist so ziemlich der größte Schwachsinn, den ich je gehört habe.

»Ich bin kein Spanner!«

»Na, na, na … nicht mal ein klitzekleines bisschen?

»Wenn du das rumerzählst, verklage ich dich. Meine Mutter ist Anwältin.« Er knallt die Packung auf die Arbeitsplatte, als hätte er seinen Körper nicht unter Kontrolle, und eine Mehlwolke steigt auf.

72

»Drohst du mir, Alter?«

»Ich bin kein Spanner und auch kein Perverser. Das, was du da machst, nennt sich Rufmord.«

»Komm mal klar. Ich hab doch nur gefragt.« Mein Gott, bei dem Typen liegen ja echt die Nerven blank.

»Du lenkst mich ab mit deinen Fragen und Unterstellungen. Erst willst du, dass dir einer Eierkuchen macht, und dann lässt du mich nicht in Ruhe arbeiten.«

Ich hebe die Arme, als würde ich mich ergeben. »Okay, mach dein Zeug zu Ende. Aber wir sind noch nicht fertig miteinander, falls du das glaubst.«

Anton grummelt etwas vor sich hin, dann schmeißt er den Mixer an, und ein fieses Geräusch breitet sich in der Küche aus und lässt die silbernen Schöpfkellen über der Spüle vibrieren.

»Hey, was macht ihr hier?« Nell streckt den Kopf durch die Tür. Ein nettes Lächeln hat sie ja wirklich.

»Anton spannt... äh, kocht, wollte ich sagen.«

»Was?« Nell deutet auf ihre Ohren.

»Ach, nichts«, winke ich ab und wechsele einen herausfordernden Blick mit Anton.

Valeska und Chris kommen dazu, stellen sich in den Türrahmen, und eine ganze Weile sehen wir Anton dabei zu, wie er hochkonzentriert in der großen Schüssel rührt, Milch nachgießt und sein Hemd mit spritzenden Teigtropfen bekleckert.

Als er endlich dieses laute Monstrum von Mixer ausstellt, läuft Nell zur Spüle und wäscht sich die Hände. »Wir sollten ihm helfen.« Sie geht zum Regal und mustert die Zutaten, dann öffnet sie den Kühlschrank und holt Paprika und Mais raus. »Könnte jemand Zwiebeln schneiden? Ich mache eine Füllung für die Eierkuchen.« Sie blickt in die Runde.

»Ich hab keinen Hunger«, sagt Valeska und verschwindet wieder aus der Küche. Diese Braut hat echt einen an der Klatsche.

»Sollte nicht jemand nach ihr sehen? Ich meine, nicht dass sie ihre Mutti anruft oder so.« Ich schaue Chris an, weil er der Einzige ohne Beschäftigung ist.

»Wieso ich? Geh du doch.«

»Ich muss die Zwiebeln schneiden«, gebe ich zurück.

»Das kann ich auch machen.« Er steuert das Regal mit den Zwiebeln an.

»Ich denke nicht, dass Valeska ausgerechnet mit mir reden möchte.«

»Wahrscheinlich will sie mit niemandem reden. Sie kommt schon klar.« Er schnappt sich ein Brett und zieht ein riesiges Messer aus dem Messerblock.

»Ja, sie kommt schon klar, aber es wäre trotzdem cool, wenn du nach ihr sehen könntest?«

»Willst du mich loswerden?« Er macht sich hartnäckig daran, einer Zwiebel die Haut abzuziehen.

»Vielleicht fühlt sie sich ausgeschlossen«, mutmaßt Nell, während sie die kleinen weißen Kerne aus der Paprika pult.

»Komm schon, Paparazzo, du kannst ein Mädchen nicht allein dort draußen in den dunklen Fluren lassen.« Ich will ihn nicht unbedingt loswerden, aber es macht schon Spaß, Bewegung in diesen lahmen Haufen hier zu bringen.

Chris sieht mich einige Sekunden wütend mit dem Messer in der Hand an, dann lässt er die Schultern hängen, schüttelt den Kopf und kommt auf mich zu. Er drückt mir das Brett und das Messer in die Hand. »Das kriegst du zurück«, zischt er und verschwindet aus der Küche.

»Was haben die bloß alle?« Ich stelle mich zu Nell, die gerade die Paprika in kleine Würfel schneidet, während Anton auf der anderen Seite der Küche eine Pfanne mit etwas Öl bestreicht und sie dann auf den Herd stellt.

»Zeigst du mir, wie das geht?« Ich halte Nell eine Zwiebel hin und sie bekommt sofort rote Wangen. Natürlich weiß ich, wie man Zwiebeln schneidet, aber es kann nicht schaden, näher in Kontakt mit ihr zu treten. Gut, Nell ist nicht wirklich mein Typ, aber sie steht auf mich, das merke ich, und die Nacht heute wird lang. Die anderen drei versprechen ja nicht unbedingt, eine gute Gesellschaft abzugeben.

»Klar«, antwortet sie mit ihrem netten Lächeln und streicht sich eine Haarsträhne hinters Ohr. Als sie die Zwiebel nimmt, berühren sich unsere Hände. Auf der anderen Seite zischt Teig, der in die Pfanne gegossen wird.

»Deine Wunde sieht immer noch ganz schön böse aus«, sagt sie und tippt dabei mit dem Finger auf ihre eigene Nase, an die Stelle, wo es bei mir die ganze Zeit schon ziemlich brennt.

»Echt? Ich merk nichts.«

»Das sollte man besser verarzten.«

»Kannst du das?«

»Ich? Nein.« Sie schaut plötzlich weg, widmet ihre volle Aufmerksamkeit der Zwiebelschale.

»Schade«, erwidere ich mit Bedauern in der Stimme und hoffe, sie so wieder zu kriegen.

Nachdem sie die Schale abgezogen hat, legt sie die Zwiebel auf das Brett und schneidet sie in der Hälfte durch, die Hälften dann jeweils in Streifen und diese wiederum in Würfelchen. »Ist eigentlich total einfach.« Sie schiebt mir das Brett zu.

»Danke.« Ich schnappe mir ein paar neue Zwiebeln und mache mich an die Arbeit. Ein paar Minuten lang sagt keiner ein Wort, nur das Zischen der Pfanne und das Klackern der Messer auf den Schneidebrettern ist zu hören.

»Also, wir könnten das versuchen, das mit deiner Nase«, sagt Nell schließlich, ohne mich anzusehen.

»Echt, wie denn?«

»Ich weiß, dass es in der Turnhalle einen Erste-Hilfe-Kasten gibt. Die Halle wird zwar wahrscheinlich abgeschlossen sein, aber du kannst ja …«

»Kann ich.«

»Einen Versuch ist es wert.« Jetzt sieht sie zu mir und lächelt.

Ich lächle zurück. »Cool.«

Na, das läuft ja wie am Schnürchen!

Nell

Der Sturm macht mich mutig.

Das war vor wenigen Stunden noch anders. Noch während ich den Aufsatz schrieb, hätte die Vorstellung, mit Leo alleine durch einen dunklen Flur zu laufen, mich furchtbar unsicher gemacht. Aber ich bin ganz ruhig dabei, konzentriere mich auf die Geräusche unserer Schritte und die des Regens, der unermüdlich gegen die Fensterscheiben prasselt.

Schon während des Essens hat diese kribbelnde Stimmung von mir Besitz ergriffen. Eigentlich schon, als ich Leo zeigte, wie man Zwiebeln schneidet.

Nachdem Chris Valeska wieder zurückgebracht hatte, setzten wir uns an einen großen Tisch, verteilten die Teller und das Besteck, und jeder nahm sich zwei Eierkuchen von dem großen Berg, den Anton gebacken hatte.

»Nicht übel, Alter«, schmatzte Leo, nachdem er sich einen halben Eierkuchen in den Mund geschoben hatte.

»Ja, wirklich gut«, meinte auch Valeska, die nun doch mitaß, allerdings ganz anders als Leo. Sie schnitt ihren

Eierkuchen in kleine gleich große Stücke, um sie dann vornehm mit der Gabel zum Mund zu führen.

Chris tat sich ordentlich von meinem Paprika-Mais-Gemisch auf seinen Eierkuchen, rollte ihn zusammen und schnitt sich dicke Scheiben davon ab. »Lecker.«

Wir aßen schweigend weiter, und ich war schon ganz in Gedanken versunken, als mich plötzlich ein Fuß unter dem Tisch streifte. Ich schaute in die Runde, und als ich Leos Blick begegnete, zwinkerte er mir zu. »Sorry.«

»Kein Problem«, gab ich zurück, hoffte aber sehr, dass es kein Versehen war. Konnte es echt sein, dass er mit mir flirtete? Es fühlte sich komisch an, dass all meine Tagträume plötzlich Form annahmen, so richtig konnte ich es nicht glauben. Allerdings hatte er schon beim Zwiebelschneiden meine Hand berührt. Auch bloß Zufall?

Meine Überlegungen wurden von einem Handyklingeln unterbrochen.

Anton zückte hektisch sein Smartphone aus der Tasche. »Entschuldigung.« Er entfernte sich schnellen Schrittes ans andere Ende der Cafeteria und sprach flüsternd in sein Telefon. Wir konnten trotzdem alles hören.

»Ja, Mama. Nein, Mama. Ja, Mama. Selbstverständlich, Mama.«

»Aber auf jeden Fall, Mama!«, rief Leo rüber, und Anton drehte sich aufgeregt zu ihm um und zeigte ihm den Vogel. »Ach, ist der nicht putzig?« Leo lachte und knöpfte sich den zweiten Eierkuchen vor.

»Putzig ist echt ein komisches Wort aus deinem Mund«, befand Valeska und schob ihren Teller beiseite, obwohl noch über die Hälfte drauf war.

»Ich bin eben sehr vielseitig«, gab Leo ungerührt zurück.

»Lass ihn in Ruhe telefonieren«, mischte sich Chris ein und wechselte einen Blick mit Valeska.

»Entspannt euch mal. Ich sitze hier nur friedlich und esse. Stimmt's, Nell?«

Er brachte mich damit in eine blöde Lage. Ich wollte ihm nicht so offensichtlich zustimmen, das wäre zu auffällig gewesen, ich wollte aber auch nicht den anderen recht geben, weil ich dann eventuell meine Chancen bei ihm verspielt hätte. Also sagte ich etwas völlig anderes: »Meint ihr, Marc wird schon operiert?«

»Mach dir um den mal keine Sorgen, das ist nicht sein erster Krankenhausaufenthalt.« Leo angelte sich einen dritten Eierkuchen vom Teller und klatschte einen Löffel von der Füllung in die Mitte.

»Du bist ein echter Freund, was?« Valeska stach mit der Gabel in die Schüssel und pickte ein einzelnes Maiskorn auf.

»Haben wir eigentlich ein Problem miteinander?«

Auch mein Themenwechsel konnte diese zänkische Stimmung nicht durchbrechen. Ich fand es unangenehm, so zwischen den Stühlen zu sitzen, außerdem war ich mir plötzlich nicht sicher, ob Leos Provokationen Richtung Valeska nicht auch ein Flirt waren. Konnte es sein, dass er mit uns beiden flirtete?

In diesem Moment kam Anton zurück an den Tisch.

»Meine Mutter«, klärte er uns mit gesenktem Blick auf.

»Nein? Wirklich?« Leo zog eine übertrieben überraschte Grimasse.

»Sie geht davon aus, dass Herr Radtke noch bei uns ist.« Er kratzte sich bekümmert am Kopf.

»Und was hast du gesagt?«, fragte ich. Der Gedanke daran, dass wir aufgeflogen sein könnten, machte mich panisch. Jetzt, wo ich Leo endlich ein bisschen nähergekommen war.

»Ich habe *Ja, Mama* gesagt.«

»Du hast deine Mutter angelogen?« Leo klatschte in die Hände. »Bravo, mein Freund. Du machst ja echte Fortschritte.«

»Ich habe sie nicht angelogen, ich habe ihr bloß nicht widersprochen.«

»Also, genau genommen … Aber scheiß drauf! Gut gemacht, Kumpel.« Leo spießte mit seiner Gabel einen Eierkuchen auf und legte ihn Anton auf den Teller. »Hier, iss. Jetzt, wo du dabei bist, groß und stark zu werden.«

Wieder wechselten Chris und Valeska so einen verschwörerischen Blick. Mich nervte diese Stimmung langsam, und deshalb war ich froh, als sich das Essen endlich seinem Ende neigte.

Der Tisch war vollgekleckert mit Apfelmus und den Resten der Füllung, die Leo und ich zusammen zubereitet hatten.

Chris machte eine ganze Fotostrecke davon. »Meint ihr, wir kriegen Ärger dafür?«

»Das lässt sich doch wegwischen«, warf Valeska ein und wickelte gelangweilt eine Haarsträhne um ihren Finger. Langsam ging mir ihr blasiertes Getue echt auf den Wecker.

»Nein, ich meine dafür, dass wir hier die Schulküche

geplündert und die Tür aufgebrochen haben.« Chris knipste noch ein paar Stillleben.

»Weißt du was? Das ist mir egal«, meinte Leo und lehnte sich lässig auf seinem Stuhl zurück. »Ich denke, letztendlich sind die doch selbst schuld. Wer setzt schon einen Nachschreibetermin für Freitagnachmittag an, wenn die im Radio die ganze Zeit von Unwetterwarnung fürs Wochenende quatschen? Ich finde, die sollten Ärger kriegen, aber ordentlich. Ich verpasse heute meinen Gig.«

»Er hat recht«, sagte ich, aber nicht, weil ich mich bei Leo einschleimen wollte, sondern weil ich das wirklich fand. Keiner konnte erwarten, dass wir hier brav in der Klasse hockten und an unseren Keksresten knabberten. Der Sturm konnte das ganze Wochenende andauern.

»Wir sollten das zumindest wieder sauber machen«, sagte Anton und fing an, die Teller vom Tisch zu räumen. Er tat mir ein bisschen leid, es war seine Aufgabe gewesen, sich beim Hausmeister zu melden, und er war überstimmt worden. Ich konnte mir vorstellen, dass ihn das schlechte Gewissen plagte, besonders nachdem er jetzt noch seine Mutter angelogen hatte.

»Danke für die Eierkuchen, die waren echt lecker«, lobte ich, um ihn ein wenig aufzumuntern.

»Hm«, grummelte er und verschwand in der Küche.

Chris und Valeska folgten ihm mit Besteck und Schüsseln. Ich wollte gerade auch aufspringen, da fasste mich Leo am Arm. »Wo willst du hin?«

»Einen Lappen holen.« Die Berührung ließ mein Herz schneller schlagen, aber ich zog meinen Arm nicht weg.

»Lass doch. Das schaffen die schon alleine. Wollen wir

nicht den Verbandskasten holen?« Er tippte auf seine Nase und verzog ein wenig den Mund dabei.

»Du solltest das nicht anfassen. Wegen der Bakterien.«

»Siehst du, du musst das so schnell wie möglich verarzten.« Immer noch hielt er meinen Arm fest.

»Na gut, ich sag nur schnell den anderen Bescheid.«

Er schüttelte langsam den Kopf, wobei ihm ein paar Haarsträhnen über die Stirn fielen, und sah mir dabei auf so eine eigenartige Weise in die Augen.

»Nein?«, fragte ich, obwohl es natürlich das war, was ich mir die ganze Zeit gewünscht hatte – Leo und ich ganz allein.

»Nein, diese Nervensägen können sich beim Abwaschen ein bisschen abreagieren. Und wir machen uns eine schöne Zeit, was hältst du davon?«

Ich wusste nicht genau, wie er das meinte, nickte aber trotzdem und folgte ihm auf leisen Sohlen Richtung Tür.

Und jetzt sind wir auf dem Weg zur Turnhalle, die durch einen Glastunnel mit dem Hauptgebäude verbunden ist.

»Und du hättest heute also einen Gig?«, frage ich schließlich, weil unser Schweigen mir plötzlich seltsam vorkommt.

»Ich wollte ein paar Songs auf der Gitarre spielen.«

»Ich wusste gar nicht, dass du Gitarre spielst.«

»Woher auch?« Er sieht mich von der Seite an.

»Ja, woher auch … klar, ich meine, ich dachte …«

»Du dachtest?«

»Ich dachte … keine Ahnung. Ich dachte, wenn jemand Gitarre spielt, dann weiß man das einfach.«

Leo grinst über das ganze Gesicht. »Ja, da hast du wohl recht.«

»Ich meine, normalerweise, wenn jemand Gitarre spielt, dann sieht man ihn auch mal mit einem Gitarrenkoffer durch die Gegend laufen oder so«, rechtfertige ich mich weiter, er soll bloß nicht denken, ich würde ihn beobachten oder so.

»Ja. Aber ich trenne das, weißt du. Schule und mein restliches Leben.«

»Ach ja? Warum?«

Er lacht, dann schlägt er sich die Hand vor den Mund, als hätte er nicht mit dem lauten Hall in dem leeren Gebäude gerechnet. »Weil…«, flüstert er jetzt und schaut sich nach allen Seiten um, als hätten die Wände Ohren, »… die Schule ein beknackter Ort ist.«

»Sag bloß?« Ich merke, wie ich immer mehr auftaue. Es ist zwar aufregend, mit Leo alleine zu sein, aber nicht mehr einschüchternd. Wir kommen zu der Treppe, die in den Glastunnel führt.

Leo hüpft lässig zwei Stufen auf einmal nehmend runter. Das sieht so verdammt sexy aus. Ich weiß nicht, es gibt Menschen, die können das, einfache Dinge tun, Treppen runterlaufen, Zwiebeln schneiden, eine Gabel in der Hand halten oder einen Kaugummi kauen, und dabei so unverschämt sexy aussehen.

»Wahnsinn, hör dir das an.« Leo neigt seinen Kopf zur Seite.

Wir bleiben in dem dunklen Glastunnel stehen und lauschen, während wir nach oben schauen und den dicken Tropfen zusehen, die schwer auf die Scheiben klatschen, wo sie sofort von weiteren Tropfen verdrängt werden und in breiten Strömen an den Seitenwänden runterlaufen.

»Hast du so was schon mal erlebt?«

Ich schüttele den Kopf.

»Stell dir vor, es gibt wirklich eine Überschwemmung und wir sind hier gefangen.« Er tritt an die Tunnelwand und legt seine Handfläche an das Glas. »Du kannst das richtig fühlen, den Regen, probier mal.«

Ich stelle mich neben ihn und drücke meine Hand ebenfalls gegen das Glas. Es ist kühl und vibriert ganz leicht.

»Im dritten Stock müssten wir doch sicher sein, oder?«

»Es wird keine Überschwemmung geben«, sage ich mit leichtem Bedauern in der Stimme. Eigentlich finde ich die Vorstellung ziemlich abenteuerlich. Vor allem gemeinsam mit Leo. »Und wenn doch, werden sie uns holen.«

»Wie denn?«

»Mit Booten.«

»Ich hatte echt keinen Bock, hier in der Schule festzusitzen, aber so langsam entwickelt sich das zu einer ganz interessanten Geschichte.« Er schaut zu mir und lächelt, aber ich kann nicht mit Gewissheit sagen, ob er nur die Gesamtsituation meint oder auch das mit uns gerade. Und wenn es so wäre, kommt es mir irgendwie zu einfach vor. Eben noch war er der Junge, den ich seit Jahren von Weitem anschmachte, und plötzlich soll er sich einfach so für mich interessieren? Nur weil wir zusammen Eierkuchenfüllung zubereitet haben? Ich atme einmal durch und ermahne mich in Gedanken, jetzt bloß nicht auszuflippen.

»Wir sollten weiter.« Ich laufe voraus und tue möglichst so, als würde es mich nicht interessieren, ob er hinterherkommt oder nicht, bin aber sehr erleichtert, als ich seine Schritte hinter mir höre.

»Hast du Angst?«, fragt er und holt auf.

»Angst? Wovor denn?« Der braucht bloß nicht denken, ich wäre so ein Mädchen-Mädchen.

»Davor, dass wenn wir hier rauskommen, alles anders ist da draußen.«

»Du hast zu viele Zombiefilme gesehen«, ziehe ich ihn auf.

»Das stimmt.«

»Ich würde mir sogar wünschen, dass alles anders wäre.« Als dieser Satz raus ist, bereue ich ihn wieder. Leo und ich sprechen erst seit wenigen Minuten miteinander, ich sollte nicht sofort mein Innerstes vor ihm ausbreiten. Ich weiß aus Erfahrung, dass es die Menschen verschreckt. Solange alles lustig ist und locker, sind dir alle zugewandt, lachen mit dir, tätscheln deine Schulter, aber wenn du mit so Depri-Zeug anfängst, hast du meistens verloren. Dann starren sie auf das Display ihres Smartphones und behaupten, sie hätten gerade eine Nachricht bekommen und müssten los oder so.

Leo streift seine Boots von den Füßen, nimmt einen kleinen Anlauf und schlittert in Socken auf dem Linoleumboden ein paar Meter in die eine Richtung und dann wieder zurück, direkt auf mich zu. »Was hättest du denn gerne anders?«

»Ach, nichts.« Ich winke ab. »Das war nur so dahingesagt.«

»Komm schon!« Er kommt ganz nah vor mir zum Stehen, viel zu nah für mein Empfinden, selbst wenn es sich hierbei um diesen wunderschönen Jungen handelt. Ich habe ihn bisher immer nur aus einiger Entfernung gesehen, seine braunen Haare wirken auf einmal viel heller. Und es gibt eine Reihe von Dingen, die ich bisher gar nicht wahrgenommen habe. Die winzigen Leberflecke auf seiner Wange und seinen Geruch. Eine Mischung aus Seife, regenfeuchtem Leder und Zigarettenrauch.

Ich muss jetzt etwas antworten, bevor er noch näher kommt und ich doch wieder in die alte Unsicherheit verfalle. »Das Leben könnte einfach mal spannender sein«, versuche ich es ganz allgemein.

»Hm.« Er kräuselt die Nase, tritt aber einen Schritt zurück. »Liegt es nicht in deinen Händen, das Leben spannend zu machen?«

Ich überlege eine Weile. »Vielleicht zum Teil. Aber ich bräuchte gutes Material, um damit vernünftig arbeiten zu können, verstehst du? Und wenn ich kein vernünftiges Material habe, dann kann ich mich noch so viel abstrampeln, es hilft nichts.«

Leo greift wieder nach seinen Boots, setzt sich auf den Boden und zieht sie an. »Ich verstehe, was du meinst, hört sich für mich aber sehr nach Ausrede an.«

»Ach ja?« Da haben wir es! Ich habe wieder zu viel gesagt.

»Ja. Die Leute sagen immer solche Sachen, dass das Leben besser wäre, wenn sie in einer anderen Stadt leben würden oder noch besser auf einem anderen Kontinent, irgendwo dort, wo es warm ist und Palmen wachsen, mit Strandsand und Flipflops, das ganze Zeug. Das Leben könnte schöner sein, wenn sie nicht so viel arbeiten müssten oder endlich zehn Kilo abnehmen würden, wenn sie im Lotto gewonnen oder wenn sie ein Instrument spielen gelernt hätten. Was wäre, wenn das Leben es besser mit mir gemeint hätte? Das ist doch alles Quatsch.«

»Hast du nie solche Gedanken?«, wundere ich mich.

»Nein.«

»Du lügst.«

»Wirklich nicht.« Er springt wieder auf, zwinkert mir zu und hält mir seine Hand hin.

Ich sehe skeptisch drauf. »Was wird das?«

»Ist nicht so, dass ich nicht gerne philosophiere, aber meine Nase … Ich kann es kaum erwarten, endlich von dir verarztet zu werden.« Er leckt mit der Zunge über seine Oberlippe, nicht anzüglich und auch nicht aufdringlich, aber doch offensichtlich genug, dass ich nur zwei Optionen habe: Entweder greife ich nach seiner Hand oder ich renne weg. Letzteres könnte leicht gestört wirken, außerdem würde es dazu führen, dass auch ich mich fragen werde: *Wäre mein Leben besser, wenn ich nach seiner Hand gegriffen hätte?*

Also gut, wenn schon, denn schon.

Ich lege meine Hand in seine und versuche dabei, so zu tun, als wäre es das Normalste von der Welt. Mein Herz allerdings lässt sich nicht täuschen. Es fängt an, schneller zu schlagen, und fragt: *Passiert das jetzt wirk-*

lich, Nell? Bist du sicher, dass du nicht bloß träumst? Einen deiner vielen Tagträume? Kann es sein, dass Leo dich gut findet? So plötzlich? Ist das wahrscheinlich? Oder hat er dich auch schon länger von Weitem beobachtet und sich bloß nicht getraut, weil er zwar nach außen der tolle Typ, aber in Wirklichkeit ganz schüchtern und sensibel ist? Kann es sein, dass ihr füreinander bestimmt seid? Kann es sein, dass das Leben genau auf diesen Moment hingearbeitet hat? Auf diesen Sturm, der nur gekommen ist, um euch beiden die Möglichkeit zu geben, endlich allein auf dunklen Schulfluren zu wandeln? Glaubst du das, Nell? Nell? Nell?

»Halt jetzt die Klappe!«, rufe ich, so laut ich kann, natürlich nur innerlich. Wäre ja noch schöner, wenn ausgerechnet mein Herz mir die Sache hier versaut.

Ich lasse mich von Leo ziehen, er ist so groß, dass ich für einen Schritt von ihm zwei von meinen brauche. Wie macht man das eigentlich beim Küssen, wenn einer so groß ist?

Als wir an der Turnhallentür ankommen, zieht Leo seine Plastikkarte aus der Tasche, aber ich drücke probeweise vorher auf die Klinke. »Offen.«

»Wer hätte das gedacht?« Er steckt seine Karte wieder weg, und wir stehen in der offenen Tür, halten uns an den Händen und mir fällt auf, dass ich gar keinen Plan für das hier habe.

»Riechst du das?« Leo schnüffelt.

»Ja, schon. Was ist das?«

»Schweißfüße.«

»Nein, sag so was nicht.« Sollte bisher etwas wie Romantik in der Luft geschwebt haben, ist sie schlagartig verschwunden. So schnell, dass ich Leos Hand loslasse.

»Ist doch aber so.« Leo betritt die Turnhalle und seine Boots machen einen Höllenlärm auf dem Parkett. »Überall nackte Schweißfüße, die über den Boden gestampft sind. Und der Holzboden hat das alles schön aufgesaugt.«

»Danke für dieses Bild, wirklich.«

»Wo macht man hier Licht?« Er holt ein Feuerzeug aus seiner Hosentasche und zündet es an. Die kleine Flamme flackert, Schatten tanzen auf seinem Gesicht und das unablässige Pfeifen des Windes durch alle möglichen Spalten erzeugt eine Stimmung wie aus einem Horrorfilm.

»Ich glaube, die Hausmeisterwohnung schließt hier gleich an. Was, wenn er wieder zurück ist?«

»Glaube ich nicht, aber von mir aus.« Leo legt sich den Finger auf die Lippen.

»Deine Schuhe«, flüstere ich und ziehe meine vorsichtshalber auch gleich aus. »Es gibt einen Verbandskasten in der Mädchenumkleide.«

Wir schleichen auf Zehenspitzen quer durch die Turnhalle, Leo macht uns mit seinem Feuerzeug Licht und ich fühle ein wildes Kribbeln in meinem ganzen Körper.

In der Umkleide drücke ich auf den Lichtschalter und schließe lautlos die Tür hinter uns. »Nicht, dass der Hausmeister das Licht noch sieht, wenn er seine Runde dreht.«

»Der Hausmeister ist vorhin weggefahren. Und sollte er wirklich wieder zurück sein, was unwahrscheinlich ist, dann liegt er auf dem Sofa und guckt Pornos.« Leo späht neugierig in die Schließfächer.

»Woher weißt du das?«, frage ich herausfordernd.

»Weil er entweder Blätter zusammenfegt oder Pornos guckt. So ist das bei Hausmeistern.«

Ich kann ein spöttisches Lachen nicht unterdrücken. »Du spinnst.«

»Ich könnte um hundert Euro mit dir wetten, dass der sich Pornos reinzieht.«

Es fühlt sich ziemlich merkwürdig an, dass das Wort Porno schon zum dritten Mal durch diesen engen Raum schwingt. Ich versuche, das Thema zu wechseln. »Willst du deine Wunde vielleicht erst mal auswaschen? Macht man das überhaupt? Ich erinnere mich nicht mehr. Wir hatten mal diesen Erste-Hilfe-Kurs, und da war was mit Wunden und Wasser, aber vielleicht ging es nur um blutende Wunden… Ich weiß es nicht so genau. Mist…«

»Hey, ich dachte, ich begebe mich hier in professionelle Hände.«

»Ja schon, eigentlich weiß ich das ja, aber… aber…«, stottere ich.

»Ist schon okay. Bleib mal entspannt. Wird mich schon nicht umbringen, das bisschen Wasser.« Er tritt in den Waschraum, zieht seine Lederjacke aus, wobei sein Pulli hochrutscht und einen Streifen Haut entblößt, und dreht einen Wasserhahn auf.

Ich folge ihm, lehne mich an die Wand und sehe ihm dabei zu, wie er händeweise kaltes Wasser in sein Gesicht schüttet. Als er damit fertig ist, blickt er kurz in den Spiegel, wischt sich mit dem Ärmel seines Kapuzenpullovers über die Stirn und sein Blick fällt auf die Duschen hinter ihm. Er pfeift grinsend. »Wow. Hier also ziehen sich die Mädchen aus.«

Obwohl ich bisher echt locker war, kann ich jetzt nicht verhindern, dass ich rot werde, denn die Vorstellung, dass vor seinem inneren Auge gerade Hunderte von nackten Mädchen unter der Dusche herumtänzeln, ist einfach zu viel für mich.

»Ich hol mal den Verbandskasten«, rede ich mich raus, verlasse den Waschraum und muss bei den Schließfächern erst mal durchatmen.

Einen kurzen Moment sehne ich mich zurück in die Cafeteria, zu den anderen. Ich hätte ihnen beim Aufräumen helfen sollen. Aber dann schaltet sich mein Herz wieder ein, anscheinend hat es heute großen Redebedarf:

Nell, komm klar! Das ist es doch, was du immer wolltest. Allein mit diesem Jungen, dem Schönsten von der ganzen Schule. Du und er in einer Umkleidekabine, während dort draußen der Sturm tobt. Niemand wird euch stören. Wenn du das hier jetzt vermasselst, dann bist du selbst schuld. Dann kannst du am Ende irgendeinen Langweiler heiraten und mit ihm im Schrebergarten unglücklich werden. Viel Spaß dabei.

Ich gebe zu, mein Herz ist sehr melodramatisch.

Ich nehme den Erste-Hilfe-Kasten von der Wand und gehe zurück in den Waschraum. Leo hat sich auf den Boden gesetzt. Er sieht so schrecklich lässig aus, mit seinen angewinkelten Beinen, seinen nassen Haaren und diesen abgetragenen Vintage-Klamotten, auf die er bestimmt viel Wert legt.

Ich gehe in die Hocke und öffne den Verbandskasten. »Lass mal sehen.«

Leo schaut zu mir hoch und unsere Blicke verfangen sich ineinander. Jetzt gibt es kein Zurück mehr.

»Weißt du genau, was du da machst?«, fragt er mit heiserer Stimme.

»Nein, überhaupt nicht«, wispere ich.

»Ist auch völlig egal. Komm her.« Und weil ich nicht gehorche, greift er mit seiner Hand nach meinem Hinterkopf und zieht mich zu sich heran, so nah, bis unsere Lippen sich fast berühren. Ein paar Sekunden verharren wir so. Meine Atmung wird flach und wir sehen uns weiterhin in die Augen.

»Ich werde dich jetzt küssen.«

»Okay.«

Und dann presst er seine Lippen auf meine. Weiche, warme Lippen. Und als ich meine leicht öffne, berührt seine Zungenspitze die meine. Er umfasst meine Hüfte, zieht mich ganz nah an sich, und ab diesem Moment werden unsere Küsse wilder. Leo schiebt seine Hand unter mein Shirt und streichelt über meinen Rücken. Ich berühre seine Beine, seinen Bauch, sein Gesicht. Meine Hände haben es so eilig, dass sie einfach unkoordiniert über seinen Körper streifen. Seine Finger machen sich an meinem BH-Verschluss zu schaffen. Er lässt von meinen Lippen ab und küsst meinen Hals.

Und in diesem Augenblick passiert etwas wirklich Seltsames. »Warte mal …«

»Was ist?«

»Warte mal, ich glaube …«

»Wollen wir nicht später reden?«

»Nein, ich muss …«

Ich schiebe ihn an den Schultern weg und stehe wie in Zeitlupe vom kühlen Kachelboden auf. Ganz schlagartig wird mir bewusst, dass das, was ich mir monatelang ausgesponnen habe, sich in Wirklichkeit ganz anders anfühlt.

Dieser Kuss ist nicht das, wovon ich geträumt habe.

Und diese Einsicht ist so schrecklich, dass ich am liebsten auf der Stelle losheulen würde.

Aber auf der anderen Seite auch so erleichternd, dass ich in Lachen ausbrechen könnte.

Beides scheint mir völlig unangemessen, also versuche ich, mich zusammenzureißen.

»Tut mir leid«, murmele ich und schließe meinen BH wieder.

Leo sagt nichts. Er kratzt sich am Kopf und schaut zu Boden. Dann holt er eine Zigarettenschachtel aus seiner Jackentasche. »Rauchst du?«

»Eigentlich nicht. Aber ich mache mal eine Ausnahme.« Ich setze mich zu ihm auf den Boden, nehme eine Zigarette aus der zerknitterten Packung und warte, dass er mir Feuer gibt.

Gleich beim ersten Zug fühle ich mich blöd. Es ist total affig, ich rauche sonst auch nicht. Ich rücke ein Stück weg von ihm und mache die Zigarette in der Nähe des Abflusses aus. Vielleicht muss ich jetzt was sagen, Leo macht zumindest keine Anstalten, aber mir fällt beim besten Willen nichts ein. Das war in meinen Tagträumereien nicht vorgesehen und der Sturm dort draußen geht mir plötzlich auf die Nerven. Wäre er erst morgen gekommen, wie geplant, wäre mir das hier erspart geblieben.

»Habe ich was falsch gemacht?«, fragt Leo schließlich, drückt seine Zigarette aus und macht sich gleich eine neue an.

»Nein, nein…«, stottere ich, weil ich nicht weiß, wie ich ihm das vernünftig erklären soll.

»Ich dachte, weil du doch vorhin beim Lichtschalter deine Hand auf meine gelegt hast.«

»Ja, habe ich. Ich weiß nicht genau, was da gerade passiert ist«, gebe ich zu.

»Hm.« Er zieht an seiner Zigarette, dann grinst er wieder. »Sollen wir es noch mal versuchen?«

Ich überlege, weil ich keine vorschnelle Entscheidung treffen will, aber eigentlich weiß ich schon, dass ich *Nein* sagen muss. Was völlig irre ist. So irre, dass ich mich einen Moment frage, ob etwas mit mir nicht stimmt.

Anton

Ich habe viel Lob für meine Eierkuchen bekommen.

Immerhin.

Dabei ist es, wenn man da mal länger drüber nachdenkt, lächerlich. Eierkuchen sind das leichteste von der Welt.

Bei vielem anderen habe ich versagt.

Nehmen wir nur den Hausmeister, zum Beispiel.

Ich gebe zu, ich wollte ihn auch nicht rufen, aber die Idee hätte von mir kommen müssen.

Ich hätte aufspringen sollen und rufen: »*Lasst uns dem Hausmeister auf keinen Fall Bescheid geben! Die Unterdrückung durch das Schulpersonal muss ein Ende haben! Wir sind vollwertige Menschen, wichtige Teile der Gesellschaft. Wir können mit reinem Gewissen selbst über uns bestimmen und sind niemandem Rechenschaft schuldig! Wenn wir uns heute bei dem Hausmeister melden, begeben wir uns freiwillig in die Hände unserer Unterdrücker! Wollt ihr das zulassen? Wollt ihr das? Ich sage: NEIN! Lasst uns gemeinsam das Joch der Sklaverei abwerfen!*«

Also gut, so ungefähr.

Dann Applaus, Standing Ovations, Bewunderung, Anerkennung, das ganze Programm.

Aber jetzt steht dieser Leo wieder als Held da, mit seiner muffeligen Lederjacke, weil er es zuerst gesagt hat.

Und er hält mich für einen Spanner.

Auch das habe ich versaut, weil ich mal wieder meine Klappe nicht halten konnte.

Das ist mein großes Problem.

Ich komme selten zum Reden, und wenn doch einmal, rutschen mir unkontrolliert irgendwelche Sachen raus.

»Hast du noch Empfang hier?«

»Bitte was?«

»Ob du noch Empfang hast, habe ich gefragt.« Valeska beugt sich zu mir vor und deutet auf mein Smartphone.

Wir sitzen zu dritt in der Cafeteria. Leo und Nell haben sich aus dem Staub gemacht.

Ich nehme mein Handy vom Tisch und schaue auf den Balken mit dem Empfang. »Kaum, aber vorhin war das auch so, und ich konnte trotzdem telefonieren.«

»Komisch. Ich habe gar keinen Empfang mehr. Du, Chris?«

Ich schaue zu Chris, der am anderen Ende des Tisches herumlümmelt, Löcher in die Luft starrt und unruhig mit seinem Bein wippt. Und wieder tut sich diese Theaterkulisse vor meinem inneren Auge auf, als würde ich mit meinem Stuhl in der Loge sitzen, mit bester Aussicht auf die beleuchtete Bühne.

»Chris!« Valeska schnipst in seine Richtung.

»Ja?«

»Alles okay mit dir?«

»Äh, ja. Äh, nein. Also schon, mit mir ja, ich überlege bloß, ob den beiden etwas passiert ist.«

»Ist das dein Ernst?« Valeskas Augenbrauen schnellen nach oben und sie schüttelt den Kopf.

»Na, kann doch sein, ich meine, es ist doch schon komisch, dass sie so plötzlich...«

»Das ist überhaupt nicht komisch!«

»Nein?«

»Nein!«

»Aber warum...«

»Weil sie allein sein wollen! Weil sie rummachen wollen! Was weiß ich!«

Es scheint sich um ein Liebesdrama zu handeln, das sich da gerade vor meinen Augen abspielt.

Die weibliche Nebenrolle teilt heftig aus. Sie macht ziemlich harte Ansagen, während die männliche Nebenrolle jetzt auf dem Stuhl zusammensackt.

»Mann, tut mir leid, vielleicht stimmt das auch nicht, aber lassen wir die doch jetzt mal.«

»Ja... nur, weißt du, da will Leo erst, dass ich dich zurückhole, von wegen Gemeinschaftsgefühl und so, und dann verschwindet er selbst mit...«

»Leo? Der hat das gewollt? Pff.«

Chris richtet sich auf seinem Stuhl wieder auf: »Wir haben es alle gewollt. Stimmt's, Anton?«

Ich nicke ganz sachte, damit denen gar nicht auffällt, dass ich eigentlich nur ein Zuschauer bin.

»Siehst du.«

»Ich habe dir schon vorhin gesagt, dass Leo hier seine

Solonummer abzieht. Und nur weil er etwas von Gemeinschaftsgefühl gefaselt hat, heißt das nicht, dass er das fünf Minuten später nicht wieder vergessen kann.«

»Vermutlich sogar will«, höre ich mich plötzlich sagen. Das ist dumm, denn damit katapultiere ich mich direkt rein in das Kammerspiel, was nicht meine Absicht ist. Ich bin kein guter Schauspieler.

»Na, ihr zwei scheint ja richtige Leo-Experten zu sein.«

Valeska zuckt bloß mit den Schultern, während mir nichts anderes einfällt, als es ihr gleichzutun. Dann hüllt sich unser Trio plötzlich in Schweigen. Das ist mal wieder mehr als typisch. Kaum tauche ich auf der Bühne auf, herrscht auf einmal betretenes Schweigen.

Eine Weile passiert nichts, wirklich nichts, außer ein leises Räuspern von Chris.

»Kannst du mal schauen, ob du ins Netz kommst?« Valeska entschließt sich, das Trauerspiel zu beenden, indem sie das Wort an mich richtet.

»Was willst du denn nachsehen?«

»Vielleicht kriegst du einen Nachrichten-Stream rein, das Wetter. Vielleicht weiß einer da draußen ja Bescheid, wie lange wir hier noch festhängen.«

Ich brauche nur wenige Sekunden, um *Sonnenschein FM* (welch Ironie!) anzuklicken.

»*...ist es zu Überschwemmungen gekommen. Bewohner der Hafengegend mussten evakuiert werden. Die Einsatzkräfte sind damit beschäftigt, Straßen von umgestürzten Bäumen zu befreien. Aufgrund der heftigen Orkanböen gestalten sich die Aufräumarbeiten allerdings schwierig. Die Notauf-*

nahme versucht, dem Ansturm an schwer und leicht Verletzten Herr zu werden, unterdessen ...«

»Hey, lass das laufen!«

»Ich hab nichts gemacht. Der Stream ist unterbrochen.« Ich versuche, die Seite neu zu laden.

»Ist das zu fassen?« Valeska fährt sich aufgeregt durch ihr langes Haar.

»Was hast du gedacht? Sie haben Unwetter angesagt.« Chris ist nun auch aus seiner Starre erwacht.

»Ja schon, aber so? Überschwemmungen? Mein Onkel wohnt im Hafen. Kriegst du die Seite wieder geladen?«

Ich schüttele den Kopf, versuche es aber trotzdem weiter. Der Empfang ist sehr unbeständig. Kurz bevor die Seite geladen hat, bricht die Verbindung wieder ab. Valeska trommelt mit ihren Fingern aufgeregt auf dem Tisch.

»Deinem Onkel wird schon nichts passieren«, versucht Chris, sie zu beruhigen.

»Und woher weißt du das?«

»Sie haben gesagt, die Bewohner werden evakuiert.«

»Wohin?«

»Woher soll ich das wissen? In eine Schule vielleicht.«

»Hierher?«

»Ich glaube nicht.«

»Und wenn doch?«

»Wir sollten den anderen Bescheid sagen.« Chris springt vom Stuhl auf.

»Hör auf damit!« Valeska blitzt ihn böse an. »Tu dir selbst einen Gefallen und lass die beiden in Frieden.«

Chris scheint einen Moment zu überlegen, dann setzt er sich wieder.

Ich frage mich, ob sie recht hat, denn mein Ratschlag wäre ein ganz anderer. Ich würde sagen: »*Geh, lauf, such jeden Winkel nach ihnen ab. Und wenn du sie dann findest, hau Leo mit der Faust ordentlich auf seine schon kaputte Nase. Und wenn er zu Boden fällt, lässt du ihn liegen, dann schnappst du dir Nell und ...*«

Und?

Weiß ich natürlich auch nicht.

Ich habe keinen blassen Schimmer von diesen Dingen.

So eine ähnliche Szene habe ich bloß kürzlich in einem Film gesehen. Zusammen mit meiner Mutter, was an sich schon armselig genug ist.

Wenn mein Vater noch am Leben wäre, würde ich mir bestimmt nicht solche Filme mit meiner Mutter anschauen.

»Und? Lädt die Seite?« Valeska rutscht zu mir rüber.

»Ich kriege nichts mehr rein. Der Empfangsbalken verabschiedet sich endgültig.« Verdammt, immerhin war das etwas, womit ich punkten konnte. Wenn mein Smartphone jetzt versagt, haben die anderen womöglich überhaupt keinen Grund mehr, sich mit mir zu unterhalten.

Wenn ich während des normalen Schulbetriebs alleine durch die Flure laufe, macht mir das nicht viel aus. Die ganzen Grüppchen sind mir viel zu laut, zu aufgedreht, zu albern. Aber das hier ist eine andere Situation. Ich will nicht die Nacht mutterseelenallein in der Schule verbringen und von den anderen übersehen werden, denn zugegebenermaßen finde ich sie alle in Ordnung, außer Leo vielleicht. Also brauche ich eine Aufgabe. Ich hole die SIM-Karte raus, puste in das Gehäuse und stecke sie wieder rein.

»Ich habe Asthma«, unterbricht Valeska meine Gedanken.

Chris und ich sehen sie beide verwirrt an.

»Ich meine, ich sage das jetzt nicht, weil ich nach Aufmerksamkeit heische, sondern weil ich mein Asthmaspray zu Hause vergessen habe, und wenn wir jetzt hier festhängen…«

»Bist du sicher, dass du dein Spray nicht dabei hast?«, fragt Chris mit einem besorgten Blick.

»Hältst du mich für bescheuert?« Valeska legt ihre Hände auf den Tisch und atmet tief ein und aus.

»Nein, tue ich nicht, nur manchmal vergisst man…«

»Ich habe mein Asthmaspray NICHT dabei!«

»Okay, andere Frage. Wenn du dein Spray nicht dabei hast, warum hast du Radtke nicht gesagt, dass er dich in die Notaufnahme mitnehmen muss?«

»Weil ich es vergessen habe.«

»Was? Dass du Asthma hast?«

In Valeskas Augen blitzt es wieder auf. Das kann sie wirklich gut, diesen zornigen Blick.

Jetzt wäre meine Chance, mich am Gespräch zu beteiligen. Und da Chris momentan nur provoziert und Valeska gereizt und verängstigt ist, sollte ich etwas sagen, das die Situation entspannt.

»Meine Mutter hat auch Asthma.« Jetzt bin ich wieder

derjenige, der mit verwirrten Blicken bedacht wird. »Ich will damit sagen, dass ich mich auskenne… mit Brustkorb entlasten, mit Kutschersitz und Lippenbremse.«

Chris' Blick wird noch verständnisloser, während bei Valeska so etwas wie Erleichterung zu erkennen ist.

»Außerdem bin ich Ersthelfer.« Das klingt jetzt möglicherweise sehr von mir eingenommen, aber ich habe den Eindruck, dass es durchaus von Bedeutung sein könnte. »Verspürst du jetzt Atemnot?«, frage ich Valeska und werfe Chris einen selbstbewussten Blick zu.

Sie schüttelt den Kopf.

»Gut. Wie stark ist dein Asthma?«

»Nicht so stark. Sonst hätte ich immer mein Spray dabei, aber wenn ich jetzt weiß, dass…«

»Pst.« Ich lege meinen Finger auf die Lippen und sie verstummt augenblicklich. »Wenn du merkst, dass du kurzatmig wirst oder dein Herz anfängt, schneller zu schlagen, sagst du mir Bescheid.«

»Und dann?«, fragt sie ungewohnt leise.

»Und dann helfe ich dir da durch. Ich habe das schon ein paarmal gemacht.«

Sie nickt und sieht mir dabei in die Augen.

So etwas kann ich nicht lange aushalten. Blickkontakt. Mit Mädchen.

Also lächele ich, senke schnell den Blick und greife wieder nach meinem Handy. »Mal sehen, vielleicht komme ich ja noch einmal ins Netz.«

Ich spüre, dass sowohl Valeska als auch Chris mich weiterhin ansehen.

Als meine Mutter ihren ersten Asthmaanfall hatte,

war ich elf. Ich stand neben ihr, hilflos und panisch, und wusste nichts von Asthma, dachte bloß, sie erstickt. Ich klopfte ihr auf den Rücken, so wie sie mir auf den Rücken geklopft hatte, wenn ich mich als Kind an etwas verschluckte. Aber sie schüttelte den Kopf und versuchte, etwas zu sagen, da war ihre Stimme aber schon weg. Sie zeigte zum Telefon und ich rannte hin und brachte es ihr. Sie wählte 112 und drückte es mir ans Ohr. Es klingelte zwei Mal, dann meldete sich eine tiefe Männerstimme, die mich erschreckte.

»Meine Mutter stirbt«, krächzte ich und gab noch ganz mechanisch unsere Adresse durch. Und dann erinnere ich mich bloß an Blaulicht und die Straßen der Stadt bei Nacht, an die Neonröhren im Krankenhaus, eine nette Krankenschwester, die mir Pudding aus der Kantine brachte, und an meine Oma, die uns am nächsten Morgen mit ihrem rostigen Opel Corsa abholte.

»Du hättest mit dem Kind darüber sprechen müssen, ihn darauf vorbereiten«, warf sie meiner Mutter im Auto vor. »Er hat wegen seines Vaters schon genug durchmachen müssen.«

»Ich weiß«, flüsterte meine Mutter, ihre Stimme war immer noch nicht ganz da.

Ich saß auf der Rückbank und schwor mir in diesem Moment, dass ich mir alles beibringen würde, was es zu diesem Thema zu wissen gab. Dass ich kein Glückspilz war, hatte ich schon früh im Leben verstanden, aber beide Eltern zu verlieren, das würde ich nicht zulassen!

Kaum waren wir zu Hause, fuhr ich meinen Rechner

hoch, den ich zwei Wochen zuvor zu meinem Geburtstag bekommen hatte, und gab bei Wikipedia *Asthma* ein…

»Ey, ihr hängt ja immer noch hier rum.« Leo steht plötzlich in der Tür, mit einer merkwürdigen Pflasterkonstruktion auf seiner Nase.

Nell drückt sich an ihm vorbei und setzt sich stumm an unseren Tisch. Ich sehe, wie viel Überwindung es Chris kostet, nicht zu ihr zu sehen.

»Mann, was ist denn das hier überhaupt für eine Stimmung?« Leo durchquert die Cafeteria und stellt sich ans Fenster.

»In der Stadt gibt es Überschwemmungen«, sagt Valeska ganz ohne Schnappatmung.

»Woher wisst ihr das?« Nell bekommt große Augen. Insgesamt wirkt sie sehr zerstreut.

»Anton hatte kurz mal Radio auf seinem Handy«, erklärt Chris in einem kühlen Tonfall, der ihm nicht besonders gut steht.

Nell holt ihr Handy aus der Hosentasche und schaut auf das Display. »Ich habe hier überhaupt keinen Empfang. Gibt es Verletzte?«

»Die Notaufnahme ist überlastet«, antworte ich, stehe auf und laufe ein wenig in der Gegend herum, vielleicht lässt sich an einem anderen Platz der Empfang wiederherstellen.

»Krass, ehrlich? Tote?« Nell zupft nervös an den Haarsträhnen, die sich aus ihrem Zopf gelöst haben.

»Ich glaube nicht«, gebe ich zurück.

»Das ist echt heftig, ich meine… ich dachte, das wäre

jetzt nur so ein bisschen Sturm, aber Überschwemmungen und Notaufnahme … oh Mann …«

»Jetzt reg dich nicht künstlich auf!« Chris lehnt sich ein bisschen weit aus dem Fenster, ich überlege schon, etwas zu sagen, aber Valeska kommt mir zuvor.

»Jetzt sei mal bloß nicht so ein Arsch!«

Chris blickt sie fragend an. Sie kneift ihre Augen zusammen und schüttelt leicht den Kopf.

Ich habe den Eindruck, das Theaterstück von vorhin wurde wieder aufgenommen. Nur gibt es jetzt plötzlich mehr Darsteller.

Nell: »Habe ich dir irgendwas getan?«

Chris (kleinlaut): »Nein. Ich bin bloß … Tut mir leid.«

Leo steht mit vor der Brust verschränkten Armen immer noch am Fenster und betrachtet amüsiert die ganze Szene. Hat er jetzt etwa meine Zuschauerrolle eingenommen?

Nell: »Ich will mich ja gar nicht aufregen.«

Chris: »Nein, schon gut, das war ein dummer Spruch von mir.«

Nell: »Ja, aber ich will mich trotzdem nicht aufregen, und schon gar nicht künstlich. Es ist nur, irgendwie fand ich das am Anfang lustig, ich meine, dieser Sturm ist echt mal eine Abwechslung, aber da wusste ich noch nicht … Sollten wir nicht doch noch mal unsere Eltern anrufen?«

Valeska: »Ich habe schon mit ihnen gesprochen. Noch einmal muss nicht sein. Was sollen sie denn groß sagen?«

Nell: »Vielleicht wissen sie jetzt mehr.«

Chris: »Die werden sich melden, wenn was ist.«

Nell: »Also ich habe sowieso keinen Empfang mehr.«

Chris (schiebt Nell sein Handy rüber): »Das haben meine Eltern als Letztes geschrieben.«

Nell (liest sich die Nachricht durch): »Oh Mann, echt umgestürzte Bäume bei euch in der Straße?«

Chris: »Ja, krass, oder?«

Leo (aus seiner Zuschauerposition von der Fensterfront): »Wir können es sowieso nicht ändern. Was willst du denn machen?«

Nell zuckt mit den Schultern und sagt nichts.

Leo (fasst sich an das Pflaster und fummelt daran herum): »Ich war da draußen und mache es bestimmt nicht noch einmal.«

Ich (werde von meinem Smartphone gezwungen, mich in das Geschehen zu integrieren): »Pssst.«

Aus dem Lautsprecher des Smartphones: »...*Feuerwehr im Dauereinsatz. Der Wetterdienst spricht mittlerweile vom schlimmsten Sturm in der Region seit...*«

Ich: »Mist!«

Valeska (empört): »Mach das wieder an!«

Ich: »Geht nicht!«

Valeska: »Nicht schon wieder!«

Leo: »Mädels, Mädels, beruhigt euch!«

Chris: »Verdammt! Du sollst jetzt aufhören, uns alle Mädels zu nennen!« (Springt von seinem Stuhl auf, der hinter ihm zu Boden kracht.) »Oder Prinzessin oder Streber oder Paparazzo! Verstehst du? Du sollst damit aufhören!« (Läuft mit schnellen Schritten auf Leo zu und der stößt sich vom Fensterbrett ab und bringt sich in Pose.)

Das Stück scheint dem dramatischen Höhepunkt entgegenzusteuern!

Leo: »Willst du mir jetzt eine reinhauen?«

Chris: »Du sollst einfach damit aufhören!«

Er baut sich zwar vor ihm auf, aber angesichts von Leos Größe wirkt das etwas albern.

Leo: »Sonst was?!«

Chris: »Nichts sonst! Es ist einfach eine Bitte!«

Leo: »Eine ziemlich aggressiv vorgetragene Bitte!«

Nell (kommt zu mir gelaufen): »Wir sollten dazwischengehen.«

Ich (ob ich will oder nicht – ich bin mittendrin): »Was? Ich gehe nirgendwo dazwischen. Meinst du, ich hätte irgendeine Chance zwischen den beiden? Und dir würde ich auch dringend davon abraten.«

Nell: »Sollen die sich jetzt prügeln?«

Ich: »Legst du wirklich Wert auf meine Meinung? Ich glaube, es wäre gar nicht schlecht. Ich bin zwar kein Verfechter körperlicher Gewalt, aber ich habe gehört, es gäbe Situationen, da sei sie durchaus angebracht.«

Mit diesem Satz löst sich die ganze Theaterkulisse plötzlich auf.

Ich habe gesagt, was ich wirklich denke. In einer ganz realen Situation. Und das kurz vor einer waschechten Prügelei.

»Spinnst du?« Nell sieht mich entgeistert an.

Währenddessen brüllen die Jungs sich weiter an.

»Schlag doch!«

»Ich will dich nicht schlagen! Oder weißt du was? Mittlerweile will ich sogar!«

»Dann mach endlich!« Leo beugt sich demonstrativ zu Chris runter und hält ihm die Wange hin. »Ich glaube nicht, dass du dich traust, Paparazzo!«

Ich sehe mich instinktiv nach Valeska um. Nicht dass sie bei dem ganzen Theater hier doch noch einen Asthmaanfall bekommt.

»Hey!«, brülle ich, so laut ich kann, und bin erstaunt, wie laut das ist.

Alle drehen sich erschrocken zu mir um.

»Wo ist sie?«

»Wer?«

»Wo ist Valeska???«

Valeska

Liebe stille Begleiterin,

so war das alles nicht gedacht.

Eigentlich wollte ich irgendwo in einer Ecke sitzen, mich von allem und jedem fernhalten und eine Seite nach der anderen füllen, in der Hoffnung, dass sie mich dann in Ruhe lassen und die Zeit, bis unsere Eltern uns abholen, dadurch schneller verfliegt.

Und dann diese ganze Aufregung.

Es ist jetzt kurz vor halb neun, die Zeit rast, trotzdem ist Florian schon eine gefühlte Ewigkeit weg. Ich warte jeden Moment darauf, dass er wiederkommt, dass er unten an der Türklinke rüttelt und dann verzweifelt nach einem Fenster sucht, das sich öffnen lässt, damit er ins Schulgebäude kommt.

Ich sitze hier, mit meinem feuchten Haar, in diesem alten Musiksaal, der ganz muffig riecht. Genauso wie diese fremde Kleidung, die ich, ohne darüber nachzudenken, einfach übergezogen habe.

In mir drinnen toben diese ganzen Gefühle, so stark

wie der Sturm da draußen, und ich gebe es jetzt ganz offiziell zu (nur vor dir natürlich), dass ich mich seit Ewigkeiten nicht mehr so lebendig gefühlt habe. Vielleicht sogar noch nie.

Von draußen höre ich die murmelnden Stimmen der anderen. Wahrscheinlich reden sie über mich. Nur Anton nicht, er sitzt hier drin und passt auf mich auf. Ich hätte nie gedacht, dass ausgerechnet er …

Aber ganz von vorne:

Ich weiß nicht genau, was es war, was mich aus der Cafeteria trieb. Dieses Mackergehabe von Leo und Chris? Oder die Eifersucht, dass es dabei nicht um mich ging, sondern um Nell? Das Gefühl, wieder unsichtbar geworden zu sein? Oder der Gedanke an Anton und seine asthmatische Mutter? Und ganz unter uns – ich weiß allerdings selbst noch nicht, ob es wirklich stimmt –, aber vielleicht hatte ich auch Lust auf ein bisschen Drama.

Ich schlich mich unbemerkt davon, als Nell und Anton darüber berieten, ob sie den Streit der beiden Jungs beenden sollten. Schnell rannte ich die Treppen nach oben, ins erste Stockwerk, und weil ich nicht wusste, was ich da sollte, nahm ich die Stufen ins zweite, und ehe ich mich versah, war ich ganz oben angelangt, im dritten Stock, dort, wo es keine Klassenräume mehr gibt, nur noch den alten Musiksaal, der seit Jahren unbenutzt darauf wartet, dass der Förderverein genug Geld für eine Sanierung beisammenhat. Außerdem das Lager für Putzmittel und Toilettenpapier und zwei weitere Räume, an deren Türen nichts dransteht. Ich rüttelte an den Türklinken, aber sie waren verschlossen. Eine ganze Weile stand ich mit hängenden Armen im Flur und lauschte auf die gespenstischen Geräusche. Ich hatte den Eindruck, als würden Dinge auf das Dach fallen, nicht nur Regentropfen – groß und schwer –, sondern auch etwas anderes. Äste? Hagelkörner? Oder gar Dachziegel, vom Wind gelockert? Was, wenn es wirklich viel schlimmer war mit dem Sturm als erwartet? Was, wenn der Wetterdienst nur die Hälfte von dem voraussagen konnte, was noch auf uns zukommen würde? Ich dachte an meine Eltern, aber wirklich nur kurz. Dann lauschte ich auf das andere Geräusch, das mich aufschreckte. Etwas wie ein Keuchen, ein Rasseln, und es kam nicht von draußen, sondern war hier, nicht weit von mir entfernt. Ein kalter Schauer jagte über meinen Rücken, und der Impuls wegzurennen war stark, aber noch stärker war etwas, das meine Beine zu Blei werden ließ. Ich konnte mich nicht von der Stelle rühren und hielt meinen Atem an, und in diesem Moment verstummte auch das Geräusch. Erleichtert stellte ich fest, dass ich mir wohl etwas eingebildet hatte. Aber dann, ein paar Sekunden später, war das Geräusch wieder da. Wieder hielt ich den Atem an, und wieder verstummte das Geräusch, ganz so, als würde es merken, wie ich versuchte, ihm auf die Schliche zu kommen. Ich brauchte eine Weile, um zu merken, dass dieses Geräusch aus mir kam, dass da nichts in den Heizungsrohren rasselte, sondern in meiner Lunge. Mit offenem Mund stand ich da und stellte fasziniert und verängstigt fest, dass meine Atmung viel schneller ging, als sie sollte. *Warum bist du auch die Treppen hochgerannt, du blöde Kuh?*, schalt ich mich in Gedanken, und da war plötzlich eine Stimme in meinem Kopf, die mir antwortete: *Genau deswegen!*

Da bekam ich Panik. War ich etwa dabei, den Verstand zu verlieren? Warum sollte ich es darauf anlegen, einen Asthmaanfall zu bekommen, ohne Spray, ohne Doktor in der Nähe? Warum sollte ich so etwas wollen?

Endlich konnte ich mich wieder bewegen. Ich lief zu den Fenstern und versuchte, sie aufzumachen, eins nach dem anderen, aber sie ließen sich nicht öffnen. Verzweifelt drehte ich mich um mich selbst. Das Rasseln wurde stärker. Oder kam es mir nur so vor? Ich ging in die Hocke und beugte meinen Oberkörper vor. Ich schaukelte vor und zurück. Schaukeln ist eine gute Art, sich zu beruhigen. Früher, als Kind, hatte ich mich immer in den Schlaf geschaukelt, mit eigenartigen Bewegungen, sodass meine Eltern schon Angst hatten, es könnte etwas mit mir nicht stimmen. Ich durfte nie woanders übernachten und es durfte auch nie jemand bei mir schlafen. Meine Eltern sagten, wenn ich mit diesem Schaukeln endlich aufhörte, könnte ich eine Pyjamaparty geben. Ich gab mir Mühe, aber das Schaukeln war stärker als mein Wille, bis es dann, als ich zwölf war, ganz plötzlich verschwand.

Während ich also auf dem Flurboden hockte und vor und zurück schaukelte, fiel mein Blick, der sich allmählich an die Dunkelheit gewöhnt hatte, auf eine Leiter, die am Ende des Flures an der Wand befestigt war. Ich folgte ihr mit meinem Blick nach oben und entdeckte eine Luke in der Decke. Vorsichtig, damit mein Kreislauf keinen Schreck bekam, richtete ich mich auf und schlurfte langsam über das Linoleum dorthin.

Ich umklammerte mit meinen Fingern das kühle Metall, zog daran, um die Stabilität zu prüfen, und stieg dann, ohne weiter darüber nachzudenken, nach oben. In meiner Lunge rasselte es noch immer, aber ich ahnte schon, dass es nicht lange dauern würde, bis ich wieder frische Luft einsaugen konnte, deshalb ignorierte ich es.

Du kennst mich, liebe stille Begleiterin, ich mache so oft Dinge, von denen ich genau weiß, dass sie dumm sind. Erinnerst du dich daran, wie ich im letzten Urlaub mit meinen Eltern – es war in Griechenland –, wie ich da vor lauter Langeweile auf den Bahnschienen rumspaziert bin, die durch ein kleines Waldstück führten? Und wie ich den Zug hinter mir hörte und trotzdem auf den Schienen blieb? Bis sie unter meinen Füßen bebten und das Rattern unerträglich laut wurde, erst da sprang ich panisch in das Dickicht daneben.

Diese Aktionen meine ich. Gibt es eigentlich einen Fachbegriff dafür? Idiotismus vielleicht?

Die Luke ließ sich jedenfalls ganz leicht öffnen, ich musste nur einen rostigen Riegel zur Seite schieben, und als ein Windstoß in das Schulhaus fegte, wäre ich beinahe von der Leiter geflogen. Ich umklammerte die oberste Sprosse und mein Haar peitschte mir ins Gesicht. Der Regen trommelte mir auf den Kopf. Der Lärm war unglaublich.

Das ist gefährlich, das ist voll gefährlich!, schoss es mir durch den Kopf, und dieser Gedanke machte mich ziemlich an. Das Bild von Leos Gesicht tauchte vor meinem inneren Auge auf, oder besser gesagt von seiner blutigen Nase, und ich fragte mich, wie sich das wohl anfühlt, einen Ast ins Gesicht zu bekommen. Ich tastete nach der nassen, kalten Teerpappe und kletterte die letzten Sprossen empor. Dann stand ich oben, nur wenige Sekunden – nicht mehr als drei –, bevor ich von einer Böe erfasst wurde, die mich zu Boden riss. Meine Wange schrammte über die raue Teerpappe und ich wischte mir die triefend nassen Haare aus dem Gesicht. Das nächste Bild, das mir in den Sinn kam, war das meiner Mutter, wie sie die Hände vor den Mund schlägt und mich mit aufgerissenen Augen anstarrt. *»Was um Gottes willen hast du bloß angestellt?«*

Dann war ich weg. Nicht ohnmächtig oder so. Nur leer… im Kopf. Mein Herz hämmerte gegen meinen Brustkorb, meine Finger krallten sich irgendwo fest, ich weiß gar nicht mehr, woran, da war eine Art Vorsprung. Ein Schornstein? Eine Regenrinne? Keine Ahnung. Mein Kleid wurde nass. Ich fing an zu zittern. Möglich, dass ich auch anfing zu heulen, es ließ sich schwer auseinanderhalten. Im Nachhinein kann ich dir sagen, ich hatte Angst… und war gleichzeitig ganz ruhig. Ein ziemlich merkwürdiger Zustand. Ob sich Sterben vielleicht so anfühlt? Ich wünschte, ich könnte Florian davon erzählen.

Die Zeit war stehen geblieben. Ich schloss die Augen und wartete geduldig auf den Moment, in dem mein Körper anfangen würde, mich retten zu wollen. In dem er aufspringen würde, um mich in Sicherheit zu bringen. Jeden Moment konnte mir etwas gegen den Kopf fliegen. Er hätte wenigstens zur Luke zurückrobben können. Aber er tat nichts davon. Blieb einfach liegen und fühlte die dicken Tropfen auf sich niederprasseln.

Er überhörte auch zunächst diese Stimme, die meinen Namen rief, erst leise, aber dann immer lauter. Schließlich war da eine Hand, die an meinem Arm zerrte.

Ich öffnete ein Auge und sah das verzerrte Gesicht von Nell. Sie brüllte und zog, und da raffte ich mich wieder auf und krabbelte mit ihr zusammen auf allen vieren zurück zu der Luke, die nicht so weit weg war, wie ich mir vorgestellt hatte.

Ich erinnere mich nicht mehr, wie wir runterkamen, nur noch daran, dass Nell viel fluchte, dass ich auf dem Linoleum zusammensackte und dieser Plastikgeruch in meine Nase stieg.

»Warum atmest du so komisch?«, fragte Nell. Ihre Hand lag auf meinem Rücken.

»Hol Anton«, keuchte ich.

»Anton?«

Ich nickte und hörte sie davonrennen. Dann fing ich an zu zählen. Eins, zwei, drei … hundertachtundfünfzig.

»Hey.«

»Du bist nicht Anton.«

»Nein, Anton kommt sofort, er wollte noch deine Tasche holen«, antwortete Chris und reichte mir irgendwelche Klamotten.

»Was ist das?«, keuchte ich.

»Du musst dich umziehen.«

»Woher …?«

»Fundkiste in der Cafeteria.«

Ich nahm das schwarze T-Shirt und roch daran.

»Was Besseres habe ich nicht gefunden.«

Ich zog mir das Kleid über den Kopf.

»Oh.« Chris drehte sich weg. Aber mir war gerade alles egal, wenn nur das Frösteln endlich aufhörte.

In dem Moment kam Leo hochgehechelt, blieb wie angewurzelt auf der obersten Stufe stehen und guckte kurz irritiert. Dann grinste er sogleich und pfiff anzüglich.

Chris schüttelte den Kopf und zeigte ihm den Vogel.

»Ich hab Papierhandtücher.« Er kam zu mir und reichte mir einen Stapel davon. »Soll ich dir helfen?«

»Geht schon.« Ich riss ihm die Tücher aus der Hand, einige fielen zu Boden, und fing an, mich damit abzutrocknen. Mein Atem ging schwer, als würde ein dicker Stein auf meinen Brustkorb drücken. Ich war froh, Schritte auf der Treppe zu hören, und noch glücklicher, einen Augenblick später Antons Gesicht zu sehen.

Er hatte meine Tasche umgehängt und einen Turnbeutel in der Hand. »Der lag im Klassenzimmer rum. Ich glaube, er ist von Maria Rössler, aber sie wird das sicherlich verkraften.« Er zog eine Leggins und schwarze Sneakers raus und kam damit auf mich zugelaufen. Jetzt erst kam mir der Gedanke, dass es daneben war, hier in BH und Slip rumzustehen.

Anscheinend übertrug sich der Gedanke auf die Jungs, denn sie begannen plötzlich damit, an den Türen zu rütteln, die vom Flur abgingen. Leo holte seine Plastikkarte raus und öffnete ohne Mühe den alten Musiksaal.

»Warum sollte ich kommen?«, fragte Anton mit einem verschämten Blick zu Boden.

»Ich glaub, ich bekomme gleich einen Asthmaanfall.«

»Das werden wir verhindern«, erwiderte er und schaute mir jetzt fest in die Augen.

»Ich ziehe mich nur noch schnell um.«

Ich verzog mich in den alten Musiksaal, betätigte automatisch den Lichtschalter und trocknete mit den restlichen Tüchern meine Arme und Beine ab, obwohl ich diese Papiertücher nicht ausstehen kann, weil sie einen ekelhaften Geruch auf der Haut hinterlassen. Ich zog meine Sandalen, Unterhose und den BH aus und schlüpfte in die Klamotten aus der Fundkiste und aus Maria Rösslers Turnbeutel. Bei den Schuhen musste ich eine kurze Pause einlegen und ein paarmal tief durchatmen. Ihre Sneakers waren mir zu groß, aber besser als meine durchweichten Riemchensandalen.

Es klopfte an der Tür. »Ich bin's, Nell, kann ich reinkommen?«

Noch bevor ich etwas erwidern konnte, war sie drin. »Schau mal, ich habe noch eine Jacke gefunden.«

»In der Fundkiste?«

»Nein, die hing über der Stuhllehne am Lehrertisch. Ist die vielleicht von Herrn Radtke?«

Ich griff danach und drückte sie mir an die Nase, dann nickte ich.

»Du erkennst Radtkes Jacke am Geruch?« Sie musterte mich neugierig, aber ich antwortete nicht, zog einfach die Jacke über und fühlte sofort, wie mir wärmer wurde.

Mehrere Gerüche mischten sich um mich herum.

Der Duft von Florians dezentem Parfum, der muffelige Geruch aus der Fundkiste, Maria Rösslers Waschmittel, meine nassen Haare und der beißende Geruch der Papierhandtücher. Es war, als würden diese vielen Gerüche meine Atemnot noch verstärken.

Es klopfte wieder an der Tür und Nell ging öffnen.

»Anton fragt…«

»Ja«, unterbrach ich sie, froh, dass er hier war.

Er kam rein und die anderen beiden folgten ihm.

»Wie fühlst du dich jetzt?« Anton beobachtete mich aus den Augenwinkeln, während er zwei Stühle holte, die an der Wand gestapelt standen.

»Schwer zu sagen. Das Atmen ging auch schon mal besser.«

»Gut. Versuch, ruhig zu bleiben. Zähl leise und langsam bis zwanzig.« Er wischte schnell mit ein paar nassen Tüchern über die Sitzfläche, stellte die Stühle einander gegenüber und deutete mit der Hand auf den einen, während er sich auf den anderen setzte.

Ich nahm ihm gegenüber Platz und da kamen die Scham und Unsicherheit mit voller Wucht wieder zurück. Alles, was mir bisher egal gewesen war – was die anderen von mir dachten, wie ich aussah, dass ich wie eine Irre auf sie wirken musste –, kam jetzt wieder. Als hätte mir jemand eine Ohrfeige verpasst und mich damit in die Realität zurückbefördert. Ich konnte die Blicke der anderen spüren und sofort fiel mir das Atmen wieder schwerer.

»Könntet ihr vielleicht draußen warten?« Antons Stimme war leise, aber sehr bestimmt.

Ich traute mich nicht, irgendeinem von ihnen in die Augen zu sehen, und war froh, als sie wenige Sekunden später den Raum verließen und die Tür hinter sich schlossen.

»Ich habe dich unterschätzt«, keuchte ich.

»Ach ja?« Anton räusperte sich, rückte mit dem Stuhl ein Stück nach hinten und schrammte dabei über die Holzdielen. »Du musst jetzt sachte durch die Nase einatmen und durch den Mund wieder ausatmen.« Er machte es mir vor. Ich versuchte, es nachzumachen, seinen Rhythmus zu übernehmen, mich auf das beruhigende Geräusch des Atems zu konzentrieren. »Machst du gut. Den Oberkörper kannst du ruhig noch ein wenig vorbeugen.«

Es dauerte eine ganze Weile, diese Übung zu machen – bestimmt zehn Minuten oder länger –, dann legten wir eine Pause ein. Ich hob den Blick und schaute mich zum ersten Mal in diesem Raum um. Eine nackte Glühbirne, die von der Decke baumelte. Hunderte von Stühlen, in Reihen an der Wand gestapelt. Staub, der durch den Raum flirrte. Eine kleine Bühne. Schwere senfgelbe Vorhänge an den Seiten. Regale mit verstaubten Instrumenten. Flöten, Keyboards, Bongos, zwei Gitarren.

»Was meintest du damit, dass du mich unterschätzt hast?«, fragte Anton und wurde rot.

Ich versuchte, ihn mir ohne Brille vorzustellen. »Du hast die anderen voll im Griff.«

»Das stimmt nicht.« Er schüttelte den Kopf und zupfte sich an den Haaren. »Die sind nur gegangen, weil sie nicht wissen, was sie tun sollen.«

»Das glaube ich nicht. Ich glaube, du kannst noch ganz andere Sachen, wenn du nur willst.«

Liebe stille Begleiterin, du hättest in diesem Moment seinen Blick sehen sollen. Ich kann dir das schlecht beschreiben, es frustriert mich sehr, dass es Dinge gibt, die ich nicht in Worte fassen kann. War er gerührt? Stolz? Erleichtert? Hat er sein ganzes Leben darauf gewartet, dass jemand etwas Nettes zu ihm sagt? Keine Ahnung, jedenfalls traf mich dieser Blick so sehr, dass ich ihn am liebsten geküsst hätte, direkt auf den Mund. Aber nicht, weil ich ihn toll fand oder dabei war, mich in ihn zu verlieben, bei Weitem nicht, sondern deshalb, weil ich die Welt plötzlich als ungerecht empfand und weil er mir leidtat und weil ich mich irgendwie schuldig fühlte, ohne sagen zu können warum.

Aber bevor ich irgendetwas in der Art tun konnte (als könnte ein Kuss die Welt retten!), richtete Anton seinen Oberkörper auf und setzte erneut dazu an, Atemübungen zu machen.

»Ich glaube, es geht mir schon besser«, flüsterte ich, aber er machte keine Anstalten aufzuhören, also setzte auch ich mich aufrecht hin und fing an, ihm alles nachzumachen.

Tief durch die Nase einatmen, ein Stück nach vorne beugen und mit leicht geöffneten Lippen wieder ausatmen, dabei die Lippen durch die Luft leicht vibrieren lassen. Zwanzigmal oder öfter machten wir das, die Hände auf den Oberschenkeln abgelegt, und die Atempausen wurden immer länger und meine Lunge hörte allmählich auf zu rasseln.

»Warum warst du auf dem Dach?«, fragte Anton zögernd.

»Ich dachte, ich müsste an die frische Luft.«

»Keine gute Idee.«

»Nein.«

»Du darfst nicht einfach wegrennen.«

Kurz war da der Impuls zu lachen, einen blöden Spruch zu reißen, ihn zu fragen, ob er meine Mutter sei, aber dann sah ich, dass er es ernst meinte, und wenn ich an dieser Stelle gelacht hätte, hätte ich mir das wahrscheinlich nie verziehen.

Trotzdem war es schwer auszuhalten, dass er so nett zu mir war. Das hatte ich nicht verdient. Ich war aufs Dach gerannt wie ein kleines, bockiges Mädchen und kam mir jetzt schrecklich albern vor. Von außen sah es wahrscheinlich so aus, als hätte ich Aufmerksamkeit gesucht. Und wer weiß, liebe stille Begleiterin, vielleicht suche ich wirklich ständig nach Aufmerksamkeit. Nach einer anderen Aufmerksamkeit als diesem oberflächlichen Geplänkel in den Hofpausen oder auf Geburtstagspartys. Nach etwas Echtem, Aufrichtigem, Tiefem. Nach nur einem Gespräch, das so ist, wie ich es mir erträume und wie ich es bisher nie geführt habe.

»Wie fühlst du dich jetzt?« Anton hörte nicht damit auf, nett zu sein, also beschloss ich meinerseits, ihm eine aufrichtige Antwort zu geben. Vielleicht lag es an mir, mit dem anzufangen, was ich mir so sehnlichst wünschte.

»Ich schäme mich und ich bin von mir selbst überrascht. Ein Teil von mir fühlt sich unsicher, ein anderer traurig und noch ein weiterer fühlt sich ganz friedlich. Das Adrenalin hat meinen ganzen Körper zum Kribbeln gebracht. Ich fühle mich lebendig wie noch nie und habe gleichzeitig Angst. Es ist ein ziemliches Chaos.«

Na ja, so etwas in der Art habe ich wohl gesagt, jedenfalls nickte Anton, als würde er es verstehen, als wäre es ganz und gar nicht komisch, so gegensätzliche Dinge zu fühlen.

Er zog meine Ledertasche hinter seinem Stuhl hervor und schob sie zu mir.

»Warum hast du die mitgebracht?«

»Ich dachte, vielleicht brauchst du dein Tagebuch. Wenn ich mich so fühle, wie du gerade beschrieben hast, dann schreibe ich Briefe. Das macht mich ruhig. Und ich habe dich vorhin beim Schreiben gesehen …«

»An wen schreibst du die Briefe?«, fragte ich, während ich dich, liebe stille Begleiterin, aus dem Innenfach der Tasche zog.

»An mich selbst.« Er räusperte sich und zupfte an einem Hemdknopf.

»Du schreibst Briefe an dich selbst?«

»Ja.«

»Warum?«

»Damit mein späteres Ich mit meinem jetzigen in Verbindung bleiben kann.« Mein Herz verstand sofort, was er meinte, aber mein Blick muss fragend gewesen sein, denn er seufzte tief und erklärte dann weiter: »Ich habe den Eindruck, dass die Erwachsenen ihr altes Ich verlieren, meistens sogar mit Absicht. Sie schauen sich dann Fotos von früher an und sagen Sachen wie: *Oh Gott, was für peinliche Klamotten ... wie ich damals aussah, ist ja nicht auszuhalten ...* Sie machen sich lustig über ihr altes Aussehen und die Dinge, die sie früher gesagt haben, sie schmeißen alte Gedichte weg, weil sie ihnen unangenehm sind, lachen über ihre damaligen Träume und verraten ihr eigenes Ich am laufenden Band. Und weil ich das nicht möchte, schreibe ich sicherheitshalber diese Briefe an mich selbst, um mein zukünftiges Ich schon jetzt vorzuwarnen.«

»Das ist clever«, stellte ich fest und blätterte durch deine Seiten, dann schlug ich die erstbeste freie Seite auf und holte einen Stift aus der Tasche.

Anton erhob sich vom Stuhl und machte sich auf Richtung Tür. »Ich kann draußen warten.«

»Nein, warte ... Ich fände es schön, wenn du noch ein bisschen bleibst.«

Er nickte und setzte sich dann auf den Boden, lehnte sich mit dem Rücken an die Wand, nahm seine Brille ab und fing an sie mit einem Zipfel seines Hemdes zu putzen.

Und ich fing an zu schreiben.

Liebe stille Begleiterin, ich verspreche dir hiermit feierlich, dass ich mich niemals über dich lustig machen werde, dich nie jemandem vorführen oder dich gar wegschmeißen werde. Großes Ehrenwort!

Chris

Wir sitzen auf dem kalten Flurboden und lauschen dem Regen, der gegen das Dach donnert. Unter der Luke ist immer noch ein nasser Fleck auf dem Boden, aber keiner von uns fühlt sich dafür verantwortlich. Auch die grünen Papierhandtücher liegen nass und zusammengeknüllt an dem Platz, wo Valeska sie hat fallen lassen, genau wie ihr dunkles Kleid.

Ich betrachte die feuchten Fußabdrücke, die zum Musiksaal führen und mit jeder Sekunde weniger werden. Ich habe schon eine ganze Fotoserie davon gemacht, aber leider sieht es auf dem Display nicht so beeindruckend aus. Wir sitzen im Dunkeln, nur durch das Fenster scheint dieses irre Licht herein, der Mond, der immer nur ganz kurz zwischen den Wolken hervorblitzt. Die schaukelnden Äste tanzen als Schatten an den Wänden und der abblätternde Anstrich der Heizung wechselt, je nach Lichteinfall, den Farbton – Gelb – Weiß – Beige – Grau. Die Leiter wirft symmetrische Ornamente an die Wand und auch die Schatten von Nell und Leo huschen über den Boden.

Nell hat ihren Zopf gelöst und wuschelt sich in Gedanken versunken immer wieder durch die dunkelblonden Haare, um sie trocken zu kriegen. Ihre Augen sind geschlossen, und ich habe schon überlegt, sie zu fragen, ob alles okay ist, aber ich kann nicht immer der nette, verständnisvolle Junge von nebenan sein. Sie soll mich nicht für ein Weichei halten. Dabei bin ich kein Weichei, nur gegen diesen Leo wirkt es vielleicht so. Hätte ich ihm wenigstens eine reinhauen können... aber dazu kam es ja nicht mehr.

Andererseits, seit die beiden zurückgekommen sind – woher auch immer –, sieht es nicht unbedingt so aus, als seien sie sich nähergekommen. Wenn ich mich nicht irre, haben sie seitdem nicht ein Wort miteinander gewechselt. Leo sitzt abseits, an die Heizung gelehnt, und tippt etwas in sein Smartphone. Ich mustere sein Profil, die Löcher an den Knien in seiner grauen ausgebleichten Jeans, seine großen Hände, den silbernen Ring an seinem Mittelfinger.

Was, wenn Nell ihn wirklich bloß verarztet hat? Ihm dieses Pflaster unbeholfen auf die Nase geklebt hat, und das war's? Ich schaue zu ihr rüber, ihre geschlossenen Augenlider glänzen, sie hat die Beine angezogen und die Arme um ihre Knie geschlungen. Ihre Klamotten müssen auch nass sein, sie hat gesagt, sie hätte Valeska auf dem Dach gefunden. Vielleicht sollte ich los und nach weiteren Fundsachen oder Turnbeuteln suchen. Doch ich schaffe es nicht, mich vom Boden zu lösen. Die Stimmung in diesem dunklen Flur hat gerade etwas beinahe Heiliges und ich möchte das auf keinen Fall durch eine unbedachte Bewegung zerstören. Hinter der Tür des Musiksaals ist das leise Murmeln von Valeska und Anton verstummt. Eine ganze Weile schon. Ich frage mich, was sie da drin machen.

Durch den unteren Türspalt fällt ein zitternder Lichtstreifen auf den Flurboden. Das sind diese alten Leuchtstoffröhren, die unablässig flackern. Sobald einem dieses Flackern aufgefallen ist, macht es einen ganz verrückt. Diese alten Lampen sind im restlichen Schulgebäude längst ausgetauscht worden, nur hier im dritten Stock haben sie fast alles noch so gelassen, wie es wahrscheinlich vor hundert Jahren war. Ich mag alte Gebäude. Neulich, auf einem Fototrip, bin ich in eine alte Fabrik geklettert. Die Fenster waren eingeschlagen, der Boden mit Scherben, Staub und zerknülltem Papier bedeckt. Die Wände voller Graffiti auf alten Kacheln, das Treppengeländer voll Taubenkot, ein paar kaputte Stühle lagen in einer Ecke. Und dann eine wundervolle Stuckdecke, kleine Verzierungen auf den maroden Türen, verblasste Muster aus Mosaiksteinchen an der Wand. So viele wunderbare Fotomotive. Ich lief durch die Hallen der Fabrik, knipste und dachte an Nell – wie gerne ich ihr das zeigen und mir mit ihr ausmalen würde, was in diesen Räumen hier früher wohl passiert war. Vielleicht würde sie mein Modell sein. Das Licht in der einen Halle war magisch.

Aber ich fand nie den richtigen Moment, sie zu fragen.

Vor ein paar Stunden noch dachte ich, heute könnte dieser Moment gekommen sein. Nachdem sie allerdings mit Leo verschwunden war, verschwand auch ein Stück meiner Hoffnung.

»Was die da wohl so lange machen?«, reißt mich Nell aus meinen Gedanken, die um sie kreisen.

Leo schaut von seinem Display auf und zuckt die Achseln. »Meint ihr, sie wollte vom Dach springen?«

Es liegt mir auf der Zunge, *Quatsch* zu sagen, aber dann halte ich inne, denn mit Sicherheit wissen kann ich das nicht. Auch wenn sie vorhin, als ich alleine mit ihr im Flur stand und sie zu überreden versuchte, sich dem Essen mit uns anzuschließen, auf mich ganz aufgeräumt wirkte. Sie meckerte zwar ein wenig über Leo und über ihre Eltern, aber als ich ihr von meinen anstrengenden Eltern erzählte, konnten wir beide nur noch lachen. Und was Leo angeht, riet ich ihr, ihn einfach nicht zu beachten.

»Der zieht hier seine Solonummer ab und fühlt sich toll dabei«, fand sie.

»Na ja, lassen wir ihn doch und ignorieren ihn am besten. Je mehr Aufmerksamkeit er bekommt, umso unerträglicher wird er.«

»Du hast recht. Ich komme wieder mit rein.«

Sie wirkte also ganz vernünftig. Jedenfalls nicht wie eine, die gleich vom Dach hüpft.

Nell öffnet die Augen. »Ich habe mir auch schon überlegt, ob sie mit Absicht auf das Dach geklettert ist, aber es erscheint mir so abwegig.«

»Warum?«, frage ich und sehe ihr direkt ins Gesicht. Unsere Blicke treffen sich, aber es scheint, als würde Nell durch mich hindurchschauen.

Sie zuckt mit den Schultern. »Ihr Leben sieht für mich so perfekt aus, so erfüllt, so interessant, versteht ihr? Warum sollte sie vom Dach springen wollen?«

»Vielleicht sieht es ja nur für dich so aus«, erwidere ich.

»Ja klar, ich verstehe schon, aber es will einfach nicht in meinen Kopf. Wenn mir jetzt einer sagen würde, David Schröder aus dem Abi-Jahrgang hat versucht, vom Dach zu springen, okay. Wie der immer alleine rumhängt... mit diesen geröteten Augen und diesem Weltschmerz-Blick, ihr versteht schon. Aber Valeska? Und wenn sie echt so labil sein sollte... depressiv, suizidgefährdet oder was auch immer, dann müssen wir ihre Eltern anrufen, und sie müssen unbedingt kommen und sie holen, Unwetter hin oder her. Denn damit werden wir hier nicht fertig. Das ist 'ne Nummer zu groß für uns.«

»Okay, okay, immer locker bleiben, ja? Wir wollen doch keine voreiligen Schlüsse ziehen.« Leo schiebt sein Handy in die Hosentasche, zieht sich an der Heizung nach oben und fängt an, im Flur auf und ab zu laufen.

»Du hast doch davon angefangen!« Nell funkelt ihn böse an.

»Es war bloß eine Frage. Aber wahrscheinlich gibt es tausend andere Erklärungen, warum sie auf dem Dach war.«

»Ach ja?«, frage ich.

Leo kickt ein paar Papierhandtücher zur Seite. »Ja. Wir sollten sie jedenfalls fragen, bevor wir Mami und Papi anrufen.«

»Und du willst sie fragen, ja?« Nell verzieht abfällig das Gesicht.

»Würde ich schon, aber ich glaube nicht, dass sie mir so was anvertrauen würde.«

Na, wenigstens kann der Typ sich gut einschätzen.

Plötzlich schauen Nell und Leo mich erwartungsvoll an.

»Ich? Warum ich?«

»Du hast sie vorhin schon zurückgeholt«, erwidert Leo, hebt das schwarze Kleid vom Boden auf und hängt es über die Heizung.

»Genau! Und deshalb ist jetzt jemand anderes dran.«

»Aber du hast doch den guten Draht zu ihr!«, protestiert Nell.

»So würde ich das nicht nennen.« Ich kratze mich am Kopf und frage mich, woran es liegt, dass andere Leute immer glauben, ich hätte einen guten Draht zu allen. Das höre ich nämlich ständig: *Du verstehst dich doch mit allen gut ... Du kommst doch mit jedem klar, oder?*

Aber das stimmt nicht – siehe Leo, zum Beispiel. Ich komme nicht mit jedem klar, ich lasse nur jeden machen, wie er will. Ich stelle keine Ansprüche und habe keine Erwartungen. Und solange mich keiner blöd angeht, lasse ich sie in Frieden. Ich bin mit meiner Fotokamera ein Beobachter und versuche, nicht zu bewerten, denn das würde den Blick nur verzerren.

Dass ich jetzt wieder den Vermittler spielen soll, passt mir überhaupt nicht.

»Wie wäre es mit einem Gespräch von Frau zu Frau?«, schlage ich Nell vor, aber sie winkt ab.

»Ich denke nicht, dass das funktioniert. Wir haben nichts miteinander zu tun, ehrlich gesagt kann ich sie nicht einmal besonders leiden.« Sie schlägt sich die Hand vor den Mund und reißt die Augen auf. »Entschuldigung, das wollte ich nicht sagen. Also, es stimmt schon, aber ich hätte es nicht sagen sollen. Ich kenne sie nicht, außerdem ist jetzt echt nicht der richtige Zeitpunkt… Oh Mann.« Sie vergräbt ihr Gesicht hinter den Händen und schüttelt den Kopf.

Gott! Ich würde am liebsten zu ihr krabbeln, ihr die Hände vom Gesicht nehmen und sie küssen… auf die Haare, auf ihre Stirn, die Augenlider, die Nasenspitze… und auf ihre wunderschönen Lippen. Es macht mich wahnsinnig, dass das nicht geht.

»Wir haben doch alle nicht besonders viel miteinander am Hut. Warum sollten wir uns gleich alle leiden können?«, versuche ich, sie zu trösten, und werfe dabei einen Blick auf Leo, aber der läuft weiter hin und her und beachtet mich gar nicht.

»Ich hätte das trotzdem nicht sagen sollen«, murmelt sie immer noch hinter vorgehaltener Hand.

»Ich finde das voll okay.« Ich rutsche ein Stück näher zu ihr, könnte doch sein, dass sie gleich eine Schulter zum Anlehnen braucht.

Aber sie denkt leider nicht dran, stattdessen springt sie auf, bindet ihre Haare zu einem ordentlichen Zopf zusammen und fixiert mit ihrem Blick die Tür des Musiksaals. »Okay, ich werde mit ihr reden.«

»Bravo.« Leo klatscht in die Hände.

Sie läuft schon in Richtung Tür, aber dann bleibt sie

stehen und hält inne. »Ich weiß gar nicht, was ich sagen soll.«

»Frag sie doch einfach«, schlägt Leo vor, als wäre es das Einfachste von der Welt.

»Ob sie sich umbringen wollte?«, zischt Nell und sieht Leo entgeistert an.

Irgendwas ist seltsam zwischen den beiden, aber ich kann es nicht richtig fassen. Die Art, wie sie miteinander sprechen vielleicht. Vorhin noch waren sie viel netter zueinander.

»Natürlich nicht. Frag sie, wie es ihr geht und so, und dann ergibt sich das schon.« Leo wirkt regelrecht genervt von ihr. Ich kann nicht leugnen, dass mir diese Haltung deutlich besser gefällt.

Nell schnaubt. Dann tritt sie an die Tür und klopft leise dagegen.

Ein gedämpftes »Ja?« ist von drinnen zu hören und schon schlüpft Nell in den Musiksaal.

Eine ganze Weile bleiben Leo und ich still und lauschen vergeblich.

Dann passiert es irgendwie, dass wir uns gleichzeitig ansehen, uns in die Augen blicken, und als Leo die Augenbrauen runzelt, mache ich es ihm einfach gleich.

»Willst du mich immer noch schlagen?«, fragt er schließlich.

»Jetzt gerade nicht«, antworte ich, denn so ganz will ich den Plan noch nicht aufgeben. Wer weiß, was der Abend noch bringt.

»Gut.«

»Gut.«

Er setzt sich mir gegenüber, lehnt sich an die Heizung, nimmt einen Zipfel von Valeskas Kleid zwischen die Finger und schnuppert daran. »Jetzt sitzen wir beide hier draußen auf dem stinkenden Flur und Anton, dieser Vogel, ist da drin mit zwei hübschen Mädchen. Das ist irgendwie verkehrt, findest du nicht?«

»Hm.«

Wieder breitet sich Stille zwischen uns aus.

»Darf ich ein Foto von dir machen?«, frage ich schließlich, denn wir können ja nicht ewig tatenlos hier rumsitzen.

»Wieso?«

»Weil das ein gutes Motiv ist, du und die Heizung und Valeskas Kleid. Außerdem ist das Licht gerade echt irre.«

»Was machst du mit diesen Fotos?«

»Abizeitung.«

Leo zuckt mit den Schultern. »Von mir aus.«

Eigentlich mag ich ja seine unkomplizierte Art. Er ist kein großer Philosoph, sondern entscheidet aus dem Bauch heraus. Und er scheint gut damit durchs Leben zu kommen.

Ich knipse ein paar Bilder, und natürlich, als ich sie dann auf dem Display sichte, sehe ich, wie verdammt fotogen dieser Leo ist. Seine Haarsträhnen vor den Augen, seine Wangenknochen, die Schatten auf seinem Gesicht, der coole Blick, für den er vermutlich nicht einmal üben muss.

Ich frage mich: Ist er ein Arschloch, weil er so gut aussieht? Oder sieht er so gut aus, weil er ein Arschloch ist?

»Ich habe es verkackt«, sagt er plötzlich, ohne mich dabei anzusehen, weshalb ich nicht weiß, ob er vielleicht mit sich selbst spricht.

Vorsichtshalber räuspere ich mich.

»Hast du es schon mal so richtig verkackt?«, fragt er, also nehme ich an, dass er tatsächlich mich meinte.

»Ähm, ich weiß nicht so recht, worauf du hinauswillst.« Bei dem Typ muss ich echt aufpassen, nicht in eine Falle zu tappen.

Er setzt einen gequälten Gesichtsausdruck auf. »Ich hätte eine echt heiße Nacht hier haben können.«

»Okay.« Ich bin nicht sicher, ob ich mehr darüber hören will, aber bevor ich meine Bedenken äußern kann, fährt Leo einfach fort.

»Ich habe mir das schon so geil ausgemalt, weißt du. Hat ja auch was, so allein in der Schule rumzuhängen, und dann gleich mit zwei Mädels dabei. Komisch, oder? Am Anfang hat mich das voll angenervt, aber dann dachte ich, wir sollten einfach das Beste aus der Situation rausholen. Trotzdem … Mann, keine Ahnung … ich hab's einfach voll verkackt!«

»Ja, das sagtest du schon.« Ich blicke hilfesuchend zur Tür des Musiksaals, wäre echt schön, wenn sie jetzt aufginge.

»Bei Nell, da dachte ich, das wäre eine sichere Nummer. Ich meine, die hat da vorhin am Lichtschalter mit ihrer Hand an meiner rumgefummelt …«

»Weißt du, ich will das gar nicht …«

»Jetzt warte doch mal. Ich versuch, dir gerade was zu sagen.«

Ich nehme es zurück. Ich mag seine unkomplizierte Art doch nicht!

Ich atme schwer aus und drücke meinen Rücken gegen die kühle Wand. Dieser Typ hat echt Nerven, jetzt von Nell anzufangen. Ich brauche mir nichts vormachen, wo immer die beiden auch waren, es war nicht bloß, um seine Nase zu verarzten.

»Also, jedenfalls war ich überzeugt, das wird ein Heimspiel. Der Regen auf dem Glasdach, wir beide ganz allein, die Mädchenumkleide... Warst du schon mal in der Mädchenumkleide?«

Ich schüttele langsam den Kopf. Mädchenumkleide. Noch schlimmer kann es nicht kommen.

»Was glaubst du, wie es in der Mädchenumkleide riecht?«

»Ist das eine Quizfrage?«

»Nein, aber weißt du, ich stelle mir immer vor... Wenn die Mädels nach dem Sport dorthin verschwinden, mit ihrem Gekicher und den hüpfenden Brüsten, dann stelle ich mir vor, wie fünfzehn Mädchen auf einmal dort ihre verschwitzten Shirts ausziehen, ihre BHs und Tangahöschen, und wie sich dort dann dieser Geruch ausbreitet, dieser... du weißt schon... dieser Geruch nach Muschi.«

Auch wenn dieser Leo ein Idiot ist, ich weiß genau, was er meint. Der Gedanke an die Mädchenumkleide hat mir auch schon schlaflose Nächte bereitet.

»Aber weißt du was?« Er klatscht in die Hände, als würde er etwas fangen, öffnet dann die Handflächen wieder und pustet etwas weg. »Es riecht dort gar nicht nach Muschi. Es riecht höchstens ein bisschen nach Deo oder Duschgel oder Shampoo, was weiß ich, und sonst nach diesem abartig sterilen Schulgeruch.« Er schnuppert. »Riechst du das?«

Ich tue ihm den Gefallen und schnuppere, dann nicke ich.

»Manchen Dingen sollte man lieber nicht auf den Grund gehen, sie stellen sich dann nämlich als ziemlich enttäuschend heraus, aber egal. Ich war jedenfalls mit Nell dort drin, und ich war sicher, dass es voll abgehen würde mit uns, und dann, wir waren echt schon auf dem besten Weg, als plötzlich… keine Ahnung, ey.« Er lässt den Kopf hängen und wirkt völlig zerknirscht.

»Warum erzählst du mir das?«, frage ich kühl.

»Warum? Weil wir zwei hier auf dem Flur rumsitzen und weil, wenn wir uns schon nicht geprügelt haben, wir genauso gut miteinander reden können.« Eine echt merkwürdige Logik hat dieser Typ. »Und ich meine, du stehst doch voll auf Nell!«

»Woher willst du das wissen?«

»Ich habe da eine Antenne für.«

»Glaub ich nicht.«

»Darfst du aber ruhig. Ich spüre die Vibes.« Er macht eine Wellenbewegung mit der Hand, um das Gesagte zu unterstreichen.

»Und selbst wenn es so wäre, warum erzählst du mir das mit Nell? Um in der Wunde zu stochern?« Ich bin jetzt völlig außer mir und muss auf die Lautstärke meiner Stimme aufpassen, immerhin könnten die da drin uns hören. »Ich meine, hast du sie nicht mehr alle?«

»Komm mal klar. Du verstehst das völlig falsch.«

»Ach echt? Du sagst mir, dass ich auf Nell stehe, und im selben Atemzug erzählst du mir, dass du es fast mit ihr getrieben hättest. Ich meine, geht's noch?«

»FAST.«

»Was?«

»Fast.«

»Was?«

»Mein Gott! Ich wollte dir nur sagen, dass sie mich nicht rangelassen hat!«

Hat er gerade gesagt, dass sie ihn nicht rangelassen hat? Oder war das Wunschdenken und ich habe mich verhört?

»Ich will dir nur sagen, dass ich weiß, dass du auf sie stehst, und dass sie mich abserviert hat. Und weil du von Anton mit Sicherheit nichts zu befürchten hast, solltest du dich jetzt mal ranhalten.«

»Und das sagst du mir, weil…?«

»Weil ich nett bin.« Er grinst mich an und streicht mit seiner Hand zärtlich über Valeskas Kleid.

»Aber du hättest es mit ihr gemacht, wenn sie dich gelassen hätte«, fasse ich noch mal zusammen.

»Natürlich. Ich bin nett, aber nicht bescheuert. Du und ich, wir sind keine Freunde oder so, hast du selbst gesagt, und selbst wenn…«

»Na, wenigstens bist du ehrlich.«

»Gern geschehen.« Er tippt sich mit dem Zeigefinger an die Stirn.

Was für ein Typ! Eben wollte ich ihm noch eine reinhauen, und jetzt gesteht er mir, dass Nell ihn hat abblit-

137

zen lassen. Ich bin versucht, mich bei ihm zu bedanken, immerhin ist das eine wichtige Information für mich, aber in dem Moment macht Nell die Tür vom Musiksaal auf und schaut demonstrativ an Leo vorbei in meine Richtung… mit diesem wunderhübschen Lächeln. Mit einer Kopfbewegung winkt sie uns in den Raum.

Ich springe auf und reiche Leo meine Hand, um ihn hochzuziehen.

Ich kneife die Augen zusammen und muss mich erst mal an das grelle Licht im Saal gewöhnen. Valeska klappt ihr rotes Büchlein zu und lässt es in die Tasche gleiten. Anton sitzt auf dem Boden und fummelt an seinen Schnürsenkeln rum. Nell stellt sich neben mich, lehnt sich an die Wand, und ich kann ihr Shampoo riechen. Leo steuert schnurstracks die Gitarren an, holt eine aus ihrem Koffer raus und spielt ein paar Akkorde. »Alter, völlig verstimmt.« Er macht sich dran, sie zu stimmen.

Valeska räuspert sich. »Ähm, ich wollte euch nur sagen, dass ich auf dem Dach war, weil ich wegen meinem Asthma frische Luft brauchte und die Fenster sich hier nicht öffnen lassen… da bin ich panisch geworden. Doch dann, als ich dort draußen war, wurde mir schon klar, dass es eine dämliche Idee ist, aber dieser Sturm ist echt faszinierend… Jedenfalls, ihr braucht nicht denken, dass ihr euch Sorgen wegen mir machen müsst. Echt nicht.« Sie und Nell wechseln einen Blick und Nell nickt ihr zu.

»Okay, gut zu wissen«, sage ich und bin sehr stolz auf Nell, dass sie dieses schwierige Gespräch anscheinend erfolgreich hinter sich gebracht hat. Das war mit Sicherheit schwerer als meine Aufgabe vorhin, sie zum Essen zurückzuholen.

»Wir haben uns gar keine Sorgen gemacht«, winkt Leo ab und grinst. »Also, Freunde der Nacht! Ich spiele euch jetzt einen Song vor und danach machen wir hier richtig einen drauf, alles klar?« Aber er wartet unsere Antwort gar nicht ab, fängt gleich an zu spielen.

»War ja klar, dass der nun auch noch Gitarre spielt«, stöhnt Valeska, während sie einen Knoten in das ihr viel zu große T-Shirt macht.

Anton reibt sich die Schläfen und Nell schaut überallhin, nur nicht zu Leo und seiner Gitarre.

Und da wird mir klar, nur weil sie Leo abserviert hat, heißt das noch lange nicht, dass sie mich gut findet. Ich werde mich also ins Zeug legen müssen.

Leo

So, genug der Dramen, genug der Probleme und Grübeleien!

Ich muss mich ablenken. So etwas wie mit Nell dort in der Umkleide ist mir noch nie passiert. Ich habe sie falsch eingeschätzt und den Bogen überspannt. Die Mädchen, mit denen ich sonst rummache, haben sich da nicht so. Die lassen sich gerne am BH rumfummeln. Noch lieber darunter, versteht sich. Wenn ich ehrlich bin, hatte ich in der Umkleide auch schon so eine Ahnung, aber die habe ich einfach verdrängt und alles vermasselt. Na ja, egal. Jetzt lässt sich das auch nicht mehr ändern. Vielleicht sollte ich noch *Sorry* oder so was sagen, aber momentan ignoriert sie mich, und es ist wohl klüger, sie erst einmal in Frieden zu lassen. Vielleicht sollte ich mir doch lieber an Valeska die Zähne ausbeißen.

Wir streifen gerade durch das Schulgebäude, alle zusammen. Valeska in diesen komischen Klamotten und den zu großen Schuhen, es liegt mir die ganze Zeit auf der Zunge, sie damit aufzuziehen, aber immerhin hat die Braut gerade auf dem Dach gestanden, ich lasse sie noch ein wenig verschnaufen, bevor ich es hier auch gleich verkacke.

»Hast du einen konkreten Plan?«, fragt Chris hinter meinem Rücken. Ich höre Anton seufzen und selbst die Mädels schlurfen lustlos über den Flur. Was für ein lahmer Haufen!

Ich drehe mich zu ihnen um, breite die Arme aus und mache ein paar schamanische Tanzbewegungen. »Wir lassen uns treiben.«

Anton kichert, was sich echt seltsam anhört, aber immerhin. Ich rüttele an ein paar Türklinken, nur so zum Spaß.

»Willst du da rein?« Valeskas Stimme klingt gelangweilt.

»Ist ja nicht auszuhalten«, murmele ich vor mich hin.

»Was?«

»Nichts.«

»Du hast doch was gesagt!«

Ach, was soll's. »Ihr seid ein Haufen Langweiler, habe ich mir gerade so gedacht.«

Vier Augenpaare sehen mich entrüstet an.

Valeska ist schon wieder auf hundertachtzig. »Und du? Nur weil du hier einen auf Jim Morrison für Arme machst, heißt das nicht, dass du interessant bist.«

»Jim Morrison? Wie bist du denn drauf?«

»Tja, so wie du hier den Obermacker markierst, so haben sich schon tausend andere Typen vor dir aufgeführt. Das ist weder originell, noch charmant, noch rebellisch – falls du das glaubst.«

»Cool, das kannst du ja bald mal in einer Kolumne für die *Emma* näher ausführen, aber jetzt sei hier nicht die Spaßbremse.«

Ich liebe es, sie auf die Palme zu bringen. Ihre Nasenflügel wölben sich dann so nach innen, als würde sie ganz tief Luft holen, um gleich zu explodieren. Nell legt ihr die Hand auf den Arm und schüttelt sachte den Kopf. Super! Das Frauenpower-Duo hat sich formiert. Ganz großes Kino.

Ich muss hier offenbar etwas Überzeugungsarbeit leisten, sonst verderben die mir noch den Abend.

»Tja, ich sage euch mal was. Wir hängen hier in dieser Schule fest, und es gibt wahrscheinlich hundert geilere Sachen, die man an einem Freitagabend machen könnte, aber andererseits ... vielleicht auch nicht! Wer hat schon die Gelegenheit, abends ohne Aufsicht in der Schule rumzuhängen? Und nach dem ganzen Scheiß jetzt, Prügeleien ...«

»Es gab keine Prügeleien«, unterbricht mich Chris.

»Pseudo-Prügeleien, Nasenbluten, Asthmaanfälle ...«

»Wir haben das hingekriegt«, beeilt Anton sich zu sagen.

»Vom Dach hüpfen ...«

»Hey!«, geht Nell dazwischen.

»Ist doch aber wahr. Ein bisschen Spaß wäre zur Abwechslung auch mal nett.«

»Du willst Spaß?« Valeska hat ihren eiskalten Blick zurück. »Dann solltest du vielleicht damit aufhören, so albern durchs Schulhaus zu tänzeln, sondern mal etwas wirklich Krasses machen.«

»Oho.« Keine Ahnung, ich mag es, wenn Mädchen so mit mir reden. »Und hast du auch einen Vorschlag?«

»Im ersten Stock ist das Lehrerzimmer.« Sie verschränkt ihre Arme vor der Brust und sieht mich direkt an.

Anton schlägt sich die Hand vor die Stirn, Chris reißt seine Augen weit auf und Nell hält den Atem an.

Valeska und ich liefern uns ein Blickduell.

»Na bitte, geht doch.« Ich grinse sie breit an, hole in Zeitlupe die Plastikkarte aus meiner Tasche und halte sie ihr hin. Sie zögert nur einen kurzen Augenblick, dann nimmt sie mir die Karte aus der Hand und stürmt die Treppenstufen runter. Ein Knaller die Braut!

»Rock 'n' Roll!«, rufe ich den anderen zu und renne hinterher. Na endlich! Mein Herz fängt an zu rasen. Für ein so zierliches Mädchen ist Valeska ganz schön schnell. Meine Boots machen einen ohrenbetäubenden Lärm und die drei hinter mir poltern ebenfalls die Treppen runter. Ich werfe einen schnellen Blick aus dem Fenster, rüber zur Hausmeisterwohnung, aber dort ist alles zappenduster. Hat sich der alte Sack echt aus dem Staub gemacht. So viel Glück muss man doch erst mal haben!

»Leute, seid ihr sicher, dass …« Antons Stimme hallt durch den Flur.

Ich bleibe abrupt stehen, lasse Nell und Chris mit fragenden Blicken an mir vorbeirennen und fange Anton ab. Ich packe ihn an der Schulter und weiß noch nicht so recht, was ich mit ihm machen soll.

»Was ist?«, fragt er mit seiner dünnen Stimme. War

der überhaupt schon im Stimmbruch? Mann, einige haben echt die Arschkarte im Leben gezogen.

Ich mustere ihn von oben bis unten. Seine struppigen Haare könnten eine Ladung Haarwachs gebrauchen, diese Brille geht gar nicht – damit sieht er zehn Jahre älter aus –, das peinliche korrekt zugeknöpfte Hemd hatten wir schon, und die Hose schlabbert auch uninspiriert an ihm herum. Höchstens für seine Sambas kriegt er einen Pluspunkt, aber ich wette, das war ein Versehen. Ich überlege kurz und ziehe dann meine Lederjacke aus. »Pass auf, Kumpel, du ziehst die hier jetzt an und dann hältst du mal für eine Weile die Klappe, okay? Stell dir vor, diese Jacke würde dir Kräfte verleihen, verstehst du?«

»Was für Kräfte?« Er rümpft die Nase.

»Mann, keine Ahnung! Stell dir vor, mit dieser Jacke bist du voll der Superheld, du kannst alles machen, worauf du Lust hast, ohne dir 'nen Kopf zu machen, was Mutti sagt oder der Hausmeister oder wer zum Teufel auch immer.«

»So fühlst du dich in dieser Jacke?«

»Ja, Mann!«

»Hast du schon mal darüber nachgedacht, dass das eine Psychose sein könnte?«

»Heilige Scheiße … Nimm jetzt diese Jacke, sonst muss ich dich erwürgen.« Ich drücke ihm die Jacke gegen die Brust, und als er seine Hand drauf legt, lasse ich los und renne weiter.

Ich liebe diese Endorphine! Im ganzen Körper kribbelt es, das Herz pocht, das Blut pulsiert in den Adern,

145

ein fettes Grinsen macht sich auf meinen Lippen breit, ich lasse einen Brüller los, und die Wände werfen ihn als Echo zurück. Ich renne an ein paar Schließschränken vorbei und trommele mit meinen Händen gegen die Türen.

»Warum machst du so einen Lärm?«, fragt Chris, als ich im ersten Stock ankomme.

»Wann, wenn nicht jetzt?«

Chris stürzt zum Fenster und schaut Richtung Hausmeisterkabuff.

»Ich habe eben schon geguckt, der ist weg!«

»Wo ist der eigentlich hin, mitten im Sturm?«

»Interessiert dich das wirklich?«

»Na ja, irgendwie schon …«

»Er musste zu seiner Liebsten, um es ihr noch mal so richtig zu besorgen, bevor das ganze Scheißhaus in Flammen aufgeht.«

»Dieses Scheißhaus hier?« Chris blickt sich im Flur um.

»Ich meine die Welt dort draußen, verstehst du?«

»Ich meine, so weit wird es nicht kommen.«

»Und ich meine, es seiner Liebsten zu besorgen, kann nie verkehrt sein.«

Chris zuckt mit den Schultern. »Wahrscheinlich hast du recht.«

Seit ich ihm das mit Nell gesteckt habe, ist Chris nicht mehr so aggro. Sehr schön, ein Problem weniger. Ich hätte mich schon geprügelt, wenn es hätte sein müssen, aber eigentlich stehe ich überhaupt nicht drauf.

Ich schaue zu den Mädels, die sich am hinteren Ende

des Flures an der Lehrerzimmertür zu schaffen machen. »Braucht ihr Hilfe?«

Valeska schaut rüber und zieht eine Grimasse. »Nein, danke. Wir schaffen das schon.«

Ich knuffe Chris gegen die Schulter. »Ist das nicht ein toller Anblick? Zwei heiße Bräute, die was Verbotenes tun.«

»Lässt du Valeska die Tür aufbrechen, damit du fein raus bist, falls es mal Ärger dafür gibt?«

»Du hältst mich echt immer noch für ein Arschloch, oder?«

»Äh... nein.« Er schaut betreten auf seine Schuhe.

»Schon okay. Jetzt mach aber wenigstens ein Foto von diesem sexy Motiv.«

Er kratzt sich am Kopf, schaut dann durch den Sucher und drückt ein paar Mal den Auslöser.

»Geht doch.« Ich schaue mich neugierig im Flur um. Die erste Etage meide ich für gewöhnlich. Hier läuft man immer Gefahr, einem Lehrer in die Arme zu laufen, und der hat immer irgendwelche Fragen. *Wo sind deine Hausaufgaben? Warum hast du den Test letzte Woche verpasst? Wie geht es deiner Mutter?* Ehrlich, Herr Kunze, der perverse Sack, fragt immer nach meiner Mutter. Früher, als ich noch klein war, habe ich nicht verstanden, warum diese ganzen Männer meiner Mutter nachstellen, während mein eigener Vater sich aus dem Staub gemacht hat. Später dann habe ich gerafft, dass mein Vater sich aus dem Staub gemacht hat, WEIL diese ganzen Männer meiner Mutter nachstellen.

Ich finde das ein bisschen jämmerlich von ihm, immerhin ist er ja selbst ein ziemlicher Lebemann, aber für meine Mutter hatte er nicht genug Eier in der Hose.

Wenn wir uns manchmal treffen, meist bei irgendwelchen Konzerten oder beim Bowling oder weiß der Geier wo, will ich ihn immer fragen, ob er gut damit leben kann, seine Familie verlassen zu haben. Aber dann ist es so nett, und er gibt mir ein Bier aus, und meistens noch ein zweites, da lasse ich es lieber. Meine Mutter ist jedes Mal sauer, wenn ich mit einer Bierfahne von meinem Dad zurückkomme. »Hat er dich ernsthaft Bier trinken lassen?« Und ich lüge dann: »Nein, Mama, das habe ich mir auf dem Rückweg an der Tanke geholt.« Sie ist dann trotzdem sauer wegen dem Bier, aber auf mich, und damit kann ich besser leben. Ich mag meinen Vater und ich mag meine Mutter, und dass die beiden es miteinander nicht gepackt haben, ist nicht mein Problem.

Ich schaue mir die Bilder an den Wänden an, Kunstdrucke berühmter Maler. Kandinsky, Miró, Chagall. Weiß ich aber nur, weil's drunter steht. Daneben gerahmte Sprüche von Philosophen. Kant, Hegel, Voltaire. Mann, Lehrer sind wandelnde Klischees!

»Wow«, höre ich Chris hinter mir sagen, und ich denke schon, er meint mich, weil er vielleicht meine Gedanken gelesen hat oder so, aber dann drehe ich mich um und sehe, dass er mit weit aufgerissenen Augen Anton anstarrt, der mit meiner Lederjacke und einem gestelzten Gang auf uns zukommt. Irgendwas muss er in der Zwischenzeit mit seinen Haaren angestellt haben, sie stehen nicht mehr so vom Kopf ab und glänzen, als seien sie nass.

»Ist das …?«

»Ja, ist es.«

»Aber wieso …?«

»Ist doch cool, oder?«

»Hm … na ja, das ist nicht das erste Wort, das mir dazu einfallen würde.«

»Tja, also ich musste die Ärmel hochkrempeln«, erklärt Anton etwas verlegen, als er bei uns angekommen ist.

»Sieht völlig abgefahren aus«, versichere ich und lege ihm meine Hand auf die Schulter. »Und jetzt lass uns den Mädchen zur Hilfe eilen, ich glaube, die kriegen das nicht hin.«

»Das hab ich gehört.« Valeska seufzt entnervt und biegt die Plastikkarte zwischen ihren Fingern. Auch die beiden Mädels sehen kurz irritiert zu Anton, wenden sich aber schnell wieder dem Türschloss zu.

»Vielleicht, wenn du die weiter oben reinschiebst?«, versucht Nell, ihr zu helfen.

Aber auch da müht sie sich vergeblich ab. Ich muss grinsen.

»Soll ich?« Ich schaue Valeska über die Schulter.

»Warte, einmal probiere ich es noch.« Sie steckt die Karte von Neuem in den Spalt.

»Du musst leicht rütteln.«

»Die Karte?«

»Die Tür.«

»So?«

»Und jetzt die Karte durchschieben.«

»Verdammt, das geht nicht.«

»Probier's noch einmal«, flüstere ich ihr ins Ohr. Ihre Haare riechen nach Regen. Und da macht es *Klack*. »Sag ich doch.«

Valeska betrachtet ungläubig die offene Tür, hält aber den Knauf fest umklammert, als würde sie sie jeden Moment wieder zuziehen wollen. »Krass. Ich habe die Tür aufbekommen.«

»Du hast sie aufgebrochen«, erinnere ich sie. »Und ich habe dir mit meinen guten Schwingungen dabei geholfen.«

Sie dreht ihr Gesicht in meine Richtung und legt die Stirn in Falten. »Was denn für Schwingungen?«

»Was denkst du denn, was für Schwingungen?«, hauche ich, zwinkere ihr zu und beuge meinen Kopf ein Stück zu ihr runter, aber sie tritt schnell zurück und zeigt mir den Vogel.

Aus den Augenwinkeln kann ich sehen, dass Nell den Kopf schüttelt, aber die soll sich mal bloß nicht so haben, schließlich war sie diejenige, die mich eiskalt abserviert hat. Was mich an Mädchen im Allgemeinen nervt, ist, dass sie viele Sachen einfach zu ernst nehmen. Es wäre schön, wenn die sich mal ein bisschen locker machen könnten, aber das behalte ich lieber für mich, sonst geht hier gleich die nächste bescheuerte Diskussion los.

»War einer von euch schon mal im Lehrerzimmer?«, fragt Chris und späht durch den Spalt.

»Ich musste Frau Hummel mal einen Stapel Klassenarbeiten hinterhertragen, bis zu ihrem Fach«, erklärt Nell. »Ist ein ziemlich unpersönlicher Raum, riecht nur nach Kaffee und muffeligem Teppichboden.«

»Und die Lehrer haben dort ihre Fächer?«, hakt Chris weiter nach.

»Natürlich. Was dachtest du denn?« Valeska fängt an, mit einem Zipfel ihres zu großen Sport-Shirts über den Türknauf zu wischen.

»Ich dachte gar nichts. Ich habe mir noch nie Gedanken über Lehrer und das Lehrerzimmer gemacht. Sobald die aus der Klasse und aus meinem Blickfeld verschwunden sind, sind sie auch raus aus meinem Kopf. Was machst du da eigentlich?«

»Fingerabdrücke beseitigen.«

Chris lacht. »Zu viel *CSI Miami* geguckt?«

»Nein, aber wenn der da jetzt auf die Idee kommt, dort drin irgendwas anzustellen, will ich meine Fingerabdrücke nicht im Spiel haben.« Dabei deutet sie mit dem Kopf natürlich auf mich. *Der da.* Wie sie das schon sagt, mit so viel Verachtung in der Stimme.

Ich frage mich, wie das kommt mit diesen Schubladen, in denen wir alle stecken. *Der da.* Wie das schon klingt, als wäre ich ein halber Verbrecher, ein Arschloch, ein Aufreißer, ein Sprücheklopfer.

Andererseits, warum nicht? Es gibt beknacktere Rollen, die man spielen kann, so wie dieser Anton da zum Beispiel. Obwohl ich sagen muss, in meiner Jacke …

»Wollen wir da endlich rein?«, fragt er und sieht mich dabei an, als wüsste er genau, dass ich gerade über ihn nachgedacht habe. Echt gruselig.

Valeska klammert sich immer noch an den Knauf und rubbelt aufgeregt drüber.

»Okay, okay, das wird reichen.« Ich dränge mich an

ihr vorbei und stoße die Tür auf. In dem Moment ertönt ein schriller Klingelton. Ich halte inne und krieg einen halben Herzinfarkt.

»Was ist das?« Nell tritt von der Tür zurück.

Chris umklammert seine Kamera, als wäre sie sein Anker, und Valeska zischt ein leises »Verdammt«. Nur Anton schaut zur Decke, als hätte er eine Erleuchtung.

»Das ist mein Handy«, sagt er schließlich und läuft rot an.

»Na, und willst du vielleicht mal rangehen?«, schlage ich vor und ziehe auch mein Handy aus der Tasche, um den Empfang zu prüfen.

»Ja … äh … nein, das ist bloß der Ton, wenn eine SMS ankommt. Also nicht nur irgendeine, sondern eine von meiner Mutter.« Er holt umständlich das Handy aus seiner vorderen Hosentasche und starrt auf das Display.

»Du hast einen extra Klingelton, wenn deine Mutter eine SMS schickt? Wie krank ist das denn?« Dieser Typ wird immer verrückter.

»Das nennt sich personalisierter Klingelton, du Banause.« Er wirft mir einen verständnislosen Blick zu.

»Banause?«

»Kennst du das Wort etwa nicht?«

»Mann, was steht denn jetzt drin in der SMS?«, unterbricht uns Valeska ungeduldig.

»Kann ich vielleicht mal kurz in Ruhe lesen?« Er wendet sich von uns ab und schüttelt den Kopf.

»Ist er nicht süß, unser Einstein?« Ich zwinkere Valeska zu.

»Warum hat er deine Jacke an?«, flüstert sie.

»Warum hast du Maria Rösslers hässliche Leggins an?«

»Seid doch jetzt mal kurz still«, ermahnt uns Chris und rückt unauffällig in Antons Richtung. Der dreht sich hastig um und ist ganz weiß im Gesicht.

»Was ist?« Nell beugt sich zu ihm rüber, um einen Blick auf das Display zu erhaschen.

»Sie ... sie wissen das von Herrn Radtke«, stottert Anton.

»Was wissen sie?«, hakt Chris nach.

»Sie wissen, dass er nicht da ist, und sie denken, dass der Hausmeister bei uns ist, und meine Mutter ist sauer, weil sie den Hausmeister nicht erreicht und weil ich nicht ans Telefon gehe.« Während er das erzählt, wird er noch blasser.

»Und warum gehst du nicht ans Telefon?«, fragt Chris und wirft jetzt auch einen prüfenden Blick auf sein Handy.

»Es hat gar nicht geklingelt!«

»Das ist dieser Empfang hier, mal geht das und mal geht gar nix«, stellt Nell fest. »Ich habe auch einen verpassten Anruf von meinen Eltern.«

»Verdammt.« Valeska blockiert die Tür zum Lehrerzimmer mit ihrem Fuß.

»Wenn unsere Eltern nichts von uns hören und auch den Hausmeister nicht erreichen, werden sie nervös. Und wer weiß, womöglich fahren sie dann doch los, um uns zu holen, und dann fliegt das alles hier auf«, fasst Chris zusammen, und sein Blick ist besorgt.

»Und das Schlimmste: Ich muss dann zu Hause Scrabble spielen.« Alle schauen etwas irritiert zu Nell. »Ja, ich weiß, es gibt Schlimmeres. Ich will trotzdem nicht nach Hause.«

»Ich auch nicht«, erwidert Chris.

»Und ich will nicht, dass meine Mutter herkommt, und der Hausmeister ist nicht da, obwohl es meine Aufgabe war ...«

»Immer mit der Ruhe, es war nicht deine Aufgabe«, unterbreche ich ihn. »Also schon, aber wir haben ja entschieden ...«

»Auf jeden Fall. Das waren wir alle zusammen. Außerdem ist der Hausmeister verschwunden, bevor wir was machen konnten«, bekräftigt Valeska.

»Das ist nett von euch. Aber Herr Radtke wird das anders sehen.« Anton treten Schweißperlen auf die Stirn.

Oh Mann, schon wieder voll die Trauerstimmung. Ausgerechnet jetzt, als es endlich versprach, lustig zu werden.

»Ey, Prinzessin, ist dort drin ein Telefon?«

»Nenn mich nicht Prinzessin!« Sie schiebt trotzdem die Tür auf und wirft einen Blick in das Lehrerzimmer, dann nickt sie.

»Bombe! So, und jetzt brauche ich die Telefonnummer von deiner krassen Mom.« Ich krempele die Ärmel meines Pullis hoch.

»Was willst du mit der Nummer?« Anton umklammert ängstlich sein Handy.

»Ich rufe da jetzt an. Als Hausmeister.«

»Nicht dein Ernst?« Chris schaut skeptisch, aber doch begeistert, seine Augen glänzen jedenfalls aufgeregt.

Und auch Nell zeigt seit der Nummer in der Dusche zum ersten Mal wieder Interesse an dem, was ich sage. Valeska hat vor Aufregung eine Haarsträhne in den Mund gesteckt, auf der sie jetzt rumkaut. Die wollen eine Show? Die sollen sie kriegen. Denn obwohl sie die ganze Zeit rumjammern, über mich und mein Verhalten, merke ich doch, wie sie mir aus der Hand fressen, wenn es darauf ankommt.

Ich dränge mich an Valeska vorbei in das Lehrerzimmer, erblicke sofort das Telefon neben der Kaffeemaschine und hole mir das Ding aus dem Ladegerät. Die vier dicht hinter mir. Anton hält mir zögernd sein Display hin, auf dem die Nummer seiner Mama steht.

Ich wähle und genieße es, wie die anderen mich ansehen, wie sie den Atem anhalten. Wenn mir das irgendwann auch im *Nirwana* mit meiner Gitarre gelingt, dann ist mein Leben geritzt.

»Ja. Hallo, 'n Abend. Der Hausmeister am Apparat. Genau. Ja. Tut mir schrecklich leid, der Akku. Inner Steckdose. Genau. Stimmt. Der arme Junge. Am Kopf, immer gefährlich. Na, Gott sei Dank. Nein, hier alles tutti. Ja, in Sicherheit. Aber klaro. Sehr brave Kinder, können Sie unbesorgt weiter fernsehen. Haha. Kleiner Scherz. Haha. Schon zehn Uhr? Ist ja der Wahnsinn! Ja… Ja… Ja. Essen ist da. Decken haben wir auch. Aha. Ja, schön, morgen früh. Habe ich auch so gehört. Nein, der Empfang ist wirklich schlecht. Jo. Die beschäftigen sich gut. Machen ihre Hausaufgaben und spielen Brettspiele. Is 'n bisschen wie Ferienlager, nich? Ja, alles da. Nichts zu danken. Is' meine Aufgabe. Doch, doch. Ich bitte Sie!

Na gut, ein Fläschchen Whiskey wäre mir recht. Genau, ich melde mich, wenn was ist. Schlafen Sie schön. Nein, natürlich nicht. Telefonkette, aha, ja. Bis morgen, genau. Tschö, tschö.«

Ich lasse den Hörer noch eine Weile an meinem Ohr, höre nur noch das Tuten in der Leitung, aber es ist zu schön, wie die mich alle anglotzen.

»Was hat sie gesagt?« Anton findet als Erster seine Stimme wieder.

»Ein sehr nette Frau.« Ich grinse breit.

»Und was noch?« Valeska zupft mich am Ärmel. Na bitte, geht doch. Jetzt kommen wir uns schon näher.

»Ihr könnt alle beruhigt sein. Bis morgen haben wir hier Ruhe. Unsere Eltern verplempern ihre Zeit mit Telefonketten und wir, Freunde, können endlich so richtig loslegen!«

Nell

Alles kommt immer anders, als man denkt. Theoretisch weiß ich das, praktisch haut es mich immer wieder um.

Also ehrlich, wenn ich meinen Freundinnen erzähle, dass Leo mich geküsst hat, werden sie es mir nicht glauben. Wenn ich dann noch erzähle, dass ich diesen Kuss abgebrochen habe, erst recht nicht. Klingt ja auch echt unrealistisch.

Und dann noch die Sache mit Valeska. Alles, was ich über sie gedacht habe, stimmt nicht.

Ich schäme mich und finde, dass ich eine blöde Kuh bin. Das passiert mir öfter. Vielleicht bin ich ja ein schlechter Mensch. Und deshalb bestraft mich das Universum mit der Entzauberung des Märchenprinzen. Ich kann nicht mal genau sagen, was da eigentlich passiert ist. Von einer Sekunde auf die andere habe ich Leo in einem anderen Licht gesehen, als hätte einer den Schalter umgelegt oder mir eine lockere Schraube festgedreht. Alles, was ich mir in den endlos langen Monaten zusammengeträumt habe, fiel plötzlich klirrend zu Boden. Das fühlt sich an, als hätte ich bisher in der falschen Welt gelebt. Als hätte ich es einfach nicht begriffen: Setzen, sechs!

Ich halte mich eigentlich nicht für dumm, aber was bitteschön war das denn sonst?

Jeden Morgen bin ich aufgewacht, mit Vorfreude auf die Schule, weil ich Leo dort sehen würde. Jeden Morgen stand ich vor dem Spiegel und überlegte, ob mein Outfit vielleicht Leos Aufmerksamkeit auf sich ziehen würde. Jeden Tag malte ich mir unser zukünftiges gemeinsames Leben aus.

Wie wir uns küssten, im Kino nebeneinander saßen und an den Händen hielten, wie wir uns aus Büchern vorlasen, nach Frankreich trampten, grasbewachsene Hügel runterkullerten, wie wir uns stritten und wieder versöhnten. Das ganze Leben. Und das ist plötzlich einfach so verpufft.

Wenn ich Leo jetzt ansehe, kommt mir sein Gesicht verändert vor. Seine Augen glänzen zwar immer noch, aber die Tiefe, in die ich mich immer habe fallen lassen, ist verschwunden. Und das, was er sagt, hört sich in meinen Ohren plötzlich aufgesetzt an.

Aber, wenn ich ehrlich bin, bin ich bloß eine schlechte Verliererin. Am meisten ärgert es mich nämlich, dass er sich jetzt, ohne es auch nur anstandshalber zu verstecken, an Valeska ranschmeißt. Das tut weh. Er wollte gar nicht mich küssen, er wollte bloß küssen. Irgendeine. Es hätten auch Katrin oder Selma, Tina oder Magda oder irgendein beliebiges Mädchen aus der Schule sein können. Und ausgerechnet ich bin drauf reingefallen.

Ich könnte mich selbst ohrfeigen.

Und auch Valeska ist mir eine Lehre gewesen, wenn auch auf eine ganz andere Weise.

Als ich vorhin in den Musiksaal gekommen bin, blickte Valeska von ihrem Büchlein auf, während Anton etwas weiter weg stumm auf dem Boden saß und auf seinen Nägeln rumkaute.

Ich räusperte mich. In diesen komischen Klamotten sah sie nur halb so einschüchternd aus. »Ähm… ich soll fragen, also… die anderen fragen sich, nein, wir fragen uns, ob es dir gut geht oder ob wir uns Sorgen machen müssen.«

Es kostete mich viel Mühe, diesen Satz rauszuwürgen und dabei Valeska die ganze Zeit in die funkelnden Augen zu blicken. Sie ließ mich auch ganz schön zappeln und antwortete mehrere Sekunden lang nicht. Sogar Anton hörte auf zu knabbern und schaute zwischen uns beiden hin und her.

Dann seufzte sie endlich und das war schon eine große Erleichterung. »Danke, dass ihr euch Sorgen macht. Und es tut mir auch leid. Ich weiß selbst nicht, was das mit dem Dach sollte. Falls ihr denkt, dass ich da runterspringen wollte – nun, es stimmt nicht.«

»Nein, nein, das dachten wir ganz bestimmt nicht«, log ich und versuchte, anhand ihrer Mimik zu erahnen, ob wenigstens sie hier die Wahrheit sagte. Dann schaute ich zu Anton, und er nickte mir zu, also nahm ich an, dass alles in Ordnung war. »Also wenn du reden willst…« Ich hatte nicht vor, das zu sagen, es passierte aber trotzdem.

Valeska sah mich wieder mehrere Sekunden lang bloß

an, und hinter diesem ganzen Gefunkel ihrer Augen entdeckte ich plötzlich etwas sehr Trauriges, aber bevor ich weiter eintauchen konnte, senkte sie ihren Blick, lächelte kurz und sagte: »Danke, bestimmt, aber jetzt muss ich erst noch etwas aufschreiben.«

Dann beugte sie sich wieder über ihr Buch und fing an zu schreiben. Ich wollte schon so etwas Ätzendes denken wie: *Oh ja, mach hier ruhig voll auf inspirierte Künstlerin*, aber dann ermahnte ich mich und wies meine Gedanken in ihre Schranken. Meine Gedanken gehen mir manchmal selbst auf den Keks. Vor allem, wenn ich schlecht über jemanden denke, obwohl ich nicht viel über denjenigen weiß. Ich bin anfällig für Lästereien. Nach außen hin tue ich immer so, als würde ich mich raushalten, aber innerlich freut es mich, wenn die anderen Valeska hinter vorgehaltener Hand als arrogant oder eingebildet bezeichnen.

Ich weiß, das ist wirklich armselig, und ich hasse mich oft selbst dafür, und weil ich wirklich daran arbeiten will, beschloss ich in dem Moment, diesen Gedanken ein für alle Mal einen Strich durch die Rechnung zu machen.

»Okay, ich sage dann den anderen Bescheid«, erwiderte ich, hielt dann aber mit der Hand auf der Klinke inne. »Oder darf ich noch hier bleiben? Ich brauche eine kurze Pause von den beiden Jungs da draußen.« Womit ich eigentlich bloß Leo meinte, aber beide hörte sich natürlich unverfänglicher an.

Valeska nickte, ohne noch einmal von ihrem Blatt aufzusehen, und Anton nickte auch, also setzte ich mich zu ihm auf den Boden, schloss die Augen und begann mich auf einmal sehr wohl zu fühlen. Vielleicht hatte das mit meinen zwei neuesten Vorsätzen zu tun:

1) Nicht auf irgendwelche Typen reinfallen, nur weil sie dem verklärten, aus Büchern und Filmen aufgesogenen Traumbild des tollsten Jungen auf Erden entsprechen.
2) Nicht schlecht von jemandem denken, nur weil ich neidisch auf die seidenglatten dunklen Haare bin.

Vielleicht fühlte ich mich aber auch so wohl, weil Anton und Valeska eine unglaubliche Ruhe ausstrahlten. So als würden sie, selbst wenn sie es wüssten, gar nicht böse auf mich sein wegen meiner dummen Gedanken, so als würden sie mich gar nicht dafür verurteilen, dass der Kuss mit Leo eine Pleite war.

Ich öffnete die Augen, betrachtete ihre konzentrierten Gesichter und hatte sie auf einmal schrecklich gern. Als ich meine Augen wieder schloss, breitete sich eine Wärme in meiner Brust aus und ich fühlte mich in diesem staubigen Raum sehr geborgen.

Und jetzt stehen wir hier im Lehrerzimmer herum, fünf Eindringlinge, und ich muss kurz an Herrn Radtke und Frau Kunze, Frau Vogel, Herrn Schmidt und Frau Celik denken, wie sie jetzt in ihren warmen Wohnzimmern auf dem Sofa sitzen (außer Radtke, der sitzt in der Notaufnahme) und nicht ahnen, dass soeben Schüler ihre Bastion gestürmt haben.

In der Mitte des Raumes steht ein großer runder Tisch, auf dem an einigen Stellen Abdrücke von Tassen glänzen. Die Wände sind vollgehangen mit Pinnwänden und die wiederum mit einem Wust an Blättern, die mit Neonstiftmarkierungen übersät sind. An der rechten Wand steht ein großer Aktenschrank und daneben eine Regalkonstruktion, wo sich die Lehrerfächer befinden. Sie sind vollgestopft mit Mappen und Ordnern und mit Namensschildern versehen. Auf der Fensterbank stehen eine Kaffeemaschine und zwei Wasserkocher, in einem Schränkchen darunter befindet sich ein buntes Durcheinander an kleinen und großen Tassen, Teeverpackungen, Würfelzucker sowie eine Großpackung Kekse, so ein billiges Sortiment, in dem zwar alle ganz verschieden aussehen und doch genau gleich schmecken. Neben dem Schränkchen steht ein alter Kühlschrank, der bestimmt irgendwann mal weiß gewesen ist, jetzt aber gelblich zwischen den *NEIN ZU ATOMKRAFT!*-Aufklebern durchschimmert. Der Teppich unter unseren Füßen wirkt abgetreten, als würde er hier schon seit zwanzig Jahren liegen. Verrückt. Zu einer Zeit, als ich noch nicht einmal geboren war, sind einige der Lehrer schon hier gewesen, Frau Kunze zum Beispiel. Das ist eine ziemlich krasse Vorstellung, und ich weiß, ich möchte nie, niemals zwanzig Jahre lang dieselbe Arbeit machen müssen. Nicht ums Verrecken.

»Ich habe mir das hier anders vorgestellt«, sagt Valeska. Ich sehe zu ihr, unsere Blicke treffen sich und wir lächeln uns an, während ich mit den Schultern zucke. Es ist, als gäbe es jetzt irgendeine Verbindung zwischen uns. Wenn Claudi und Lena das wüssten, wären sie bestimmt eingeschnappt und würden mich für eine Verräterin halten. Ich muss ihnen ja nichts davon erzählen, aber wenn sie mitkriegen, wer hier während des Sturms zusammen im Schulgebäude feststeckte, werden sie Fragen stellen und Sachen sagen wie: »*Oh Gott, du Arme, musstest mit der eingebildeten Tussi stundenlang in einem Raum sitzen.*«

Und spätestens da werde ich widersprechen müssen, das verspreche ich mir hiermit offiziell.

»Wir sollten lieber nichts anfassen«, sagt Chris, hockt sich vor das Schränkchen mit den Tassen und macht ein paar Fotos.

»Na, dann hätten wir uns den Einbruch auch sparen können«, entgegnet Anton, und wir alle sehen mit einem erstaunten Blick zu ihm. »Ich meine ja bloß!« Er schüttelt den Kopf, als wären wir hier diejenigen, die sich komisch benehmen.

Leo beugt sich zu Valeska und mir rüber und zwinkert uns zu. »Das liegt an meiner Jacke.«

»Bestimmt.« Valeska verdreht die Augen. Die beiden sticheln wieder ganz schön. Trotz meiner guten Vorsätze fällt es mir schwer, mir das mit anzusehen, deshalb wende ich mich dem Kühlschrank zu und öffne die Tür.

»Ist das Prosecco?« Leo greift an mir vorbei in das Kühlschrankfach und holt eine Flasche raus. »Ich fass es nicht, die sind hier bestimmt die ganze Zeit am Saufen.«

»Wahrscheinlich hatte jemand Geburtstag«, erwidert Valeska.

»Sei nicht so langweilig. Wahrscheinlich sind sie die ganze Zeit am Saufen, weil sie ihren Beruf so hassen.«

»Gott, was für ein Klischee«, seufzt Valeska, und in diesem Moment kommt auf Antons Handy wieder eine SMS an.

»Oh, oh.« Wir schauen zu Anton, der nervös den Text auf seinem Display überfliegt.

»Alles in Ordnung. Meine Mutter wünscht uns einen schönen Abend. Sie fand den Hausmeister ausgesprochen nett.«

»Logisch!« Leo lässt den Korken knallen.

»Spinnst du? Wir können den doch nicht trinken.« Valeska nimmt ihm die Flasche aus der Hand.

»Natürlich, wir müssen auf diesen netten Hausmeister anstoßen, der im Übrigen ich bin, falls das noch niemandem aufgefallen ist. Außerdem, Prinzessin, du wolltest es hier doch so richtig krachen lassen, also tu jetzt mal nicht so vernünftig.«

»Danke übrigens«, wirft Anton ein, der mit seinen Fingern über die Regale fährt, um zu prüfen, ob Staub drauf liegt.

»Danke? Wofür?«

»Dafür, dass du meine Mutter beruhigt hast.«

»Aber klar! Das ist meine Spezialität«, erwidert Leo mit einer anzüglichen Stimme.

Und das meine ich. Bis vor Kurzem, bis vor ein paar Stunden, um genau zu sein, ist mir das alles gar nicht aufgefallen. Dass er nämlich eigentlich permanent nur blöde Sprüche klopft.

Chris stellt sich neben mich und wirft ebenfalls einen

Blick in den Kühlschrank. »Mit zwei Flaschen werden wir uns jedenfalls kaum betrinken können.«

Ich betrachte einen Moment sein Gesicht. *Hübsche Grübchen,* flitzt wieder ein unkontrollierter Gedanke durch meinen Kopf.

»Wer weiß, was wir hier noch finden.« Leo öffnet alle Schränke, die es zu öffnen gibt, während Valeska mit den Schultern zuckt und den ersten Schluck aus der Flasche nimmt.

»Heißt das jetzt, wir müssen bis morgen früh hierbleiben?«, fasse ich noch einmal zusammen.

»Jup.«

»Wie spät haben wir es jetzt?«

»22:19 Uhr«, antwortet Anton, der die Gelegenheit zum Anlass nimmt, seine Uhr aufzuziehen.

»Das sind also noch acht bis zehn Stunden mindestens.« Ich freue mich riesig darüber, dem Scrabble-Abend mit meinen Eltern entronnen zu sein. Und auch wenn das mit Leo ein ziemlicher Stimmungsdämpfer ist, beschließe ich, diesen Abend zu genießen und das mit dem Traurigsein auf später zu verschieben.

»So sieht's aus.« Leo klatscht in die Hände. »Und jetzt lasst uns hier schön was anstellen.«

Er macht sich auf, das Lehrerzimmer genau zu untersuchen, schaut in die Fächer, schnuppert an den schmutzigen Tassen, schüttelt die Kaffeedose. Währenddessen wechseln wir anderen unschlüssige Blicke. Und obwohl wir es nicht laut aussprechen, habe ich den Eindruck, dass wir uns einig darüber sind, dass dies eine einmalige Gelegenheit ist.

»Jemand einen Kaffee?« Leo hat einen Filter gefunden, den er in die Maschine steckt.

Anton meldet sich und auch Valeska nickt, während sie die Prosecco-Flasche an mich weiterreicht. Ich nehme einen Schluck und reiche sie Chris. Als er mir die Flasche abnimmt, berühren sich unsere Hände für einen Augenblick. Anton bekommt die Flasche und drückt sie, ohne einen Schluck zu nehmen, Leo in die Hand.

»Ich bin kein bisschen sauer auf die Typen vom Wetterdienst«, stelle ich fest, setze mich auf den Boden und lehne mich an die Wand. Mir war schon vorher warm, aber der prickelnde Prosecco macht, dass meine Wangen anfangen zu glühen.

»Da wird bestimmt einer entlassen in der Wetterstation.« Chris holt sich die Flasche von Leo und nimmt einen großen Schluck.

»Wahrscheinlich der Praktikant.« Ich strecke die Hand nach der Flasche aus, und Chris setzt sich neben mich, während er sie mir reicht.

»Hey, was soll das hier werden?«, empört sich Valeska. »Kommt gefälligst wieder auf die Beine. Wir wollen doch endlich etwas anstellen.«

»Okay, okay.« Chris und ich rappeln uns brav wieder auf und grinsen uns dabei an.

»Gut, ich habe nämlich eine Idee.« Valeska stellt sich kerzengerade hin und erst, als sie sich unserer vollen Aufmerksamkeit sicher ist, spaziert sie zu den Lehrerfächern. Mit ihren schönen dunkelrot lackierten Fingern fährt sie über die Namensschilder und lächelt geheimnisvoll. »Jeder hat die Aufgabe, in diesem Raum etwas zu verändern. Ich meine nicht so offensichtliche Dinge wie Stühle umschmeißen oder so, sondern kleinere Sachen... unauffälliger... gemeiner.« Ihr geheimnisvolles Lächeln verwandelt sich in ein fieses. Ich warte noch darauf, dass Anton protestiert, aber er räuspert sich nur und krempelt die Ärmel von Leos Lederjacke runter und wieder hoch, als wolle er prüfen, wie es am besten aussieht. Ich muss schmunzeln, und mir wird schon zum zweiten Mal innerhalb kürzester Zeit klar, dass ich sie alle irgendwie gut leiden kann.

Valeska, die richtiggehend aufzutauen scheint und eigentlich wirklich unterhaltsam ist. Chris, wegen seiner Kamera (ich möchte ihn später unbedingt fragen, ob er mir noch ein paar Fotos zeigt) und weil er, im Gegensatz zu Leo, echt nett ist. Anton für seine schräge, aber aufrichtige Art. Und auch Leo, denn obwohl er sich von einem Moment zum anderen vom Prinzen zum Frosch verwandelt hat, bringt er doch Schwung in den Laden. Ohne ihn wäre es wahrscheinlich nicht halb so spannend hier.

»Machen wir doch einen Wettkampf daraus!« Leo steht immer noch neben der blubbernden Kaffeemaschine und klopft mit den Fingern einen Takt auf das Fensterbrett.

»Ach, jetzt hör doch mal auf mit Wettkämpfen. Immer dieses männliche Konkurrenzgehabe. Ihr Typen habt echt voll die Minderwertigkeitskomplexe.« Valeska treten rote Flecken aufs Dekolleté, das Thema scheint sie aufzuregen.

»Meinst du mich oder alle Typen?« Leo hört auf zu

klopfen und lehnt sich jetzt mit lässiger Pose an die Wand.

»Alle natürlich!«

»Entschuldige mal«, protestiert Anton.

»Ja, tut mir leid, aber das musste jetzt mal gesagt werden.«

»Also bist du eine Emanze?«

»Du sagst das, als ob es ein Schimpfwort wäre.«

»Nö, nö …« Leo streckt beide Arme in die Luft, wie um seine Unschuld zu beteuern. »Es ist nur, meine Mutter ist Emanze, weißt du, und ich finde das irgendwie komisch, dass jemand, der dreißig Jahre älter ist …«

»Es gibt Dinge, für die muss man eben jahrelang kämpfen«, unterbricht sie ihn. »Außerdem nehme ich es dir nicht ab, dass deine Mutter eine Emanze ist.«

»Willst du sagen, dass ich lüge?«

»Ich frage mich bloß, wie es sein kann, dass eine emanzipierte Frau so einen Macho großgezogen hat.«

»Oh, Vorsicht, Prinzessin! Ich kann dich echt gut leiden, aber wenn du jetzt anfängst meine Mutter zu beleidigen …«

»Okay, Leute. Können wir diese brisanten Themen nicht auf später verschieben und endlich damit anfangen, ein bisschen Halligalli zu machen?« Das kam jetzt von Anton und klang merkwürdig aufgesetzt, trotzdem würde es mich mittlerweile nicht mehr wundern, wenn er gleich noch auf den Tisch springen und als Erster anfangen würde, im Lehrerzimmer wild zu randalieren.

Anton

Ich habe irgendwo mal etwas darüber gelesen.

Über Situationen, die das ganze Leben verändern.

Plötzlich.

Wie aus dem Nichts.

Etwas ist passiert, ich fühle mich anders als noch vor wenigen Stunden, und obwohl ich eigentlich ziemlich intelligent bin, komme ich nicht drauf, woran es liegt.

Es könnte so vieles sein.

Valeskas Lächeln im Musiksaal.

Leos Schulterklopfer.

Seine Lederjacke. (Es wäre allerdings sehr beängstigend, wenn das stimmen würde.)

Die Tatsache, dass ich meine Mutter angelogen habe. (Gut, es war hauptsächlich Leo. Aber ich habe ihm die Nummer gegeben. Somit wird meine Mutter in jedem Fall auf Mittäterschaft plädieren.)

Möglicherweise dieser Sturm dort draußen. Metaphorisch betrachtet.

Weht einfach alles durcheinander.

Das hört sich jetzt nach Esoterik an. Ich meine das aber nicht so.

Es ist bloß dieses vage Gefühl. Ich denke, eine weitere Chance wie in dieser Nacht bekomme ich nicht, um irgendwo dazuzugehören.

Ich hatte bisher nie das Bedürfnis, irgendwo dazugehören zu wollen. Oder ich hatte es, aber ganz tief versteckt in mir drin. Oder es stimmt nichts davon, und ich bin bloß verwirrt, weil es schon so spät ist und weil die ganzen Leute um mich herum mich durcheinanderbringen.

Ich bin das nicht gewohnt, ich bin meistens für mich.

Die meisten Menschen, die Großes vollbracht haben, waren Einzelgänger, Eigenbrötler, Außenseiter. Sie wurden im besten Fall auf dem Schulhof gepiesackt, im schlimmsten Fall einfach übersehen.

Schon gut.

Ich bin bereit, diesen Preis zu bezahlen.

Ich werde eine große Entdeckung machen.

Ich kann mich noch nicht entscheiden, ob ich der Umwelt wieder auf die Sprünge helfe oder ob ich die Menschheit von lästigen Viren befreie, aber mit weniger werde ich mich nicht zufriedengeben.

Dazu brauche ich Konzentration, Ruhe, einen klaren Geist. Ich kann meine Zeit nicht mit zwischenmenschlichem Durcheinander verplempern.

Aber heute Nacht, hier, diese Erfahrung muss ich mitnehmen. Und selbst wenn ich mich zum Idioten mache ... viel habe ich nicht zu verlieren.

Ich fühle die Blicke der anderen auf mir.

»Ich finde Valeskas Idee gut. Jeder sucht sich etwas in dem Raum, das es zu verändern gilt.« Schade, dass diese Idee nicht von mir war.

»Deal«, nickt Leo zufrieden und gießt den durchgelaufenen Kaffee in drei Tassen. Ich schnappe mir eine davon und verbrenne mir die Zunge an der heißen, bitteren Brühe. Die andere Tasse reiche ich an Valeska weiter. Sie umklammert sie mit beiden Händen und pustet hinein, während sie mich anlächelt. Schon wieder.

Ich darf mir darauf nichts einbilden. Das wäre dumm und unrealistisch.

Und trotzdem weiß ich, dass sie dieses Lächeln benutzen könnte, um alles mit mir anzustellen.

Alles!

Erbärmlich, oder?

»Also gut, fangen wir an.« Sie nippt an der Tasse und lässt ihren Blick durch das Lehrerzimmer schweifen.

Es entsteht Bewegung im Raum.

Chris und Nell steuern gleichzeitig die Lehrerfächer an und lassen dabei die Flasche mit dem Alkohol zwischen sich wandern.

»Wolltest du gerade zu den Lehrerfächern?«, fragt Nell und deutet drauf.

»Ich wollte mal schauen, was die da so drin haben.«

»Okay, dann kann ich mir auch etwas anderes suchen.«

»Quatsch, die Fächer reichen doch für uns beide.«

»Stimmt wahrscheinlich.«

»Stimmt bestimmt.«

Chris lächelt, Nell lächelt, ihre Augen glänzen wie die von meiner Mutter nach einem Sektfrühstück.

Ich will mich ja nicht beschweren, aber es ist schmerzlich, anderen beim Flirten zuzusehen.

Ich kann bloß erahnen, wie sich das anfühlt, und trotzdem habe ich den tiefen Eindruck, etwas Essenzielles zu verpassen.

Ich drehe mich um und schaue weg. Schaue zu Leo, der mit seiner Tasse pfeifend durch den Raum spaziert und alles im Vorbeigehen anfasst. Den Tisch, die Stühle, den Regenschirm, der verlassen an der Garderobe lehnt.

Schließlich bleibt er an einem Paravent stehen, klopft gegen die Holzverkleidung und wirft einen Blick dahinter. »Schau mal an… die Hightech-Ecke. Computer, Drucker, Fax. Alles da.« Ich höre, wie er den Anschaltknopf am Rechner drückt.

Valeska steht noch unschlüssig an ihrem Platz und nippt an ihrem Kaffee.

Ich für meinen Teil möchte mich mit dem Stecksystem des Stundenplans für den Lehrkörper vertraut machen. Ich stelle mich an die Tafel und betrachte die kleinen Magnete, die einzelnen Klassen zugeordnet sind. Verschiedenfarbige Magnete mit unterschiedlichen Mustern drauf: Herzchen, Blümchen, Sternchen für das weibliche Lehrpersonal und Dreiecke, Quadrate, Kreise für das männliche.

Aha.

Daneben ein ausgedruckter Vertretungsplan für den Fall der Fälle.

»Ich fasse es nicht! Hier gibt es nicht mal ein Passwort«, staunt Leo, nachdem der Microsoft-Start-up-

Sound verklungen ist. »Aber Hauptsache, Kandinsky an den Wänden«, schnaubt er.

»Hä?«, frage ich.

»Vergiss es«, winkt er ab.

Hä? Was soll das? Warum sage ich *Hä*? Ich bin überhaupt kein *Hä*-Typ.

Das scheint nun aber wirklich an der Lederjacke zu liegen!

»Herr Fritz hat eine komplette Mathearbeit hier offen rumliegen«, wundert sich Chris und holt einen dicken Stapel Blätter aus dem Fach.

»Zeig mal.« Nell nimmt ihm ein paar Seiten ab und blättert darin.

Valeska nimmt währenddessen das Küchenregal noch mal genau unter die Lupe.

Ich nehme probehalber einen Magneten von der Wand, ein blauer mit einer fünfblättrigen Blüte drauf, und suche nach etwas Ähnlichem.

»Okay. Sex oder Gewalt?« Leo reibt sich die Hände und wir sehen alle zu ihm rüber. Er hat den Paravent so verschoben, dass wir ihn dabei betrachten können, wie er beide Füße auf dem Tisch abgelegt hat, die Tastatur in seinem Schoß.

»Was hast du vor?«, fragt Nell und tritt näher zu ihm ran, was bei Chris einen besorgten Gesichtsausdruck auslöst.

Aber diesmal fängt er nicht an zu schmollen wie ein schlechter Verlierer, sondern folgt ihr entschlossen, und während er neugierig auf den Desktop schaut, streift er Nells Arm. »Entschuldige.«

»Kein Problem.« Sie lächelt ihn an.

»Ich dachte, ich ändere das Hintergrundbild.« Leo gibt bei Google *Horror* ein und geht auf Bildersuche. Ein paar ziemlich widerliche Fratzen erscheinen. »Oh, schaut mal, sieht aus wie Frau Ottfeld.« Er klopft sich vor Freude auf den Oberschenkel.

Ich geselle mich mit dem kleinen Magneten zwischen den Fingern zu ihnen und Valeska schaut aus einiger Entfernung zu uns rüber.

»Ist das nicht etwas zu offensichtlich?«, gebe ich zu bedenken.

»Also doch lieber Sex?«

»Das habe ich nicht gemeint.«

»Aber gedacht, stimmt's?« Leo zwinkert mir zu, dann gibt er *Sex* bei Google ein.

Ein paar harmlose Bilder von kuschelnden Paaren in Unterwäsche werden angezeigt.

»Hm.« Leo korrigiert seinen Eintrag in *scharfe Titten*.

»Oh«, entschlüpft es mir, und ich muss wegschauen, denn obwohl die Bilder anatomisch sehr interessant sind, ist es mir doch unangenehm, dass Nell und Valeska …

Ach, ich weiß auch nicht.

Ich trau mich nicht einmal allein in meinem Zimmer, so Dinge zu googeln.

Valeska wendet sich ebenfalls ab und klappert mit dem Geschirr. Nell kratzt sich am Kopf und Chris räuspert sich.

»Was denkt ihr?« Leo dreht sich zu uns um.

»Also … diese zwei Frauen da vielleicht … die könnten doch gehen«, stottert Nell, aber immerhin.

»Ja, oder?« Leo klickt das Bild an, dann Maustaste Rechtsklick, als Desktophintergrundbild verwenden, und zack! Das Foto erscheint in beeindruckender Größe auf dem Bildschirm.

»Hm, gute Idee«, findet Nell, macht sich aber schnurstracks wieder auf den Weg zurück zu den Lehrerfächern.

Jetzt glotzen nur noch wir drei Jungs hin. Und während Leo seinen Kopf neigt und wendet, um jeden Blickwinkel auszukosten, schaut Chris leicht angespannt zwischen dem Computer und den Blättern in seiner Hand hin und her. Und ich bin so schrecklich überfordert von dem Ganzen, dass ich wie paralysiert auf den Bildschirm starre, als wäre das eine wissenschaftliche Aufgabe, herauszufinden, wie es eigentlich sein kann, dass diese Brüste von Sekunde zu Sekunde größer zu werden scheinen. Ich frage mich, wie es sich für Frauen anfühlt, so einen schweren Vorbau mit sich herumzutragen.

»Was würde ich dafür geben, zu erfahren, wer am Montag als Erster den Rechner hochfährt«, unterbricht Chris endlich dieses unangenehme Schweigen.

»Ja, total!«, stimmt Leo zu. »Und weißt du was? Wenn die hier nicht mal ein Passwort haben, werden die bestimmt auch nicht wissen, wie man das rückgängig machen kann.«

»Die sind doch nicht blöd«, mischt sich Valeska ein.

»Sei dir da mal nicht so sicher.« Leo streicht zärtlich mit seinen Fingern über den Bildschirm, und das ist der Moment, da ich mich schließlich abwenden kann. Meine Magnettafel wartet.

Ich entdecke einen ähnlichen Blauton wie den, den ich in meinen Händen halte, und das Symbol ist zwar ein völlig anderes, ein Zylinder, aber ich tausche trotzdem mal die Plätze miteinander. Danach nehme ich mir Grün vor.

»Was haltet ihr davon, Zucker und Salz zu vertauschen?« Valeska hält einen Zuckerstreuer in der Hand und eine angerissene Salzpackung in der anderen.

»Der Klassiker.« Leo streckt beide Daumen in die Höhe, Chris nickt und Nell kichert.

Also holt Valeska einen Teller aus dem Schränkchen, setzt sich an den Tisch, schraubt den Streuer auf und schüttet den Zucker auf den Teller. Ihre dunkel glänzenden Haare sind mittlerweile getrocknet und fallen in langen Strähnen auf den Tisch. Ich will Chris ein Zeichen geben, dass er ein Foto davon machen muss, aber da reicht er Nell die restlichen Blätter und knipst auch schon.

»Bist du gut in Mathe?« Nell reibt sich nachdenklich über den Nasenrücken.

»Geht so. Eigentlich ganz okay. Kommt drauf an.« Er überprüft auf dem Display das Ergebnis und nickt zufrieden.

»Neunte Klasse?«

»Klar. Zeig mal.« Er nimmt ihr die Blätter wieder aus der Hand und wirft einen fachmännischen Blick drauf. »Sinus, Kosinus, Tangens. Lass mich kurz nachdenken.«

»Ich glaube, das kriege ich noch hin. Guck mal, der arme Pawel Jankowski hier, der hat die Arbeit ganz schön in den Sand gesetzt.« Sie deutet auf das oberste Blatt.

»Kennst du den?«

»Nee, aber ich hatte auch mal Mathe bei Herrn Fritz. Der kann echt fies sein.«

»Der ist ein Sadist«, ergänzt Valeska, während sie das Salz in die Zuckerdose rieseln lässt.

Nell nimmt Chris wieder die Blätter aus der Hand und geht damit zum Tisch.

»Was hast du vor?«

»Sollen wir die Arbeit einfach neu schreiben?«

»Wir?«

»Zu zweit geht das bestimmt schneller.«

»Klar, ja. Sicher. Was brauchen wir?« Chris wirkt einen Moment überfordert und wippt nervös mit einem Bein.

»Karoblätter, Geodreieck, Bleistift und einen Füller.«

»Stimmt.« Er fängt sich wieder, öffnet den grauen Metallschrank, der neben den Lehrerfächern steht, und inspiziert den Inhalt. »Blankoblätter gehen nicht?«

»Fällt auf.«

»Hm.«

»Warte, ich helfe dir.« Nell läuft zu ihm und die beiden verschwinden hinter den großen Schranktüren. Ich höre nur noch ein Rumpeln und Kichern.

Als ich mich nach Leo umdrehe, erwische ich ihn bei einem gekränkten Blick in ihre Richtung, doch als er mich bemerkt, wendet er sich sofort dem Computer zu und tippt wieder auf die Tastatur ein, während er was von *Oralsex* vor sich hinmurmelt.

»Du machst da noch einen Virus drauf«, erkläre ich

ihm, aber nicht mehr in meinem Spielverderber-Tonfall, sondern eher in einem lässigen Ich-wollt's-bloß-gesagt-haben-Tonfall.

Klingt ganz gut, dieser Tonfall.

Ob die Lederjacke vielleicht wirklich…?

So ein Quatsch!

Reiß dich zusammen, Anton.

Das war jetzt der Meine-Mutter-Tonfall.

»Wär doch lustig«, unterbricht Leo meine wirren Gedanken.

»Was wäre lustig?«

»Na, noch ein Virus obendrauf, du Schlauberger.«

»Könntest du aufhören mich… Ach, egal«, winke ich ab. »Ein Virus wäre ganz fantastisch.«

Er zwinkert mir verschwörerisch zu und ich habe ganz kurz einen Aussetzer. Ich stelle mir nämlich vor, wie Leo und ich in ein Gespräch vertieft zusammen über den Schulhof schlendern und uns hin und wieder auf die Schultern klopfen, während die anderen Schüler uns mit offenen Mündern hinterherstarren, als wir diese Bank ansteuern, die, etwas versteckt durch einen Busch, in der hintersten Ecke des Hofs steht und wo bereits Chris, Valeska und Nell warten und uns mit so einem speziellen Handschlag begrüßen. (Notiz an mich selbst: bei YouTube recherchieren, dazu gibt es bestimmt ein Tutorial.) Dann sitzen wir dort und unterhalten uns prächtig, auch nachdem es schon zum Unterricht geklingelt hat, und die anderen schauen durch die Fenster zu uns runter und seufzen sehnsüchtig, weil sie auch so gerne bei uns auf der Bank sitzen würden.

»Anton?«

»Äh, ja?« Ich drehe mich zu Valeska um.

»Was machst du da eigentlich?«

»Ich… na ja, ich dachte… ähm, der Stundenplan…«

Weil meine Erklärungsversuche miserabel sind, steht sie auf und kommt zu mir rüber, um selbst einen Bick drauf zu werfen. Im selben Moment setzen sich Nell und Chris an den Tisch und beugen ihre Köpfe über die Blätter. Es sieht so aus, als würden sie sich beinahe berühren.

Ich vertausche noch die Rottöne miteinander und Valeska folgt aufmerksam meinen Bewegungen.

»Was willst du damit bezwecken?«

»Ich wollte für etwas Chaos im Tagesablauf sorgen. Ich dachte mir, da die Lehrer doch immer so vergesslich sind… Findest du nicht?«

»Hm, ich hab noch nie darauf geachtet.«

»Aber natürlich. Die kommen in die Klasse und fangen erst mal an, in ihren Taschen zu kramen. Und dabei murmeln sie immer dieses Mantra vor sich hin: *Wo habe ich die bloß, wo habe ich die bloß?* Und am Ende stellt sich heraus, dass sie die Brille gesucht haben, die auf ihrem Kopf sitzt, oder Arbeitsblätter, die noch im Kopierer liegen. Ich wette, sie müssen jeden Morgen auf diesen Plan hier schauen, weil sie sonst schlichtweg nicht wissen, in welche Klasse sie müssen, und…«

»…und wenn sie am Montag auf den Plan hier schauen…«, überlegt Valeska, und dieses wunderschöne Lächeln erscheint wieder auf ihren Lippen.

»…gibt es ein wunderbares Durcheinander«, schließe ich mit einem zufriedenen Nicken.

»Das ist eine geniale Idee!« Ihre Augen strahlen.

»Na ja, sie ist ganz nett.«

»Machst du Witze? Das wird hier am Montag für die meiste Verwirrung sorgen.«

»Und was ist mit meinen Brüsten?«, ruft Leo empört.

Sie stemmt eine Hand in die Hüfte. »Deine Brüste sind, hm … ein wenig plakativ.«

»Plakativ. Oh, wir benutzen heute wohl ganz besonders ausgewählte Worte.«

»Wir benutzen ganz normale Worte. Dass sie für dich besonders ausgewählt klingen … Nun, was soll ich dazu sagen?« Valeska grinst breit.

Von diesem ständigen Gezanke der beiden bekomme ich langsam einen Brummschädel, dabei habe ich als Einziger nichts von dem Prosecco getrunken. Die Lederjacke reicht für den Anfang.

Leo schnaubt nur. »Wie auch immer, jetzt hört euch mal diesen Song hier an!« Er klickt einen Musikclip bei YouTube an, springt von dem Computerplatz auf und macht im Takt der Gitarrenklänge ein paar tänzelnde Schritte auf uns zu. »Wir haben übrigens noch gar keine Party steigen lassen. Ein ganzes verdammtes Schulgebäude nur für uns allein und wir haben keine Party geschmissen. Das ist nicht cool, Mann.«

Valeska öffnet den Mund, um etwas zu entgegnen, aber dann lässt sie es doch sein.

»Was?«

»Nichts.« Sie schüttelt den Kopf.

Leo beugt sich näher zu uns rüber. »Schaut euch mal Romeo und Julia dahinten an«, raunt er.

»Halt die Klappe«, zischt Valeska und wirft ihm einen merkwürdigen Blick zu, irgendwo zwischen gespielt böse, aber dennoch amüsiert.

Jedenfalls leckt Leo sich daraufhin über die Lippen. Blödmann, denke ich wieder, wende mich dem Stundenplan zu und ziehe den Reißverschluss seiner/meiner Jacke nach oben. Ich frage mich, was er wohl machen würde, wenn ich mich weigern würde, sie ihm wiederzugeben.

Die beiden in meinem Rücken zu haben, macht mich nervös. Ich nehme wahllos ein paar Magnete von der Tafel und verteile sie an andere Plätze, nicht mehr nach System und Farbe, sondern einfach irgendwie. Ein heilloses Durcheinander. Der Konrektor, oder wer auch immer für das hier zuständig ist, wird Tage brauchen, um das wieder in Ordnung zu bringen.

»Du solltest öfter so enge Leggins tragen«, höre ich Leo hinter meinem Rücken sagen, und ich höre sogar sein Grinsen heraus, das er ständig und überall aufsetzt.

»Geh mir nicht auf die Nerven«, erwidert Valeska.

»Ich meine das ernst.«

»Ich auch.«

»Tanzt du?«

»Nein.«

»Auch wenn ich dich ganz nett bitte?«

»Nein.«

»Du weißt, dass du damit eine Art Jagdinstinkt bei mir auslöst?«

»Werd erwachsen, Leo.«

»Oh Gott, diese Frau! Die macht einen doch wahnsinnig, oder?« Er stemmt seine Hände auf meine Schultern. »Oder?«

»Pfff.« Valeska kehrt zum Tisch zurück, schnappt sich den Deckel des Zuckerstreuers und schraubt ihn gewissenhaft auf das Glas. Dann lässt sie sich von Nell ein Blatt Papier geben, formt daraus einen Trichter und füllt den Zucker, der auf dem Teller ist, in die leere Salzpackung.

»Mhhh. Kaffee mit Salz und das Frühstücksei mit Zucker. Hoffentlich erwischt es Frau Heinze«, sagt Chris, während er mit dem Geodreieck ein paar Linien über ein Blatt zieht.

»Oder Herrn Fritz«, Nell deutet auf die Arbeit, die sie gerade korrigieren.

»Oder Radtke«, lacht Leo.

Valeska schaut erschrocken auf.

»Ach Quatsch, der wird am Montag bestimmt gleich gefeuert«, erwidert Chris und steckt den Bleistift in den Mund, um mit dem Füller etwas unter die Linien zu schreiben.

»Meint ihr wirklich?« Valeskas Augen weiten sich.

Chris zuckt mit den Schultern. »Bestimmt, oder? Ich meine, er hat echt versagt.«

»Was hätte er denn tun sollen?« Sie bekommt kleine rote Flecken auf ihrem Dekolleté.

Das mit dem eigenen Körper ist auch so eine Gemeinheit. Er verrät einen schamlos in den ungünstigsten Momenten.

Chris hebt entschuldigend die Hände. »Hey, ich kann doch nichts dafür. Von mir aus ist alles super so, aber du kennst doch den Elternrat und diese ganzen Spießer. Die werden hundertpro Unterschriften sammeln. Nichts für ungut, aber ich wette, deine Mutter ist ganz vorne mit dabei.«

»Meine Mutter kann mich mal.«

Leo pfeift anerkennend, was Valeska nur ein müdes Lächeln entlockt.

»Ich frag mich sowieso, was das mit diesen ständigen Unterschriftensammlungen soll.« Nell pustet sich eine Haarsträhne aus der Stirn.

»Langeweile?« Chris sieht zu ihr rüber.

»Kontrollzwang!« Valeska schüttelt erbost den Kopf.

»Sie müssen ihrem Leben einen Sinn geben«, stellt Leo ganz nüchtern fest.

Jetzt sehen alle zu mir, ob ich auch noch etwas Kluges dazu beizutragen habe. »Ich schätze, sie sehen es als ihre Aufgabe, ihren Kindern die bestmöglichen Voraussetzungen für einen perfekten Start ins Leben zu schaffen.«

»Oh Gott, sollte ich jemals so werden, bitte erschießt mich.« Nell greift entnervt nach der Haarsträhne, die ihr immer wieder vor die Augen fällt, und streicht sie hinters Ohr.

»Du wirst nicht so«, erwidert Chris und beugt sich wieder über das Arbeitsblatt.

»Woher weißt du das?«

»Weil du gesagt hast, dass du nicht so werden willst. Also wirst du auch nicht so.« Chris zuckt mit den Schultern.

»Süß«, wirft Leo ein und setzt sich wieder an den Computertisch.

Valeska wirkt irgendwie durch den Wind. Sie stellt das Salz und den Zucker wieder in das Regal zurück, wischt mit der Hand die Reste vom Tisch auf den Teppich und verreibt das mit dem Fuß. Dann greift sie nach ihrer Tasche und sieht auf. »Ich muss mal kurz... Keine Angst, ich renne nicht wieder aufs Dach. Ich muss bloß einfach mal auf Toilette.« Und damit läuft sie an mir vorbei, raus aus der Tür, die im selben Moment zuknallt, wie das Lied aus den Computerlautsprechern verklingt.

Wir sehen uns alle an und lauschen auf ihre leiser werdenden Schritte im einsamen Flur.

»Was war das denn schon wieder?«, fragt Leo und klickt dasselbe Lied gleich noch einmal an.

»Ich geh lieber mal hinterher.« Nell verlässt ebenfalls den Raum.

»Super! Und was wird jetzt aus der Party?«, brüllt Leo ihr hinterher.

Doch da fällt die Tür schon zu.

»Nicht dass ich besonders viel Ahnung hätte«, bemerke ich, »aber eine Party ohne Mädchen...«

»Wir haben doch unsere zwei Hübschen hier.« Leo minimiert den Browser und das Bild mit den großbusigen Damen erscheint wieder.

»Was ist das eigentlich für eine Band, die da läuft?«, fragt Chris, während er die Blätter der gemogelten Mathearbeit sortiert.

»Das sind die Black Keys«, antwortet Leo und stellt noch einen Tick lauter. »Gut, oder?«

»Ziemlich gut.«

»Hast du gehört, Anton? Ziemlich gut sogar!«

So ganz weiß ich jetzt nicht, was er von mir will, aber ich nicke und strecke den Daumen in die Höhe, weil ich meine, durchschaut zu haben, dass es so funktioniert.

Oder, um mal Anglizismen zu benutzen:

I'm in the game!

Valeska

Liebste stille Begleiterin,

ich komme kaum hinterher. Die Uhr zeigt schon längst nach elf. Der Sturm draußen ist meiner Meinung nach schwächer geworden. Der Regen klopft nicht mehr so hart gegen die Fensterscheiben, die Äste biegen sich nicht mehr ganz so gefährlich. Aber ich hoffe trotzdem, dass er längst noch nicht aufhört.

Ich möchte nicht mitten in der Nacht abgeholt werden.

Meine Eltern würden ausflippen, allein schon wegen der unmöglichen Klamotten.

Meine Eltern! Die sind plötzlich so weit weg. Angenehm weit. So weit, dass ich – trotz der ständigen Asthma-Angst – wieder normal atmen kann.

Ich lausche dem Brutzeln der Zwiebeln in der Pfanne und der süßliche Geruch steigt mir in die Nase. Leo hat beschlossen, dass wir noch einen Mitternachtssnack vertragen könnten. Gebratene Fleischwurst mit Röstzwiebeln und Pudding zum Nachtisch.

Mir ist alles recht. Ich habe totalen Hunger, wie lange nicht mehr, und auch Nell war angetan von dieser Idee. Sie sitzt drei Stühle weiter an einem Cafeteria-Tisch, hat den Kopf auf der Platte abgelegt und grinst zufrieden vor sich hin.

Die Jungs stehen in der Küche und kochen.

Natürlich kam Nell mir vorhin sofort hinterher, auf die Toilette.

»Hey, keine Sorge, ich spioniere nicht. Ich muss selbst voll dringend.«

»Schon gut. Ich bin ja selbst schuld.«

Wir verschwanden beide in einer der orange gestrichenen Kabinen und belauschten uns durch die Wand gegenseitig beim Pinkeln.

Es dauerte eine Ewigkeit, weil ich eine Blockade hatte. (Eine kreative Piss-Blockade. Da lässt sich bestimmt ein Gedicht draus machen.)

Dann standen wir am Waschbecken, wuschen uns die Hände, und unsere Blicke trafen sich im Spiegel. Nell lächelte zuerst.

»Danke jedenfalls, dass du dich um mich gekümmert hast. Dass ihr euch alle um mich gekümmert habt«, brachte ich schließlich über die Lippen.

»Ist doch klar.«

Für einen Moment entstand ein unangenehmes Schweigen. Wir kamen aus dieser Höflichkeitsnummer nicht raus. Ich räusperte mich.

»Was ist?«, fragte Nell und reichte mir ein Papiertuch.

»Als ich heute früh aus dem Haus ging, habe ich echt nicht geahnt, was das noch für ein Tag wird.«

»Ich auch nicht«, erwiderte Nell und lehnte sich an die Wand. »Aber ich finde es echt gut.«

»Ja?«

»Ja. Du nicht?«

»Doch.« Ich steckte meine Hände in die Taschen von Florians Jacke, die ich anbehalten hatte, obwohl sie mir viel zu groß ist, und zog einen abgebrochenen Bleistift aus der Tasche. Ich strich zärtlich mit dem Daumen drüber. »Ich finde es übrigens echt krass, dass der Hausmeister einfach abgesperrt hat, ohne nachzusehen, ob noch jemand im Gebäude ist.«

»Ich finde es noch krasser, dass Leo sich bei Antons Mutter als Hausmeister ausgegeben hat.«

»Ach, Leo!« Ich stieß ein abfälliges Schnauben aus.

»Kannst du ihn nun leiden oder kannst du ihn nicht leiden? Ich werde da irgendwie nicht schlau draus.« Sie senkte den Blick, so als würde sie bereuen, das gesagt zu haben.

Wir sind keine Freundinnen, dachte ich zuerst. *Dir werde ich gar nichts erzählen.*

Aber dann sah ich, wie sie sich auf die Lippe biss und irgendwas von ihrer Jeans kratzte, und ich dachte, dass ich es vielleicht versuchen könnte. »Ich dachte, du findest ihn toll ... zumindest bis vorhin«, gab ich zurück.

Nell blickte mich erschrocken an.

»Komm schon! Das hätte ein Blinder sehen können.«

»Oh Gott.« Sie strich sich verzweifelt eine Haarsträhne aus der Stirn und rutschte an der Wand nach unten.

Ich zögerte einen Augenblick, dann setzte ich mich

zu ihr auf den gekachelten kühlen Boden. Meine Mutter hätte jetzt schon einen Krampf bekommen, wegen Blasenentzündung und so.

»Ich dachte auch, ich fände ihn toll. Schon ziemlich lange sogar. Und dann? Keine Ahnung, was dann passiert ist.«

»Ihr seid zusammen für eine Weile verschwunden«, half ich ihr auf die Sprünge.

»Ja, aber da war nichts. Obwohl, das stimmt nicht. Da war schon was, aber es war so anders als alles, was ich mir so lange ausgemalt hatte. Es ist ganz schön frustrierend, wenn der Typ, den du gut findest, sich als etwas komplett anderes entpuppt.«

»Was hast du denn gedacht, wie er ist?« Ich umklammerte den Bleistift in meiner Hand.

»Ich weiß, es ist total albern, aber ich dachte, er ist ein ganz besonderer Junge … Du weißt schon, rebellisch und klug, nachdenklich und draufgängerisch, kreativ, witzig, spontan, romantisch, alles auf einmal eben.«

Ich fand es komisch, dass sie sich mir anvertraute, und gleichzeitig fand ich es schön. Ich dachte immer, bevor man sich solche Dinge erzählt, müsste man erst richtig befreundet sein, über mehrere Jahre Vertrauen zueinander fassen und sich nur Stück für Stück öffnen. Aber vielleicht war das mein Fehler. Vielleicht war ich seit der Sache mit meiner ehemaligen besten Freundin zu vorsichtig. Vielleicht konnten Freundschaften sich einfach aus dem Nichts entwickeln, aus einer Sympathie heraus, aus einem Augenblick, aus einer Sturmnacht, in der man, zusammen eingeschlossen, auf den kalten Fliesen der Schultoilette sitzt. Und wenn ich es jetzt nicht versuchte, würde ich vielleicht nie dahinterkommen. Also überlegte ich gut, was ich sagen könnte.

»Ich finde, Leo ist wie eine Praline«, sagte ich schließlich und ertastete etwas Knisterndes, Weiches in Florians Jackentasche.

»Eine Praline???« Nell schaute mich irritiert an.

»Na, wie so eine Pralinenschachtel. Du weißt doch, wenn man eine von den Schachteln öffnet, dann sehen diese ganzen Pralinen so unglaublich lecker aus, kleine kostbare Schokoladenkunstwerke. Und dann sucht man sich, nach langem Hin und Her, eine Praline aus und beißt rein und ist total enttäuscht.«

»Das stimmt.«

»Pralinen schmecken einfach scheiße.«

»Das stimmt.«

»Siehst du. Und so ist Leo.«

»Eine Praline.«

»Eine Praline!«

Wir sahen uns an und mussten ziemlich losprusten. Unser Lachen hallte durch den Waschraum.

»Das ist eine echt gute Erklärung«, fand Nell und wischte sich eine Lachträne aus dem Auge.

»Ich glaube, seine Mutti hat ihm ein paarmal zu oft gesagt, was für ein wunderbarer Junge er doch ist.«

»Ich glaube, er sieht einfach so gut aus, dass alle auf ihn reinfallen, und deshalb kann er sich so aufführen.«

»Findest du echt, dass er soooo gut aussieht?« Ich rümpfte die Nase.

»Findest du nicht?«

»Ich finde Chris zum Beispiel viel interessanter.«
Keine Ahnung, warum ich das sagte. Wahrscheinlich
sah ich plötzlich die Möglichkeit, Amor zu spielen, Nell
nach dieser Leo-Enttäuschung zu trösten und gleichzeitig Chris' Chancen zu erhöhen. Das macht man doch als
Freundin so, oder?

Sie überlegte und lächelte dann. »Chris hat das
schönste Lächeln der Stufe, das hat zumindest unsere
inoffizielle Umfrage auf Klassenfahrt in der Neunten ergeben, falls du dich noch erinnerst.«

Ich erinnerte mich, aber ich hatte damals nicht mitge-
macht, als die Mädels mit diesem kindischen Vorschlag
ankamen, die Jungs in Kategorien einzuordnen. »Und,
findest du das auch?« Ich hätte nie gedacht, dass es mir
so viel Spaß machen würde, Mädchengespräche zu führen.

»Ich finde das auch und habe damals trotzdem für
Leo gestimmt. Bescheuert, oder?« Sie machte ein gequäl-
tes Gesicht.

Dann passierte etwas Blödes.

Liebe stille Begleiterin, du wirst es nicht glauben. Ich
zog dieses knisternde, weiche Ding aus Florians Jackentasche und hielt plötzlich ein Kondom in der Hand. Die
Krönung daran: Erdbeergeschmack.

Ich merkte, wie mir Hitze in die Wangen schoss.

»Krass! Ist das von Radtke?« Nell streckte die Hand
danach aus.

»Wahrscheinlich … äh, vielleicht … vielleicht aber
auch nicht«, stotterte ich und steckte es schnell wieder
in die Tasche zurück.

»Gib doch mal her«, forderte Nell.

»Nein, das ist Florians Sache... Ich meine, Herrn Radtkes Sache.«

»Florian?« Nell lehnte sich wieder an die Wand und musterte mich neugierig.

»Herr Radtke, habe ich gesagt.«

»Du hast Florian gesagt!«

»Ja, weil er so heißt.« Ich merkte selbst, dass ich mich auf wackeliges Terrain begeben hatte. Nicht lange und ich würde untergehen, ich sah es förmlich kommen.

»Aber kein Schüler nennt seinen Lehrer beim Vornamen.« Ihr neugieriger Blick wurde von einem amüsierten Funkeln abgelöst, und ich bereute bereits, dass ich vorhin überhaupt an so etwas wie Freundschaft gedacht hatte. Ein falsches Wort und sofort war ich angreifbar.

Ich verspürte den Impuls, aufzustehen und wegzugehen, Nell einfach dort sitzen zu lassen, um keine Fragen mehr beantworten zu müssen, aber dann sah ich in ihr Gesicht, und trotz ihres amüsierten Funkelns war ihr Blick dabei so offen und unbefangen, dass ich einfach sitzen blieb und ihr Dinge sagte, die ich vorher noch nie jemandem gesagt hatte.

»Es ist nicht, wie du denkst. Ich weiß nur, dass er Florian heißt, weil ich ihn bei Facebook gestalkt habe.«

»Herr Radtke ist bei Facebook?«

»Er ist erst 24, natürlich ist er bei Facebook.«

Nells Augen weiteten sich. »Und du weißt, wie alt er ist, weil...?«

»Weil ich ihn bei Facebook gestalkt habe«, gab ich ungeduldig zurück.

»Ach ja! Sorry, ich bin echt neben der Spur.« Sie zog ihre Beine ran und legte ihren Kopf auf den Knien ab, dann lächelte sie mich an. »Warum stalkst du deinen Lehrer?«

»Er ist ja bloß Referendar«, verteidigte ich mich.

»Egal. Stehst du auf ihn?« In ihren Augen blitzte es neugierig. Da war er wieder, dieser Moment, in dem ich nur zu gerne aufgesprungen und davongerannt wäre, aber als hätte Nell meine Gedanken erraten, sagte sie: »Ich habe dir von Leo erzählt.«

Ich seufzte tief. »Ja, okay. Ich stehe auf Florian.«

Es laut auszusprechen, machte etwas mit mir. Ein Zittern durchlief meinen Körper. Es war, als wäre es dadurch, dass ich es ausgesprochen hatte, erst richtig real geworden. Mein Herz schlug schneller. Ich bereute schon, es gesagt zu haben, und war gleichzeitig unheimlich erleichtert. Am liebsten wäre ich Nell um den Hals gefallen und hätte angefangen zu heulen, aber glücklicherweise konnte ich mich zurückhalten. Sie sollte mich nicht für eine durchgeknallte Tussi halten.

»Wow.« Das blieb lange Zeit das Einzige, was sie sagte.

Anscheinend musste sie das erst mal verdauen. Ich entwirrte mit den Fingern schweigend meine Haare, die sich im Wind auf dem Dach völlig verknotet hatten. Ich schaute an mir hinab, an diesen Klamotten, zusammengewürfelt aus Turnbeutel, Fundkiste und Florians Jacke, und auch wenn ich bestimmt völlig daneben aussah, fühlte ich mich unheimlich wohl darin.

Nur dieses Kondom in der Tasche kränkte mich zutiefst. Das ist natürlich naiv, liebe stille Begleiterin. Natürlich hat Florian Sex. Er ist jung, er sieht gut aus, auf seinen Facebook-Bildern sind ständig Frauen mit drauf, hübsche, coole Studentinnen von seiner Uni. Aber dieser Erdbeergeschmack war so ein Detail, von dem ich lieber nichts gewusst hätte. Ich umklammerte mit meinen Fingern etwas, das er benutzen würde, um mit einer anderen Frau … Du weißt schon, ich will es gar nicht ausschreiben.

»Bist du enttäuscht wegen dem Gummi?«, fragte Nell, und ich zuckte zusammen.

»Kannst du Gedanken lesen?«

Sie grinste. »Nein, aber ich glaube, ich wäre am Boden zerstört.«

Ich zuckte mit den Schultern. »Er hat ein Leben außerhalb dieser Schule, oder?«

»Ja, aber … willst du ihm das eigentlich mal sagen?«

»Was sagen?«

»Na, dass du in ihn verknallt bist.«

»Nein!«

»Nein?«

»Doch!«

»Doch?«

»Oh Gott, natürlich nicht. Das ist doch alles bescheuert. Ich will nicht mehr darüber reden, okay?«

Das war nicht böse gemeint, es hatte auch nichts mit Nell zu tun, aber dieses Gedankenkarussell war einfach zu viel für mich. Glücklicherweise nahm Nell mir das nicht übel. Sie schien es sogar zu verstehen.

Wir schwiegen eine Weile, dann sah Nell mit ernstem

Blick auf. »Du bist echt ganz anders, als ich mir dich immer vorgestellt habe.«

»Du hast dir mich vorgestellt?« Ich war verwirrt, aber gleichzeitig froh, das Thema zu wechseln. »Warum solltest du dir mich vorstellen?« Auch auf die Gefahr hin, dass es eingebildet klang, ich wollte es wissen.

»Machst du Witze? Du bist das beliebteste Mädchen der Schule! Alle wollen so sein wie du.«

»Niemals!«

»Oh bitte, jetzt tu doch nicht so!«

»Ich tu nicht so! Ich schwöre!« Das klang komisch aus meinem Mund und ich schüttelte den Kopf.

»Du wirst auf jede Party eingeladen!«, beharrte Nell.

»Das stimmt«, gab ich zu und dachte an die vielen Veranstaltungseinladungen bei Facebook, die unbeantwortet vor sich hin schmorten.

»Und dann gehst du nicht mal hin. Und die ganze Scheißparty redet die ganze Zeit über dich und warum du wohl nicht gekommen bist und dass du bestimmt etwas Besseres vorhattest, blabla, blabla …«

»Ist das so?«

»Ja, das ist so, kannst du mir glauben. Und es nervt.«

»Tut mir leid.«

»Schon okay.« Sie winkte ab. »Du kannst ja nichts dafür, dass die anderen so beschränkt sind. Es nervt nur einfach, wenn man auf eine Party kommt und es nur das eine Thema gibt, und es ist scheißegal, ob man da ist oder nicht oder wie viel Zeit man in sein Outfit investiert hat, weil es viel wichtiger ist, dass Valeska nicht da ist. Also du.«

Ich war überrascht das zu hören, gleichzeitig schmeichelte es mir für einen kurzen Moment. Ich hatte es nie für etwas Besonderes gehalten, überall eingeladen zu werden. Doch wenn ich darüber nachdachte, passierte das jemandem wie Anton wohl nie.

Tatsache ist, dass mir das alles im Grunde egal ist, dass ich es sogar anstrengend finde. Denn ich weiß, selbst wenn ich auf eine dieser Partys gehen würde, würde ich doch bloß wieder meine übliche perfekte Maske aufsetzen, nur um später alleine im Bett zu liegen und darüber nachzudenken, dass alle anderen um mich herum ein tolleres Leben führen. Aber was ist, wenn alle Leute so denken?

»Weißt du, warum ich meistens nicht zu diesen Partys gehe?« Wenn Nell das von Florian wusste, konnte sie das hier auch ruhig erfahren.

Sie schüttelte den Kopf.

»Ich bin da früher immer hin, zu jeder einzelnen Party, sogar von den Leuten aus der Parallelklasse, die ich nicht besonders gut kannte ... Und ich stand da rum, lächelte, machte Small Talk. Und die Leute lächelten auch, brachten mir ein Getränk, erzählten mir Sachen, die mich nicht interessierten, und ich tat trotzdem so, als wäre es eine gute Story. Ich lachte so ein künstliches Lachen und gab mit Dingen an, die sie nicht interessierten und die ich eigentlich selbst scheiße fand ...« Ich hatte mich reingesteigert, und Nell machte große Augen, aber jetzt war ich voll in Fahrt. »Ja, scheiße. Du hast richtig gehört. Ich würde das gerne viel öfter sagen.«

»Dann sag's doch.«

»Scheiße.«

»Noch mal!«

»Scheiße!«

»Komm, einmal kriegst du es noch hin.«

»Scheiße, scheiße, scheiße!«

»Ich bin beeindruckt!« Sie klatschte in die Hände.

»Na ja. Ich habe nie das Gefühl, dass einer von denen mich wirklich kennen will.« Es war so befreiend, das alles mal sagen zu können. Auch auf die Gefahr hin, dass es wehleidig klang oder selbstmitleidig. Ich hatte bei Nell das gute Gefühl, dass sie es mir nicht krummnahm.

»Die haben einfach Angst vor dir«, sagte sie, streckte sich auf dem Boden aus und stützte ihren Kopf auf den Arm.

Ich strich mit der Hand über den Boden und inspizierte anschließend ausgiebig meine Handfläche.

»Was machst du da?«

»Ich halte Ausschau nach den Bakterien.«

»Welche Bakterien?« Nell schaute auch auf ihre Hand.

»Klo. Boden. Bakterien. Hallo?«

»Hallo?« Sie klopfte sich auf den Schenkel und lachte. »Siehst du etwa überall Bakterien?«

»Nee, aber meine Mutter.«

»Oje.«

»Unsere ganze Wohnung riecht nach Sagrotan und Weichspüler!«

»Es gibt Schlimmeres.«

Ich schüttelte den Kopf. »Alles! Verstehst du, alles riecht nach Sagrotan, sogar die Lampenschirme!«

»Was? Das glaube ich nicht.«

»Kannst du ruhig. Warum haben die anderen Angst vor mir?«

»Hä?«

»Du hast doch vorhin gesagt, die anderen hätten Angst vor mir.«

»Ach ja! Das habe ich gesagt.«

»Ja und?«

»Was?«

»Warum haben sie Angst vor mir?«

Nell betrachtete nachdenklich ihre Finger. Ich dachte schon, sie wolle meine Frage vielleicht nicht beantworten, aber dann atmete sie tief durch und erzählte mir davon, wie alle ständig über mich redeten und wie hübsch sie mich fanden – so unnahbar und stylish und cool –, sie benutzte Worte, die ich nie mit mir in Verbindung gebracht hätte.

Und ich weiß nicht, liebste stille Begleiterin, ob ich das hier alles richtig wiedergegeben habe… aber ein beängstigender Gedanke nahm in meinem vernebelten Kopf langsam Gestalt an. Konnte es sein, dass mein ganzes bisheriges Leben bloß ein Missverständnis war? Hätte ich ohne meine ganzen Masken vielleicht ganz andere Freunde gehabt, echte Freunde? Hatte ich mich durch sie irgendwann selbst aus dem Blick verloren? Wie konnte ich von jemandem erwarten, mich kennenlernen zu wollen, wenn ich nur Masken zu bieten hatte? Wäre ich dann ich gewesen? Hätte ich womöglich Gitarre statt Klavier gelernt? Als Leo vorhin im Musiksaal die Gitarre auspackte, hatte ich platzen können vor Neid. Leo ist jemand, der einfach macht, was ihm gefällt. Als wäre es ganz selbstverständlich, sich vom Leben das Beste zu nehmen.

Wäre ich glücklicher?

Obwohl Nell mich in eine existenzielle Krise gestürzt hatte, fühlte ich mich ihr plötzlich schrecklich nah.

Und auch jetzt, wenn ich wieder zu ihr rüberschaue, wie sie da mit dem Kopf auf der Tischplatte liegt und unter dem Tisch mit dem Fuß wippt, spüre ich diese Verbindung zu ihr. Es wäre sehr schade, wenn das bloß an diesem Sturm läge.

Sie hat mir von Leo erzählt und ich ihr von Florian Radtke. Wenn auch noch nicht alles, z.B. nicht, dass ich ihn neulich in einem Club gesehen habe, in den mich meine Cousine mitgenommen hatte. Ich hatte ihn im Schutze der Dunkelheit beim Tanzen beobachtet. Er war so sexy in seiner dunkelblauen Chino und diesem eng anliegenden weißen Shirt, das er in die Schule nie anziehen würde. Er war mit einem Freund da, und ich weiß nicht, ob sie darauf aus waren, Frauen aufzureißen – ich wollte es auch gar nicht wissen. Es tat mir schon weh, dass ich mich in der Ecke versteckt halten musste. Was konnte ich schon zu einem Lehrer in einem Club sagen, in den ich nur reingekommen war, weil meine Cousine den Türsteher kannte und ihn gebeten hatte, was mein Alter anging, ein Auge zuzudrücken.

Am liebsten wäre ich zu ihm hin und hätte mit ihm getanzt, aber das waren Träumereien aus einer anderen Welt. Was, wenn er Nein gesagt hätte, wenn es ihm vor seinem Freund peinlich gewesen wäre, dass eine seiner Schülerinnen ihn auffordert? Ich hätte ihm nie wieder vor die Augen treten können. Außerdem sagt meine Mutter immer, dass eine Frau, die einem Mann hinterherläuft, sich automatisch lächerlich macht.

Davon erzähle ich Nell vielleicht ein anderes Mal.

Als wir vom Klo zurück zum Lehrerzimmer kamen, hing ein Zettel an der verschlossenen Tür: *Keine Angst, alle Fingerabdrücke beseitigt – sind Cafeteria. Hunger!*

»Au ja! Hunger!« Nell riss den Zettel von der Tür, nahm mich an der Hand und wir hüpften zusammen nach unten.

Als die Jungs uns so aufgedreht sahen, fragten sie, was mit uns los sei.

»Hä? Gar nichts«, kicherte Nell.

»Gar nichts. Hä?«, kicherte ich.

»Ihr habt doch was zusammen ausgeheckt«, unterstellte Chris.

»Haben wir nicht«, erwiderte Nell.

»Ihr haltet Händchen«, ergänzte Anton mit detektivischem Spürsinn und rieb sich über das Kinn, als würde er dort nach Bartstoppeln suchen.

»Wie auch immer, aber wir können keine Party schmeißen, wenn ihr euch einfach verkrümelt und ewig wegbleibt«, beschwerte sich Leo und musterte uns beide trotzdem von oben bis unten.

Er hatte dabei so einen Blick, als hätte er schweinische Gedanken. Schwer zu erklären, liebste stille Begleiterin, ich weiß nicht genau, woran dieser Blick festzumachen ist, aber ich denke, du weißt, was ich meine. Nun, eigentlich verabscheue ich solche Blicke, deshalb war es irritierend festzustellen, dass es mir diesmal irgendwie gefiel.

Chris

Ich könnte die ganze Nacht hier sitzen bleiben und Nell beobachten, wie sie isst, wie sie die gebratenen Wurststücke auf ihre Gabel schiebt, wie sie verträumt an dem Glas mit dem Prosecco nippt, dem kleinen Rest, den wir für die Mädchen aufgehoben haben. (Die andere Flasche haben Leo und ich ausgetrunken, um wenigstens ein bisschen Party-Gefühl zu bekommen. Anton wollte nicht.)

Ihr Shirt ist ein wenig verrutscht, gibt ihre goldbraune Schulter frei und den BH-Träger. Weinrot. Wahnsinn.

Je später der Abend, umso nervöser werde ich ... einfach schon deshalb, weil die Zeit zu rasen scheint und ich Nell nicht viel nähergekommen bin. Wir haben zwar zusammen die Arbeit von Pawel Jankowski neu geschrieben, aber das war alles ziemlich platonisch. Und dann ist sie hinter Valeska her und die beiden kamen eine Ewigkeit nicht wieder. Sie scheint also nicht unbedingt Sehnsucht nach mir verspürt zu haben.

»Mädchen gehen immer zusammen aufs Klo«, meinte Anton nur und verschob ein paar Magnete.

»Was du nicht sagst!«, zog ihn Leo auf.

»Ich meine ja bloß«, seufzte Anton.

»Vielleicht fühlte sich Nell ja inspiriert von dem neuen Hintergrundbild …«, er deutete auf das Pornobild mit den großbusigen Pseudo-Lesben, »… und ist Valeska gefolgt, um … Na ja, das würde jedenfalls erklären, warum sie mich nicht rangelassen hat. Und jetzt reiben sich die beiden nackt …«

»Halt einfach die Klappe!«, warnte ich ihn.

»Oh, entschuldige«, grinste er und biss sich auf die Lippe. »Heiß wäre es aber schon.«

Ich konnte also nichts dafür, dass da diese Bilder vor meinem inneren Auge aufstiegen. Um mich abzulenken, ging ich noch einmal die neue Arbeit von Pawel durch und baute zwei Fehler ein, damit es nicht zu sehr auffiel. Nell hatte sich viel Mühe gegeben, seine Schrift zu kopieren. Als sie so nah bei mir saß, konnte ich das Shampoo in ihrem Haar riechen. Sich vorzustellen, wie sie morgens in ihrem Bett aufwachte, sich unter der Dusche die Haare einschäumte, sich vor dem Spiegel die Zähne putzte, Milch über ihr Müsli kippte und mit Amy-Winehouse-Musik in den Ohren auf ihr Fahrrad stieg, machte mich völlig alle.

Sie jetzt anzusehen, macht mich auch völlig alle. Ihre leicht glasigen Augen, die Haarsträhnen im Gesicht, die sie alle paar Sekunden aus der Stirn zu pusten versucht, ihre kleinen Finger, die die Gabel umklammern. Am liebsten würde ich über den Tisch springen, ihr Gesicht mit meinen Händen greifen und mit meiner Zungenspitze über ihre Lippen fahren.

Ich muss aber auch zugeben, dass dieser Prosecco ziemlich reingehauen hat. Ich bin zwar nicht betrunken, fühle mich aber irgendwie gelöst.

»Hey, habt ihr den Mond draußen schon gesehen?«, fragt Valeska mit einem faszinierten Blick zum Fenster. Und tatsächlich, zwischen den vorbeirasenden Wolken blitzt immer wieder der grell leuchtende Mond auf.

»Mach mal das Licht aus«, sagt sie an keine bestimmte Person adressiert, steht vom Tisch auf und geht wie gebannt zum Fenster.

»Bitte heißt das«, erwidert Leo, steht aber bereitwillig auf.

»Bitte«, flüstert Valeska.

»Hey, ich sehe nichts mehr«, beschwert sich Nell.

»Ist das Vollmond?« Valeska legt ihre Hand an die Scheibe. Sehr theatralisch, aber auch wirkungsvoll. Ich stelle die Belichtungszeit an meiner Kamera ein und knipse schnell ein Bild von ihr mit Blitz und eins ohne. Das ohne ist unscharf, sieht aber märchenhaft, fast schon gespenstisch aus. Das kommt nicht in die Abizeitung, aber vielleicht in meine Bewerbungsmappe.

»Meint ihr, sie heult gleich den Mond an und zeigt uns ihr wahres Gesicht?« Leo schlurft zurück zum Tisch.

»Meine Güte, dein Humor ist aber auch von vorgestern, oder?« Valeska macht sich nicht mal die Mühe, sich nach ihm umzudrehen.

»Das liegt daran, dass er eine Praline ist«, kichert Nell, und ich kneife die Augen zusammen, um ihr Gesicht in der Dunkelheit besser zu erkennen.

»Was bitte?« Leo räuspert sich.

»Eine Praline?«, fragt Anton.

»Eine Praline!« Nell schlägt begeistert mit der Faust auf den Tisch, dass die Gabeln auf den Tellern klirren. »Ups.«

»Was denn für eine Praline?« Leo beugt sich ein Stück über den Tisch.

»Sag's ihm nicht«, rät Valeska von ihrem Fensterplatz aus und legt auch ihre zweite Hand an die Scheibe. Schlechter Humor oder nicht, das mit dem Werwolf liegt schon irgendwie nahe.

»Mit einer Nuss obendrauf.« Nell schiebt sich die volle Gabel in den Mund und fängt an zu schmatzen. Und sogar das ist sexy.

»Meinst du so was wie eine dumme Nuss?«, hakt Anton nach.

»Hey!«, protestiert Leo.

»Ich will das bloß verstehen.«

»Und Karamellfüllung«, ergänzt Nell.

»Ich glaube, deine Mutter ist eine Praline.« Leo lehnt sich wieder auf seinem Stuhl zurück und legt die Füße auf dem Tisch ab.

»Haha. Ja, das glaube ich auch«, prustet sie los.

Ich kann gar nicht anders, als mit ihr zu lachen. Ein etwas komisches Gespräch ist das, aber das liegt vielleicht an dem Prosecco, an dem Sturm, an dieser immer noch absurden Situation. Dass dieser Sturm und diese Situation hier eine einmalige Chance sind, ist mir schon eine Weile klar. Aber jetzt, da der Regen allmählich nachzulassen scheint, habe ich Angst, mir könnte die Zeit davonlaufen. Ich kann mir zwar nicht vorstellen, dass unsere Eltern hier noch nach Mitternacht anrücken, aber wenn doch, will ich mir nichts vorwerfen müssen.

»Kommt, lasst uns doch Verstecken spielen«, platzt es aus mir heraus, und ich bin nicht sicher, ob das nicht total albern klingt. Aber alberner als das Pralinengespräch ist es auch nicht.

»Oh, Peter Lindbergh hier hat eine lustige Idee.« Leo haut mir auf die Schulter. Und ich kann immer noch nicht erkennen, ob das freundschaftlich gemeint ist oder spöttisch.

»Woher kennst du Lindbergh?«, wundere ich mich.

»Ha! Weil ich eben keine dumme Nuss bin.«

»Lindbergh ist einer meiner Lieblingsfotografen.«

»Klar ist er das! Er hatte ja auch die ganzen scharfen Weiber vor seiner Kamera.«

Jetzt bin ich platt. »Und hast du auch ein Lieblingsbild?«

»Kate Moss in Latzhose«, antwortet er wie aus der Pistole geschossen.

»Ja, das ist ein tolles Bild.«

»Ein tolles Bild? Das ist Sex pur, wie sie mich da ansieht, mit diesen halb geöffneten Lippen.«

»Bist du wirklich sicher, dass sie dich ansieht?«, fragt Valeska gedehnt, ohne sich vom Fenster abzuwenden.

»Vielleicht würde sie auch dich ansehen, wenn du es zulassen würdest.«

»Verstehe ich nicht.«

»Es geht darum, was du sehen willst!«

Valeska kichert leise vor sich hin. »Ach so. Ganz nach dem Motto: *Ich mache mir die Welt, wie sie mir gefällt?*«

»Wenn du es so ausdrücken möchtest... Aber trau dich das erst mal.«

»Wie auch immer.« Jetzt dreht sie sich endlich wieder um und kommt mit langsamen Schritten auf uns zu. Der Vollmond hat ihr anscheinend doch eine magische Aura verliehen, denn wir starren sie alle gebannt an und halten den Atem an, als sie sich über den Tisch beugt. Ich kann nicht hundertprozentig ausschließen, dass da Gänsehaut auf meinen Armen ist. »Wir sollten wirklich Verstecken spielen. Regel eins: kein Licht. Regel zwei: keine Teams. Regel drei: mucksmäuschenstill.«

Leo nimmt in Zeitlupe seine Füße vom Tisch. »Du bist ein Adrenalinjunkie. Erst auf dem Dach tanzen und jetzt Psycho-Verstecken. Stehst du da drauf, von einem Irren gejagt zu werden?«

Valeska seufzt. »Machst du nun mit?«

»Natürlich mache ich mit.«

Die beiden sehen sich über den Tisch hinweg an, dass die Funken nur so sprühen. Was ist mit denen los? Ich kapier es einfach nicht.

»Ich suche«, erklärt Leo und berührt mit der Zungenspitze seine Oberlippe. Valeska blickt ihm weiterhin starr in die Augen, aber ihre Lippen zucken ein kleines bisschen nach oben und verziehen sich zu einem kaum erkennbaren Lächeln.

»Moment, ich finde das eine super Idee, aber ich muss noch aufessen.« Nell beeilt sich, die Wurst auf ihre Gabel zu schaufeln.

»Wir müssen vorher festlegen, wo...«, setzt Anton an, wird aber gleich von Leo unterbrochen. »Alle Etagen!«

»Das könnte ganz schön mühselig werden.«

»Aber darum geht es doch«, wirft Valeska ein.

Anton möchte es trotzdem ganz genau wissen. »Bis wie viel zählst du?«

»Mann, keine Ahnung. Bis hundert.«

»Zweihundert?«

»Von mir aus zweihundert. Schwirrt endlich ab.«

Valeska klatscht in die Hände und macht sich als Erste davon.

Anton folgt wenige Sekunden danach.

»Na los jetzt!«, spornt Leo uns an.

»Mann, ich werde doch wohl noch aufessen dürfen!«

»Frauen!« Leo stellt sich an die Wand und fängt an zu zählen.

Ich laufe schon mal los, langsam, als würde ich noch überlegen, wo ich eigentlich hinwill, damit Nell nicht denkt, ich würde auf sie warten.

»Keine Teams!«

Verdammt! Leo hat mich durchschaut.

Ich verlasse die Cafeteria und stelle mich hinter den Snackautomaten, der sein Neonlicht auf den Boden wirft und leise vor sich hin brummt. Unbedingt noch fotografieren! Ich habe das Foto schon vor meinem inneren Auge. Einfach genial. Den Titel hab ich auch schon: *Automat in Sturmnacht.* Aber jetzt ist keine Zeit dafür.

Aus der Cafeteria höre ich, wie ein Stuhl über den Boden gerückt wird. Ich drücke mich gegen die Wand und halte den Atem an. Irgendwo weiter hinten schlägt etwas gegen die Fensterscheiben. Wahrscheinlich Äste. Ich höre leise Schritte auf dem Flur und ein merkwürdiges Geräusch, vielleicht ein Aufstoßen oder Schluckauf, beuge mich vorsichtig vor und erhasche einen Blick auf Nell, die sich mit dem Handrücken über den Mund wischt und die Treppe nach oben nimmt. Ich zähle lautlos bis sieben, dann löse ich mich von der Wand und schleiche Nell hinterher. Bis eben dachte ich, ich hätte einen Plan. Habe ich aber nicht. Ich laufe bloß diesem Mädchen hinterher. Ich kann nicht anders. Im zweiten Stock dreht sie sich um und lässt einen unterdrückten Schreckensschrei los.

»Tut mir leid«, flüstere ich und lege den Zeigefinger auf meine Lippen.

»Was machst du hier?«

»Ich … äh … ich dachte, vielleicht hast du Lust, dir ein paar Fotos anzusehen.«

»Jetzt?«

Sie hat recht. Warum ist mir nichts anderes eingefallen? »Wir sollen keine Teams bilden.«

»Schon, nur …«

»Was?«

»Ich kann Verstecken nicht leiden.«

»Du hast das Spiel vorgeschlagen!«

»Ja, aber das war doch nur so dahingesagt …«

»Du hast Schiss.« Auf ihren Lippen erscheint ein Lächeln.

Ach, von mir aus, soll sie doch glauben, ich hätte Schiss.

»Kindergarten – Verstecke – Trauma«, übertreibe ich noch ein bisschen.

»Na dann, komm mit.« Sie deutet mit der Hand zur

Glastür, die zum naturwissenschaftlichen Trakt führt. »Aber leise.«

»Wo willst du hin?« Ich folge ihr auf Zehenspitzen.

»Ich kooooooooommmmmmmeeee!«, brüllt Leo von unten durch das ganze Gebäude.

»Schnell!« Sie packt mich an der Hand, und wir rennen so leise es eben geht durch den Glasdurchgang und rütteln an allen Türen, die sich auf dem Flur befinden.

Mein Herz schlägt plötzlich rasend schnell. Die Vorstellung, dass Leo uns hier gleich findet, noch bevor ich Zeit hatte, mit Nell zu reden, versetzt mich in Panik. Ich beeile mich, die nächste Tür zu erreichen, und manchmal meint es das Universum wirklich gut mit mir, denn die Tür vom Bio-Raum geht auf. »Los, beeil dich!« Ich lasse Nell als Erste durch, dann schlüpfe ich hinterher und schließe lautlos die Tür.

»Mein Herz klopft voll«, flüstert Nell, und obwohl es dunkel ist, sehe ich ihre Augen glänzen.

»Meins auch«, erwidere ich und taste nach dem Lichtschalter, bis mir einfällt, dass Leo uns so ganz sicher findet.

Wir stehen eine Weile gemeinsam im Dunkeln und lauschen, ob jemand kommt.

»Warum ist der Bio-Raum als Einziger offen?«, flüstert Nell.

Ich zucke mit den Achseln. »Weil die Bio-Lehrer verpeilt sind?«

»Ja. Und nicht nur die. Eigentlich mindestens achtzig Prozent der Lehrer.«

»Stimmt.«

»Findest du das nicht deprimierend? Dass wir hier unsere Zeit totschlagen müssen, mit verpeilten Lehrern, wo es dort draußen so viel Wichtigeres zu tun gäbe?«

»Zum Beispiel?« Hier im Dunkeln mit ihr zu stehen und zu spüren, dass sich unsere Arme beinahe berühren, macht sogar wett, dass ich gar keinen Plan habe.

»Zum Beispiel Tiere aus Versuchslabors befreien, den Opa im Altersheim besuchen, obwohl einem die immer selben Geschichten auf den Geist gehen... die Welt bereisen, Bilder malen, sich politisch engagieren... na und so weiter.«

»Ich versuche, das einfach nebenbei zu machen.«

»Was davon?«

»Bilder malen, also in meinem Fall Fotos machen. Meinen Opa im Altersheim besuchen brauche ich nicht mehr, der ist tot.«

»Das war nur ein Beispiel.«

»Ich weiß.«

Dann ist da wieder Schweigen zwischen uns. Ich traue mich nicht, mich auch nur einen Millimeter zu rühren, aus Angst, die Nähe zu Nell gleich wieder zu verlieren. Allmählich gewöhnen sich meine Augen an die Dunkelheit.

Ich schaue zum Fensterbrett, das vollgestellt ist mit Pflanzen, deren Blätter wir hin und wieder benutzen, um sie uns unter dem Mikroskop anzusehen. An den Wänden hängen Plakate vom Sherman Tree, von Vulkanen und kunstvollen taubedeckten Spinnweben. Die Tische sind U-förmig angeordnet und die Stühle sind hochgestellt. Statt der altmodischen Tafel gibt es hier schon ein Smart-Board.

»Was für eine Nacht, oder?«, sage ich schließlich, weil ich unsere Zeit hier unmöglich ungenutzt verstreichen lassen kann. Ich würde mir das mein Leben lang vorwerfen.

Aber Nell antwortet nicht, sie macht ein paar Schritte auf den Plastiktorso zu, der an der Frontseite steht, und fängt an, die Plastikorgane daraus zu entfernen. »Kannst du dir vorstellen, dass wir dieses ganze Zeug da in uns drin haben?«

Ich geselle mich zu ihr und sie hält mir einen rosa Lungenflügel hin. »Darf ich ein Foto von dir und diesem Plastikzeug machen?«

Sie dreht sich zu mir um und sieht mir in die Augen. »Ich mag eigentlich keine Fotos.«

»Nein? Warum nicht?«

»Weil ich auf Fotos immer dämlich aussehe.«

»Das glaube ich nicht!«, protestiere ich etwas zu laut, sodass Nell sich den Finger auf die Lippen legt und mit dem Kopf schüttelt. »Entschuldige.«

»Warum glaubst du das nicht?« Sie holt den Darm aus dem Bauch und dreht ihn fasziniert in den Händen hin und her.

»Ich fotografiere alles und jeden, ständig, und von dir habe ich schon ein paar Bilder gemacht, und die sehen alle großartig aus.« Was soll's, kann sie ruhig wissen. Ich muss jetzt sowieso langsam alles auf eine Karte setzen.

Sie sagt aber nichts dazu, sondern kümmert sich zunächst um den weiteren Inhalt der Plastikpuppe. Herz, Leber, Niere. Nachdem sie alles eingehend inspiziert hat, versucht sie, das Ding wieder zusammenzusetzen. »Von mir aus, mach halt ein Foto.«

»Ehrlich? Cool.« Ich versuche, das Bild scharf zu stellen, aber die Kamera tut sich schwer mit dem schwachen Licht. »Könntest du vielleicht ein Stück Richtung Fenster …?«

»Möchtest du jetzt so ein gestelltes Bild machen?«

»Du hast recht.« Ein guter Fotograf muss spüren, wie sich das Modell am wohlsten fühlt. Wenn sie keine Fotos mag, dann ganz besonders keine gestellten. »Lass einfach, ich mach die Bilder mit Blitz.«

»Bilder? Ich dachte eins.«

»Drei?«

»Na gut.«

Ich schalte den Blitz an und Nell macht sich weiter an den Plastikorganen zu schaffen. Ich schaue eine Weile durch die Linse und suche die beste Position. Nell hält währenddessen inne. »Soll ich irgendwas Bestimmtes machen?«

»Mach einfach, was du sonst auch machen würdest.«

Sie nimmt den Darm und hält ihn sich vors Gesicht.

»Na, so nicht.«

»Schon klar.« Sie stopft das Ding wieder in den Bauch und kichert verlegen.

Die Stimmung ist alles andere als entspannt. Ich bereue schon, überhaupt damit angefangen zu haben. Gestellte Fotos sind meistens Müll, weiß ich doch eigentlich. Ich drücke jetzt trotzdem dreimal ab, ohne weitere

Zeit auf Arrangements zu verschwenden, will es einfach schnell hinter uns bringen. Als ich sie mir dann auf dem Display ansehe, sind sie natürlich trotzdem wunderschön.

»Hier, schau.« Ich halte ihr die Kamera hin.

»Hm. Ganz okay«, gibt sie wenigstens zu. »Kann ich auch die anderen sehen?«

»Welche anderen?«

»Du hast vorhin gesagt, du hättest ein paar andere von mir.« Also hat sie es doch gehört!

»Ja, warte, ich muss kurz suchen.«

Während Nell weiter den Bauch einräumt, setze ich mich auf den Boden und gehe meine Alben durch. Es gibt tatsächlich ein Album *Nell*. Genauso wie es ein Album *Valeska* und *Leo* gibt, allerdings kein *Anton*, der ist bei *Sonstige* gelandet, was mir jetzt irgendwie leidtut. Ich werde das demnächst ändern.

»Also, wenn du sie sehen möchtest …«

Sie schiebt noch schnell die beiden Lungenflügel in die Plastikpuppe, dreht sich zu mir und hockt sich dicht neben mich auf den Boden. Ich lege ihr vorsichtig die Kamera in die Hände. »Hier nach rechts klicken.«

»Okay, mach ich.«

Ich bin total aufgeregt, nicht nur weil es Nell ist, die jetzt meine Kamera in den Händen hält, sondern weil sie eine der wenigen ist, die meine Bilder überhaupt zu sehen bekommt. Ich bin niemand, der seine Fotos überall rumzeigt. Das hat mehrere Gründe. Zum einen will ich niemanden langweilen, zum anderen will ich mich nicht durch den wertenden Blick von außen beeinflussen lassen. Zumindest so lange nicht, bis ich meine ganz eigene Bildsprache gefunden habe.

Ich sehe Nell über die Schulter, während sie sich die Aufnahmen von sich anschaut, die ältesten sind schon fast zwei Jahre alt. Nell auf dem Schulhof, Nell in der Schulbibliothek, Nell als Kartenabreißerin bei der Schulvorstellung von *Sommernachtstraum*.

»Wo war das denn?« Sie streicht sich eine Haarsträhne hinter das Ohr.

»Jahrgangsausflug zur Biosphäre.«

»Ach ja, stimmt. Das habe ich fast schon wieder vergessen.«

Draußen ist plötzlich ein lauter Knall zu hören. Wir sehen erschrocken zur Tür.

»Pssst.«

Wir legen uns beide automatisch die Hand vor den Mund, und ich sehe aus den Augenwinkeln, wie sich Nells Brustkorb hebt und senkt.

»Ich krieg euch, ihr kleinen Hosenscheißer! Ich kann euch riechen, ja, das kann ich. Hab ich euch schon erzählt, dass ich ein Psychopath bin? Wenn ich euch jetzt erwische … Das kriegen die anderen nie raus.«

Nell kann sich ein gedämpftes Kichern nicht verkneifen, doch ich reiße die Augen weit auf und schüttele hektisch den Kopf. Sie soll uns bloß nicht verraten. Es verstreichen ein paar ziemlich angespannte Sekunden. Leo schlurft draußen mit übertriebenen Zombiemonstergeräuschen über den Flur. Er klopft gegen die Wände und schabt mit etwas über die Türen, vielleicht mit den Nägeln oder einem Schlüssel. Außerdem dringen röchelnde Geräusche aus seiner Kehle. Obwohl ich weiß, dass er es ist, finde ich es trotzdem unheimlich.

»Was machen wir jetzt?«, flüstert Nell.

Ich deute auf das Lehrerpult und rutsche langsam, auf den Knien, zur Rückseite. Nell folgt mir auf allen Vieren. Sie hat sich meine Kamera umgehangen und kaut nervös auf ihrer Unterlippe, während Leo auf dem Flur immer näher kommt. Wir erreichen das Pult in dem Moment, als Leo mit der Faust an unsere Tür donnert, und kauern uns, so klein wie möglich, gegen die Holzplatte. Unsere Oberarme berühren sich, aber es ist keine Zeit, sich darüber Gedanken zu machen, weil Leo die Klinke runterdrückt.

»Na? Wer hält sich hier wohl versteckt?« Er betätigt den Schalter und grelles Licht durchströmt den Raum.

Ich kneife meine Augen zusammen und aus einem Impuls heraus greife ich nach Nells Hand. Ihre Finger sind kühl und klammern sich fest um meinen Handrücken. Wir atmen nicht und halten uns aneinander fest, als wären wir uns einig darüber, dass wir nur gemeinsam hier untergehen.

Aber dann wird das Licht plötzlich wieder gelöscht, die Tür knallt zu und das Donnern gegen die Wand entfernt sich wieder. Ein paarmal röchelt Leo noch, dann knallt auch die Glastür hinter ihm zu und alles ist wieder ganz still.

Ich suche Augenkontakt mit Nell, nicht dass sie auf die Idee kommt, fröhlich drauflos zu quatschen. Aber sie tut es nicht, sieht mir stattdessen einfach in die Augen und nimmt die Hand von ihrem Mund. Auf ihren Lippen erscheint ein kleines Lächeln, das mit jeder Sekunde breiter wird. Ich kann gar nicht anders, als zurückzulächeln. So sitzen wir auf dem Boden, gegen das Lehrerpult gelehnt, sehen uns an und lächeln. Und ja, das wäre wahrscheinlich der Moment für einen Kuss, aber da knallt weiter unten wieder eine Tür. Wir zucken zusammen und lauschen mit angehaltenem Atem, ob Leo diesmal wohl jemanden findet, und lassen uns so sehr davon ablenken, dass dieser Moment einfach verstreicht.

Leo

Eigentlich habe ich gar nicht vor, die anderen zu finden.

Das Gefühl, alleine durch das riesige dunkle Schulhaus zu schleichen und zu wissen, dass da jemand wegen mir den Atem anhält und sich fast in die Hose macht, ist ziemlich berauschend. Ich fühle mich wie in einem Computerspiel oder einem Film. Ich bin kein Irrer. Ich würde niemals jemandem was tun, aber sich jetzt hier für ein paar Minuten vorzustellen, ein Irrer zu sein, das taugt mindestens für einen guten Song.

Ich frage mich, was ich heute im *Nirwana* verpasst habe.

Den Gig meines Lebens? Die Frau meines Lebens? Die Nacht meines Lebens?

Na ja, wenn schon. Es ist ein großartiges Gefühl, zu wissen, dass die Frau meines Lebens irgendwo da draußen auf mich wartet. Wenn ich morgens aufstehe, mich vor den Spiegel stelle und mir kaltes Wasser ins Gesicht spritze, weiß ich, sie ist da draußen. Wenn ich nachts an der Bushaltestelle sitze und eine rauche, weiß ich, sie ist da draußen. Wenn ich bei Penny an der Kasse stehe und die mich fragen, ob ich beknackte Bonuspunkte und Sammelsticker haben will, kann ich mich damit trösten, zu wissen, dass sie da draußen ist.

Ich stelle mich an die Fensterfront im zweiten Stock, zünde mir eine Kippe an und schaue auf den Schulhof runter. Eine einzige große Pfütze.

Vorhin im Naturwissenschaftsflügel meine ich, ein Geräusch gehört zu haben, aber wer auch immer sich dort versteckt hält, kann ruhig noch ein wenig zappeln.

Tut mir gut, die kleine Verschnaufpause. Dauernd Gesellschaft, dauernd einhundert Prozent geben, dauernd einen Spruch nach dem anderen bringen, ist ein bisschen anstrengend.

Ich ziehe noch zweimal tief an meiner Zigarette, trete sie aus und hebe die Kippe wieder auf. Wenigstens vor mir selbst brauche ich mich nicht danebenzubenehmen.

Wenn ich sie dann endlich treffe, diese Traumfrau, die da draußen irgendwo rumrennt, werde ich für uns zwei Zugtickets besorgen, und dann fahren wir nach Süden, ans Meer, in eine kleine Holzhütte mit Moskitonetz über dem Bett. Wir werden die ganze Nacht auf der Terrasse sitzen und den Möwen zuhören, philosophieren, wilde Blicke über den Tisch hinweg tauschen. Ich werde auf meiner Gitarre klimpern, während sie dazu tanzt. Ihre Topträger werden ihr von den Schultern rutschen und ihre Nippel durch den dünnen Stoff durchschimmern. Natürlich trägt sie keinen BH. Später werfen wir uns nackt in die Wellen, lieben uns im Sand, auf den Brettern der Terrasse, unterm Moskitonetz.

Ihre dunklen Haare werden dabei über mein Gesicht fallen, ihre Tattoos auf den Schultern im Mondlicht schimmern, ihr Zungenpiercing wird sich in meinem Mund verhaken.

So ungefähr.

Und dann wird das hier – der Gestank dieser Schule, der ganze Mist, den ich hier lernen musste, diese verbitterten faltigen Lehrergesichter – nichts mehr mit meinem Leben zu tun haben.

Ich kann diesen Tag kaum erwarten.

Ich werfe noch einen letzten Blick nach draußen, schnipse die Kippe in den Mülleimer und nehme die Treppe nach unten. Dieser billige Prosecco hat mich null besoffen gemacht, dafür blubbert er fröhlich in meinem Magen, als würde er sich über mich lustig machen.

»Ich krieg euch schon noch, ihr Hosenscheißer!«, rufe ich nicht mehr ganz so engagiert wie vorhin. Im ersten Stock biege ich in den Flügel der Mittelstufe, rüttele halbherzig an den Türklinken und mache mich schließlich auf in Richtung Klo.

Einmal pinkeln zwischendurch kann nicht schaden.

»Ist hier jemand?«, frage ich mit meiner Psycho-Stimme, nachdem die Tür hinter mir zugefallen ist. Bis auf den Hall kein Mucks. »Wäre auch echt dämlich, sich auf dem Klo zu verstecken.«

Nichts.

Also gut, ich betätige den Lichtschalter, stelle mich ans Pissoir und bin fasziniert davon, wie lange es plätschert. Dann stelle ich mich vor den Spiegel und sehe mir mein ramponiertes Gesicht an. Diese Nell hat sich vielleicht Mühe gegeben, aber Krankenschwester sollte sie nicht werden. Ich zupfe am Pflaster, das schon ganz durchgesuppt ist, und beschließe, irgendwo gehört zu haben, dass frische Luft sowieso besser ist als ein versifftes Pflaster. Also schmeiße ich es in den Eimer unter den Waschbecken. Wird bestimmt eine gute Narbe geben. Ich frage mich, ob sie Marc schon sein Loch im Kopf genäht haben oder ob er immer noch mit Radtke in der Notaufnahme rumhängt. Mann, der Arme. Wird sich womöglich die ganze Zeit mit dem unterhalten müssen. Obwohl Radtke bei Weitem nicht der Schlechteste ist. Ist aber nur eine Frage der Zeit. Ein paar Jahre in diesem Irrenhaus und er ist erledigt. Ich habe lange darüber nachgedacht, warum Lehrer oft solche Arschlöcher sind. Und ich glaube, das liegt daran, dass sie als Kinder und Jugendliche in die Schule gehen, danach an die Uni und dann wieder zurück in die Schule. Was anderes kriegen die vom Leben gar nicht mit. Sie lernen ihr Leben lang, um zu lehren. Ich finde das absolut bescheuert. Und weil ich sie nicht leiden kann, können sie mich auch nicht leiden. Aber das ist in Ordnung so. Besser, man kennt seinen Feind, dann kann man ihm auch gezielter ans Bein pinkeln.

Ich drehe den Wasserhahn auf und rubbele vorsichtig die Klebereste des Pflasters von meiner Nase, streiche dann die Haare mit meiner noch nassen Hand nach hinten … und höre eine Art unterdrücktes Räuspern.

»Ehrlich jetzt?« Ich betrete den Raum mit den Kabinen und starre auf die geschlossenen beschmierten Türen.

Tim hat einen winzigen Schwanz.

Lara + Daniel.

Live as if you'll die today.

Hast du Probleme mit Alkohol? Nein, nur ohne! Haha!

Stoppt Tierversuche! Nehmt Bayern-Fans!

»Kommst du freiwillig raus oder muss ich dich holen?« Ich beuge mich runter, um unter die Türen zu lugen, kann aber keine Füße entdecken. »Sitzt du auf dem Toilettendeckel? Ja? Du weißt aber schon, dass es hier kein Entkommen gibt.« Ich nähere mich der ersten Tür und schlage mit der flachen Hand dagegen. Im selben Moment springt in der hintersten Kabine die Tür auf und Anton kommt mit blassem Gesicht raus.

»Ach, der Schlauberger hat es bloß bis zur Toilette geschafft?« Ich setze mein Psycho-Gesicht auf.

»Du bist echt gestört. Hör auf, mich so anzuschauen.«

»Wie denn?« Ich reiße meine Augen weit auf, drehe meinen Kopf zur Seite und gehe in Zeitlupe auf ihn zu.

»Hör sofort auf!«

»Mann, spinnst du? Denkst du, ich tu dir was?«

»Wir kennen uns praktisch nicht.« Er weicht einen Schritt zurück.

»Das stimmt wohl. Aber immerhin rennst du seit ein paar Stunden in meiner Jacke rum, also krieg dich wieder ein.«

Seine Augenbrauen schnellen nach oben. »Ich kann da keinen Zusammenhang herstellen.«

»Oh Gott, was redest du da? Entspann dich, Kumpel.«

»Und was passiert jetzt?«

»Jetzt hilfst du mir, die anderen zu suchen.«

»Ich bin der Erste, den du gefunden hast?«

»So sieht's aus.«

»War ja klar.«

»Weißt du, was dein Problem ist, Kumpel?«

»Nein. Aber ich wette, du sagst es mir gleich.«

Ich muss ja gestehen, dass ich den Typen irgendwie mag. Ich kann mir zwar nicht vorstellen, mit dem auf der Straße rumzuhängen oder ihn ins *Nirwana* mitzunehmen, auch nicht mit ihm einen durchzuziehen oder bei *Grill-King* einen Burger reinzupfeifen. Aber vielleicht Riesenrad fahren oder ins Insektenmuseum gehen oder durch ein Teleskop Sterne beobachten. »Interessierst du dich für Astronomie?«

»Was? Nein!«

»Echt schade.«

Anton verdreht die Augen. »Du wolltest mir sagen, was mein Problem ist.«

»Stimmt. Aber lass uns hier verschwinden. Hier stinkt's. Findest du nicht? Wie kann man sich das bloß als Versteck aussuchen?«

»Ich hab es verstanden!«

Ich lege ihm den Arm um die Schulter, und er verkrampft sich sofort unter meinem Griff, aber jetzt habe ich schon angefangen und ziehe es auch durch. Wir spazieren raus, die Tür fällt hinter uns ins Schloss, wir bleiben einen Moment im Flur stehen und lauschen auf die Geräusche. Der Regen scheint kräftiger zu werden, die Tropfen prasseln wieder stärker gegen die Fensterscheiben. Ich meine, Schritte im Stockwerk über uns zu hören, vielleicht auch nicht, ist mir auch egal.

»Komm, ich gebe dir einen Müsliriegel aus.«

»Ich dachte, wir suchen die anderen.«

»Wir sollten uns erst mal stärken.« Ich lotse uns ins Erdgeschoss, wo es immer noch nach gerösteten Zwiebeln aus der Cafeteria riecht. Als wir den Snackautomaten erreichen, ziehe ich uns zwei Cranberry-Riegel. Ich finde, das ist genau das, was die Sache mit Anton ausmacht. Mit Marc würde ich mir Kippen teilen. Mit Anton eben Müsliriegel. Wir setzen uns auf die unterste Treppenstufe und kauen eine Weile gedankenverloren vor uns hin.

»Und? Sagst du es mir endlich oder nicht?«

»Was dein Problem ist?«

»Ja, genau davon rede ich.«

Ich stütze meine Ellenbogen auf der zweiten Stufe ab, lehne mich zurück und mache es mir gemütlich, während Anton an der Riegelfolie rumfummelt, als wollte er daraus Origamitiere falten.

»Dein Problem ist, dass du dich selbst für einen Loser hältst.«

Anton dreht sich zu mir um, sieht mir zwei Sekunden empört in die Augen, dann starrt er wieder auf seine Folie. »Das ist nicht wahr. Das Wort Loser existiert gar nicht in meinem Wortschatz.«

»Du weißt aber, was ich meine.«

»Ehrlich gesagt nicht.«

»Okay, dann erklär mir mal, warum ich dich nie mit Freunden sehe.«

Anton atmet schwer aus und sagt nichts. Als ich schon glaube, dass er vielleicht für immer schweigen will, sagt er doch etwas: »Ich habe keine.«

»Siehst du!«

Jetzt dreht er sich wieder zu mir um und aus seinen Augen sprühen Funken. »Und was beweist das? Ist das vielleicht meine Schuld?« Seine Stimme überschlägt sich, und ich frage mich, ob ich einen Schritt zu weit gegangen bin. Doch im Grunde glaube ich, dass man die Menschen viel mehr mit unbequemen Wahrheiten konfrontieren muss, damit sich etwas ändert.

»Ich weiß nicht, ob das deine Schuld ist. Ist es das?«

»Was ist das für eine Frage?« Er springt auf und fängt an, nervös seine Hände zu kneten.

»Hey, Schlauberger, du bist doch sonst so intelligent. Denk nach!«

»Ich verstehe nicht, was du von mir willst!«

»Nein? Wirklich nicht? Na ja, vielleicht stehst du gerade auf der Leitung, da will ich mal nicht so sein und dir auf die Sprünge helfen.« Ich setze mich aufrecht hin. »Jedes Mal, wenn ich dich hier in der Schule sehe, läufst du aufgeregt in der Gegend rum oder fummelst an deiner Brille oder hängst über deinem Smartphone... und dann noch diese abartigen Hemden...«

»Jetzt hör mit diesen Hemden auf! Das ist doch oberflächliche Scheiße!« Er scheint selbst von sich erschrocken, dass er so laut gebrüllt hat... und dann auch noch schmutzige Ausdrücke.

»Ach ja? Soll ich dir was sagen? Die ganze Welt ist oberflächliche Scheiße! Wenn du dich für ein Vorstellungsgespräch in einen dämlichen Anzug quetschen musst, ist das oberflächliche Scheiße. Wenn du morgens dem Busfahrer zulächelst, ist das oberflächliche Scheiße.

Wenn du dich im Unterricht meldest, um eine gute Note zu kassieren, ist das oberflächliche Scheiße. Die ganze Scheiße ist oberflächliche Scheiße!«

Anton lässt endlich die Hände sinken und sieht mich mit einem hilflosen Blick an.

»Zu viel Scheiße?«

Er nickt und setzt sich wieder zu mir auf die Stufe.

»Ich will damit doch bloß sagen, dass DU auf die Leute zugehen musst, anstatt wie ein Irrer durchs Schulhaus zu latschen. DU musst *Hallo* sagen. DU musst der Schülerzeitung einen Artikel anbieten, anstatt zu warten, dass sie dich bitten. DU musst dich hinstellen und behaupten, dass du geil bist. Und wenn du dabei auf diese komischen Hemden verzichtest, umso besser!«

»Weißt du was, mir reicht es jetzt.« Er springt wieder auf, reißt sich meine Jacke vom Leib und lässt sie auf den Boden fallen, dann knöpft er hektisch die Knöpfe von seinem Hemd auf und zerrt so unkontrolliert daran, dass einer abfliegt, reißt auch das Hemd runter, schmeißt es ebenfalls auf den Boden, tritt drauf und wischt sich seine Schuhsohlen daran ab. Dann hebt er es auf und schleudert es mit Schwung in den Mülleimer, der neben dem Automaten steht. Das Hemd landet zwar daneben, sah aber trotzdem cool aus.

»Ein bisschen pathetisch vielleicht, aber das ist es, was ich meine.« Ich zwinkere ihm zu.

»Ich komme mir dumm vor«, gesteht er, hebt meine Jacke wieder auf und zieht sie über sein Feinripp-Unterhemd.

»Alles eine Frage der Übung.«

»Ich sehe albern aus in deiner Jacke.«

»Geht schon. Nicht so gut wie ich natürlich, aber es ist ein Anfang.«

»Ich kann unmöglich in so einer Jacke in der Gegend herumstolzieren.« Er setzt sich zu mir und schüttelt langsam den Kopf. »Wenn ich eure ganzen Bilder bei Facebook sehe, mit euren Sonnenbrillen, vor coolen Graffitiwänden oder auf den Dünen beim Picknick, dann frage ich mich immer, ob das echt ist. Ob diese Bilder wirklich euer Leben abbilden oder bloß inszeniert wurden, um Leute wie mich neidisch zu machen.«

»Du kannst meine Bilder bei Facebook nicht sehen, wir sind nicht befreundet.«

»Sind wir wohl.«

»Was redest du da?«

Er seufzt. »Ich bin Ginger Cat.«

»Nein!«

»Ich bin Ginger Cat.«

»Nein.«

»Sag mal, bist du schwer von Begriff?«

»Hey, du brauchst nicht gleich beleidigend zu werden.«

Er fasst sich an den Kopf. »Und bei dir könnte es nun allmählich wirklich *Klick* machen.«

»Aber du kannst nicht Ginger Cat sein, weil Ginger Cat ist doch Lydia aus dem Abi-Jahrgang, die mit den großen … na, du weißt schon.«

»Ich bin Ginger Cat.«

»Warum denke ich dann, dass …«

»Ich habe keinen blassen Schimmer«, unterbricht er

mich. »Ich habe mich auch schon gewundert, dass ihr euch alle, ohne auch nur zu fragen, mit mir befreundet habt.«

»Mit Ginger Cat.«

»Ja, mit Ginger Cat, mit der süßen kleinen Perserkatze im Profilbild.«

»Ich dachte, das wäre Lydias Katze. Ich dachte … Ach du heilige Scheiße, habe ich nicht einmal diese Nachricht geschrieben?« Ich krame in meiner Erinnerung, das war, glaube ich, echt peinlich, da habe ich ordentlich danebengehauen … definitiv keine Glanzleistung. Seitdem bilde ich mir ein, dass Lydia mich mit Missachtung straft.

»Ja, ich habe das mal schnell gelöscht. War unangenehm für alle Beteiligten.«

»Danke, Mann, du bist ein echter Kumpel.« Ich klopfe ihm erleichtert auf die Schulter.

»Ja?« Er lacht und schüttelt den Kopf und scheint überhaupt ganz durcheinander.

»Das heißt ja auch, dass Lydia diese Nachricht gar nicht bekommen hat, was bedeutet, dass da womöglich noch was geht. Oh Mann, ich könnte dich knutschen!«

»Untersteh dich!« Er rückt von mir ab.

»Ich sollte ihr gleich eine SMS schreiben.« Ich zücke das Handy aus meiner Hosentasche. »Was soll ich schreiben?«

»Fragst du mich?« Anton schaut hinter sich, ob da nicht noch einer sitzt. Lustig ist er ja.

»Du redest doch immer so schön geschwollen. Das imponiert den Mädels bestimmt.«

»Und du willst meine Worte als deine ausgeben?«

»Na ja, du siehst das zu eng, ich meine …«

»Hey! Was ist los mit euch? Ich dachte, wir spielen Verstecken.« Valeska steht auf der obersten Stufe, die Arme in die Hüften gestemmt und das Fenster im Rücken, an dem die Tropfen runterrinnen und durch die das Mondlicht schwach hereinscheint. Ein irres Bild. Schade, dass unser Fotograf nicht hier ist.

»Sag mal, was glaubst du, wer Ginger Cat ist?« Ich stecke mein Handy wieder weg, nicht dass Valeska das mit Lydia mitkriegt, dann wären meine Chancen hier verspielt.

»Was? Woher kennst du Ginger Cat? Das ist die Tochter einer Freundin meiner Mutter, die in irgendeinem Kaff im Süden lebt. Was willst du von ihr?«

Ich klatsche vor Freude in die Hände. »Anton, Anton, du hast es echt faustdick hinter den Ohren!«

Anton schaut zu mir und da ist dieses stolze Lächeln auf seinem Gesicht. Auch wenn er sich alle Mühe gibt, es zu verstecken, sehe ich doch seinen Mundwinkel zucken. Ich schaue zwischen ihm und Valeska hin und her, und auch wenn ich im *Nirwana* heute vielleicht meine Traumfrau verpasst habe, freue ich mich tatsächlich, hier zu sein.

Nell

»Wie lange sitzen wir wohl schon hier?« Chris malt mit seinem Finger Kreise auf den Boden.

»Ich habe völlig das Zeitgefühl verloren.«

»Soll ich nachsehen?«

Ich zucke mit den Schultern.

»Zehn nach eins.«

»Wow.«

So geht das schon eine ganze Weile. Wir sitzen hier rum, die Augen haben sich mittlerweile an die Dunkelheit gewöhnt, und schweigen viel. Über fünf Sätze kommen wir jedenfalls nicht hinaus.

Nachdem Leo im unteren Stockwerk verschwunden war, ließ ich Chris' Hand los, tat, als wäre nichts gewesen, und sah mir die restlichen Fotos von mir an. Chris wirkte auf einmal verlegen, was mich wiederum ebenfalls verlegen machte. Ich hatte einige Fragen: Warum hast du diese Fotos von mir auf der Kamera? Gibt es auch Fotos von den anderen? Warum hat es bisher niemand geschafft, so schöne Fotos von mir zu machen? Warum bist du nie zu mir gekommen und hast einfach mal Hallo gesagt?

Aber ich frage nicht, sondern stehe auf und spaziere durch den Klassenraum. Ich streiche mit meinen Fingern über die Plättchen der Mikroskope. Ich spüre Chris' Blick in meinem Rücken. Er folgt mir nicht, aber ich weiß, dass er mich ansieht. Die Bilder, die er von mir gemacht hat, sind toll. Er hat ganz offenbar das, was man einen fotografischen Blick nennt. Und ich habe nie auch nur gemerkt, dass er mich fotografiert.

»Meinst du, Leo sucht uns noch?«, versuche ich, wieder ein Gespräch in Gang zu bringen, und drehe mich zu ihm um. Sein Gesicht kommt mir auf einmal so vertraut vor, und obwohl es dunkel ist, erkenne ich sein Lächeln.

»Hm. Ich weiß nicht.«

»Wir können hier nicht die ganze Nacht sitzen.«

»Auf keinen Fall.«

Aber ich will noch nicht gehen. Ich habe das Gefühl, wir sind hier noch nicht fertig.

Dass er diese ganzen Fotos von mir gemacht hat, ändert alles. Mein gesamtes Leben, in dem ich mich unwichtig, gelangweilt und im Wartemodus gefühlt habe, sehe ich auf einmal mit anderen Augen. Mit seinen Augen. Es gibt da dieses Foto, auf dem ich mit zweien aus der Klasse beim Wandertag auf einem Baumstamm sitze. Wir werfen Steine ins Wasser, und ich habe meinen Kopf zurückgeworfen und lache ausgelassen. Den Mund weit aufgerissen, die Augen schmal, aber vor Freude strahlend. Bis heute wusste ich nicht, wie ich beim Lachen aussehe. Noch nie hat jemand so ein Foto von mir gemacht.

Oder das Bild, auf dem ich verträumt in die Ferne starre und gedankenverloren an meinem Finger knabbere, als hätte ich eine Vision, als wäre ich nur wenige Schritte von meinem Traumleben entfernt.

Traumleben.

Mein großes Thema. Seit Jahren warte ich auf dieses Traumleben. Auf ein großes Ereignis, das mich aus meiner Lethargie reißt, das mir zeigt, worin ich gut bin, wofür es sich einzusetzen lohnt, damit ich endlich diesen Weg gehen kann – den eigenen, den einmaligen, den einzigartigen. Ich habe immer nur diese schwammigen Vorstellungen, meine Tagträume, Bilder im Kopf, die ich wahrscheinlich aus Filmen oder Büchern habe. Aber wenn ich dann losgehe, mit der Hoffnung, heute könnte etwas Besonderes passieren, werde ich meistens bitter enttäuscht. Die Partys sind langweilig, die Leute auf der Straße lächeln nicht zurück, die magischen Momente fliegen so schnell vorbei, dass ich sie immer erst hinterher bemerke, dann, wenn es schon zu spät ist.

Aber heute ist es anders. Ich habe mich auf diesen Sturm gefreut, seit ich das erste Mal davon gehört habe, und tatsächlich ist an diesem Abend schon eine Menge passiert, so viel, dass meine Gedanken völlig chaotisch in meinem Kopf herumschwirren.

Ich stelle mich ans Fenster und schaue hinaus, weil ich keine Minute mehr von diesem Unwetter verpassen möchte. Ich verstehe sehr gut, warum Valeska aufs Dach geklettert ist. Der Weg durch das Schultor ist gar nicht mehr zu erkennen. Alles ist voller Wasser. Dunkles Wasser, in dem Blätter und Äste schwimmen. Von hier aus kann man die Hausmeisterwohnung sehen. Die Fenster sind dunkel, und sein Auto, das sonst in der Einfahrt steht, ist immer noch verschwunden.

»Stell dir vor, das wäre unser letzter Tag.« Ich versuche, das Fenster zu öffnen, obwohl ich ganz genau weiß, dass es verriegelt ist.

»Wie meinst du das?«

»Ich meine, wenn man sich das Treiben da draußen so anschaut, könnte es auch der Weltuntergang sein. Keine Menschen, keine Autos, nur Wind und Regen … die ganze Zeit dieses gruselige Heulen und Pfeifen, und manchmal blitzt der Vollmond hinter den Wolken hervor. Die sind so verdammt schnell, sieh dir das mal an.«

Ich höre, wie Chris aufsteht, seine Sneakers quietschen auf dem Linoleum. Dann steht er neben mir, legt seine Kamera auf dem Fensterbrett ab und sieht in die Nacht hinaus.

»Das ist der erste Weltuntergang, den ich erlebe«, sagt er lächelnd.

»Meiner auch.«

»Und? Bereust du dein Leben bisher?« Er haucht gegen die Fensterscheibe und malt einen Smiley auf die beschlagene Stelle.

»Ja!«, antworte ich und muss nervös lachen, weil es zwar der Wahrheit entspricht, sich gleichzeitig aber so falsch anhört.

»Was würdest du anders machen?« Er sieht zu mir, wendet sich jedoch gleich wieder dem Fenster zu, als ich ihm in die Augen sehen will.

»Das ist wirklich eine schwierige Frage. Was würdest du anders machen?«

»Ich, hm… ich wäre gern netter zu meinem Bruder gewesen.«

»Du hast einen Bruder?«

Er nickt. »Der ist elf und geht noch in die Grundschule. Ich bin manchmal richtig eklig zu dem.«

»Warum?«

»Weil er mich nervt oder blöde Sachen sagt, aber das ist eigentlich kein Grund, oder?« Er wirkt zerknirscht.

»Im Angesicht des Weltuntergangs ist das überhaupt kein Grund. Aber ich weiß, was du meinst, ich bin manchmal doof zu meiner Mutter.« Vielleicht kann ich ihn damit wieder aufmuntern.

»Ja?«

»Ja. Ich verdrehe die Augen, wenn sie was sagt, knalle mit der Tür oder bleibe extra lange im Bad, obwohl ich weiß, dass sie es eilig hat loszugehen.«

»Fies.«

»Sag ich doch. Vielleicht schicke ich ihr noch eine Entschuldigungs-SMS, bevor die Welt untergeht.«

»Dann schicke ich auch eine an meinen Bruder.«

»Sollen wir?«

Er zieht sein Handy aus der Tasche. »Kein Empfang.«

Ich will nach meinem Empfangsbalken schauen, aber das Display bleibt dunkel. »Akku leer.«

»Der Weltuntergang schert sich wohl nicht um unser schlechtes Gewissen?«

Ich weiß nicht, was es ist, aber es fühlt sich richtig an, hier mit Chris zu stehen und über das Ende der Welt zu philosophieren. Er steht so nah bei mir, dass ich seinen Geruch wahrnehmen kann. Als hätte er sich gerade erst die Haare gewaschen. Wenn er seinen Kopf bewegt, weht dieser Shampoo-Duft zu mir rüber. Aber da ist auch noch etwas anderes, dieser Eigengeruch, den ein Mensch hat, den ich jedoch nie beschreiben kann, der aber entweder gut riecht oder schlecht. Chris riecht gut.

»Was würdest du noch anders machen?« Ich schiebe einen Blumentopf zur Seite, setze mich auf das Fensterbrett und lasse meine Beine baumeln.

»Hm, also bis auf das mit meinem Bruder bin ich eigentlich mit mir im Reinen.«

»Wirklich?«

»Das klingt jetzt voll langweilig, oder?«

»Nein, eigentlich gar nicht. Ich finde das eher bewundernswert. Im Reinen mit sich zu sein, hört sich ziemlich gut an.«

Er wendet sich jetzt ebenfalls von der Scheibe ab und lehnt sich mit der Hüfte an das Fensterbrett. »Na ja, vielleicht habe ich dich auch angelogen.«

Ich mustere ihn von der Seite, seine feine silberne Kette hat sich im Kragen seines Holzfällerhemds verfangen, und ich muss mich zusammenreißen, um sie ihm nicht zurechtzuzupfen. »Was meinst du mit angelogen?«

Er schaut zu mir, dann schnell wieder weg. »Also ist jetzt echt Weltuntergang?«

Ich zucke mit den Schultern. »Ich bin zwar keine Expertin, aber es könnte doch sein.«

»Okay. Weil, wenn es so ist, muss ich dir, glaube ich, noch etwas sagen.«

»Du glaubst?«

»Es kann auch sein, dass es wegen dem Prosecco ist. Könnte sein, dass ich nicht ganz zurechnungsfähig bin, aber dieser Weltuntergang, der setzt mich jetzt ganz schön unter Druck.«

»Der *mögliche* Weltuntergang. Ich übernehme keinerlei Garantie.« Ich merke, wie ich nervös werde, und reiße ein Blatt aus dem Blumentopf, um etwas zwischen den Fingern zu haben, worauf ich mich konzentrieren kann.

»Aber ich sollte es riskieren, meinst du?«

»Wahrscheinlich …« Ich spüre ein Kratzen in meinem Hals und ein Kribbeln in meinem Bauch. Ich habe zwar keine Ahnung, worauf er hinauswill, aber ich spüre Aufregung in mir aufkeimen. Plötzlich muss ich an Valeskas Worte denken … dass Chris doch viel interessanter sei als Leo … an das schönste Lächeln der Stufe.

Er räuspert sich. »Also gut, ich … nein, verdammt, ich pack's nicht.« Er nestelt an seiner Kamera rum und dreht sich ein Stück von mir weg.

»Sag es doch einfach«, fordere ich ihn ungeduldig auf. Zu viel Aufregung ertrage ich nämlich nicht besonders gut.

»Okay. Aber es ist Weltuntergang, ja?«

»Ja, ja. Bestimmt.«

Er wendet sich mir wieder zu, sieht auf meine Finger, die immer noch das Blatt kneten, dann schaut er hoch und direkt in meine Augen. Wir stehen jetzt so nah beieinander, dass ich zum ersten Mal die Farbe seiner Augen wahrnehme. Blau. So tiefblau wie die Karos auf seinem Hemd.

»Es gibt da doch noch etwas, das ich bereuen würde.«

Ich nicke bloß mit angehaltenem Atem, weil ich nichts darauf sagen kann.

»Wenn die Welt jetzt gleich untergehen würde, würde ich es mir nie verzeihen … also … dich nicht geküsst zu haben. So, jetzt ist es raus.« Er senkt seinen Blick und fährt sich nervös durch die Haare.

»Oh«, sage ich, und weil mir das unangemessen und zu wenig scheint, schiebe ich noch ein »Wow« hinterher, was auch nicht viel besser ist.

Ich bin zwar überrascht, aber gleichzeitig ist mir völlig klar, was er mir da eben gestanden hat. Ich kann nichts dafür, aber ich muss unwillkürlich an Leo denken und verspüre einen schmerzhaften Stich. Meine Gedanken überschlagen sich, das ist alles zu viel … zwei Jungs an einem Abend, die mich küssen wollen. Wahrscheinlich sollte ich nichts überstürzen, vielleicht ist es nur dieses Spiel mit dem Weltuntergang, der verrückte Sturm da draußen. Doch dann sehe ich Chris an, der meinem Blick diesmal nicht ausweicht, und in meinem Kopf wird es plötzlich ganz ruhig.

»Dann solltest du es tun.«

Er sieht mich überrascht an. »Wirklich?«

»Ja, wirklich.« Und um ihm das zu beweisen, schließe ich meine Augen. Es vergehen einige Sekunden, in denen nichts passiert, aber dann spüre ich seinen warmen Atem auf meinem Gesicht. Seine Finger streichen über meine Haare, er zieht meinen Kopf vorsichtig zu sich heran, unsere Nasenspitzen berühren sich. Ich taste mit meiner Hand nach seiner, fahre mit meinen Fingerkuppen über seinen Handrücken. Und dann legen sich seine weichen Lippen endlich auf meine. Ganz langsam öffne ich meinen Mund, unsere Zungenspitzen berühren sich scheu und kurz, ziehen sich dann wieder zurück, unsere Lippen bleiben noch einen Augenblick zusammen. Ich kann nicht sagen, wer von uns beiden diesen Kuss beendet, aber als wir uns voneinander lösen, halte ich meine Augen noch ein paar Sekunden geschlossen.

Als ich sie wieder öffne, strahlt Chris mich mit seinem wundervollen Lächeln an.

Ich erwidere sein Lächeln. »Und wenn es gar keinen Weltuntergang gibt?«

»Meinst du? Ich ging jetzt fest davon aus.«

Ich mag es, wie er redet. Ich mag seine Stimme, seinen Geruch, seine Augen, die mich so ansehen, als wäre ich etwas Besonderes. Warum ist mir das nicht schon früher aufgefallen?

»Woran denkst du jetzt?«, fragt er und umklammert meine Finger mit seinen.

»Hm, das klingt jetzt bestimmt bescheuert, aber … wir kennen uns eigentlich gar nicht und trotzdem, jetzt gerade habe ich das Gefühl, als würden wir uns kennen.«

Er sieht mich ernst an. »Ich weiß, dass du Amy Winehouse hörst und Musikfilme liebst und dass du ein grünes Fahrrad fährst, auf dem deine Haare wie wild im Wind flattern …« Er streicht mir eine Strähne hinter das Ohr.

»Das ist doch immerhin etwas. Ich weiß von dir nur, dass du einen Bruder hast.«

»Weil ich es dir vor wenigen Minuten gesagt habe.«

»Nein, warte, ich weiß noch was. Ich weiß nämlich, dass du Fotos von mir gemacht hast, die, obwohl ich mich auf Fotos nicht mag, so toll sind, dass ich sie mir sehr gerne ansehe. Und das meine ich nicht eitel. Ich meine, dass du mich da so getroffen hast, wie ich gerne wäre, wie meine eigene Vorstellung von mir ist. Und ich wusste gar nicht, dass ich wirklich so bin, wie ich gerne wäre, aber durch deine Fotos… Du hast mir sozusagen die Augen geöffnet! Du hast mich so gesehen, wie ich mich hätte sehen sollen. Klingt das schräg?«

»Nein, eigentlich überhaupt nicht. Das nehme ich als Kompliment.«

»Das ist auch so gemeint.«

Wir sehen eine Weile auf unsere Hände, die sich berühren, legen unsere Fingerkuppen aneinander, streichen die weiche Haut des anderen entlang.

»Falls die Welt nicht untergeht, würde ich dir gerne mal einen Platz zeigen, den ich neulich entdeckt habe, eine alte Fabrik. Ich glaube, es könnte dir dort gefallen. Wenn du magst, packe ich ein Picknick ein.«

»Das hört sich gut an.«

»Ja?«

»Ja.«

»Glaubst du, wir sollten langsam wieder zu den anderen gehen?«

»Ein paar Minuten können die sich noch gedulden.« Ich sehe ihm herausfordernd in die Augen und lehne mich gegen die Fensterscheibe.

»Einmal könnten wir uns noch küssen, oder?« Er lässt meine Hand los und umklammert meine Hüften.

»Einmal noch«, flüstere ich und schließe wieder die Augen.

Ich spüre Chris' weiche Lippen auf meinen und das Vibrieren des Regens in meinem Rücken, und da erinnere ich mich an den Moment, als ich vor einer Woche zum ersten Mal von der Unwetterwarnung im Radio hörte. Es war nach dem Abendessen, Papa las Zeitung, Mama studierte das Programmheft der Volkshochschule und ich zeichnete ein Stillleben der Essensreste auf unseren Tellern. Der Moderator erzählte von der Wahrscheinlichkeit auf den stärksten Sturm der Geschichte und mein Herz schlug für ein paar Sekunden schneller und in meinem Magen rumorte es, während dieser seltsame Gedanke durch meinen Kopf jagte: *Dieser Sturm wird alles verändern.*

Anton

Mit Leuten auf kalten Steinstufen zu sitzen und über die Welt zu philosophieren, fühlt sich unerwartet gut an.

Nachdem Valeska sich ausgiebig beschwert hatte, weil wir uns nicht an die Spielregeln gehalten hatten und sie es sich hätte sparen können, dieses geniale Versteck aufzutun, setzte sie sich schließlich doch zu uns und wir kamen ins Gespräch. Wir redeten über den Chemieunterricht und über die jahrgangsübergreifende Klassenfahrt. Leo erzählte uns von der heimlichen Raucherecke hinter der Turnhalle, und wir überlegten, ob Frau Krauses merkwürdiges Verhalten vielleicht ein Anzeichen für Burn-out sein könnte.

Ich redete weniger. Ich hörte eher zu, und währenddessen überkam mich ein Gefühl wohliger Zufriedenheit, als hätte ich etwas Warmes verschluckt, das sich nun vom Bauch aus in meinem gesamten Körper ausbreitete. Nicht besonders poetisch, ich weiß, aber für manche Dinge fehlen mir dann doch die Worte.

Kurz und knapp zusammengefasst: Ich fühlte mich gut.

Auch nach dieser Ansprache von Leo.

Ich fürchte, er hat recht.

Das ist natürlich deprimierend. Der Casanova in Lederjacke und Stiefeln und mit nichts als Brüsten im Kopf hat recht.

Eine ausgesprochene Gemeinheit vom Universum.

Ich habe das nicht verdient.

Ich bin ein guter Mensch. Erst neulich habe ich Frau Cordalis die schweren Aldi-Tüten in den vierten Stock getragen.

Aber wenn ich ganz aufrichtig bin, habe ich noch nie an diesen ganzen Karma-Hokuspokus geglaubt, dass die guten Taten irgendwann auf einen zurückfallen.

Habe ich mich etwa wirklich selbst zum Außenseiter gestempelt?

Ich stelle mir vor, wie ich zu Hause mit meiner Mutter eine Grundsatzdiskussion über Hemden führe.

»Anton, könntest du mich bitte darüber aufklären, wo sich dein Hemd befindet? Ich rede von dem mit dem spitzen Kragen und den hübschen orangenen Karos. Ich kann es seit geraumer Zeit nicht mehr in der Wäsche finden.«

»Im Müll.«

»Im Müll? Was meinst du damit, im Müll?«

»Genau genommen neben dem Müll.«

»Soll das eine Metapher für etwas sein?«

»Nein. Ganz und gar nicht. Ich habe das Hemd mit meinen eigenen Füßen getreten!«

»Wie bitte?«

»Ungefähr so.« (Ich mache die Situation ohne Hemd nach. Meine Mutter liebt das Spiel Scharade.)

»Anton, darf ich bitte mal deine Stirn fühlen? Hast du eventuell Fieber? Fühlst du dich unwohl?«

»Mir geht es ausgezeichnet.« (Ich muss bestimmt einen Schritt zurücktreten oder sie sogar mit einem Handzeichen von mir fernhalten. Sie kann manchmal sehr distanzlos sein.)

»Du machst auf mich einen äußerst seltsamen Eindruck. Ich hole dir jetzt ein anderes Hemd aus dem Schrank. Möchtest du heute das dunkelgrüne mit den grauen Streifen tragen?«

»Du kannst sie alle dem Roten Kreuz schenken.«

»Wie bitte?«

»Du kannst sie alle...«

»Das habe ich schon verstanden, mein Lieber!«

»Na dann ist ja gut!«

»Anton, hör mal, so lasse ich nicht mit mir reden. Ich denke, ich rufe gleich bei Doktor Kornfeld an. Wahrscheinlich hast du doch Fieber.«

»Was soll Herr Kornfeld bei Fieber machen? Er ist mein Psychiater!!!«

»Ich möchte von dir nicht angeschrien werden!!!«

»Hey, Einstein, was grübelst du wieder? Hier, iss noch einen Müsliriegel.« Leo wirft mir gleich drei Riegel rüber. Banane-Quinoa, Honig-Amaranth, Schoko-Rosine.

Valeska und er haben vorhin noch den halben Automaten geplündert. Jetzt liegt das Zeug in unserer Mitte, und das hat nichts mehr mit Hunger zu tun, sondern mit *Fressflash*, wie Leo es ausdrückte.

»Wenn wir noch länger in der Schule bleiben müssen, werden wir fett.« Valeska hat schon fünf Riegel verspeist.

»Wenn wir noch länger in dieser Schule bleiben müssen, raste ich aus.« Leo streckt sich auf den Stufen aus.

»Ach ja? Dann erst? Und ich dachte, du rastest die ganze Zeit schon aus. Aber du bist einfach so, wenn du normal bist?« Valeska grinst zufrieden.

»Oh, schau mal einer an, Fräulein *Ich hüpf gleich vom Dach* hält sich für eine ganz Schlaue.«

Valeskas Grinsen wird noch breiter und sie streckt wie beiläufig ihren Mittelfinger aus.

Leo schickt ihr, als Gegenleistung, einen Luftkuss.

Valeska schüttelt den Kopf, grinst aber trotzdem weiter.

Also, das ist exakt das, was ich meine. Ich könnte niemals so mit einem Mädchen umgehen.

Ich kann Mädchen lediglich bei Asthmaanfällen zur Seite stehen oder Nachhilfe geben. Augenkontakt ist schon schwerer und an eine längere Unterhaltung kann ich mich nicht erinnern. Dieser Mädchen-Kosmos überfordert mich von vorne bis hinten. Ich erhasche immer nur kleine Einblicke. Wenn die Toilettentür aufgerissen wird und sie in einem großen Haufen, untergehakt und in eine Deo-Wolke gehüllt, aus dem Mädchenklo stolpern. Wenn sie sich im Unterricht Briefchen quer durch den Klassenraum schicken. Wenn sie auf dem Schulhof die Kopfhörer ihrer MP3-Player teilen und trotzdem die ganze Zeit miteinander sprechen.

So richtig schlau werde ich daraus nicht.

»Hey, sollen wir eigentlich mal nach den anderen schauen?« Valeska schnappt sich noch einen Riegel, reißt das Papier auf und bricht sich kleine Stücke ab, die sie gelangweilt in ihrem Mund verschwinden lässt.

»Gleich. Lassen wir ihnen noch ein wenig Zeit.« Leo streckt seine Hand aus und hält sie Valeska hin. Die schaut erst mal, als würde sie nicht verstehen, dann seufzt sie und legt ihm schließlich ein Stück abgebrochenen Riegel hinein.

»Du auch?« Sie sieht zu mir und ich schüttele den Kopf.

»Noch ein Korn von diesem Vogelfutter und ich muss kotzen.«

»Anton!« Leo empört sich in einer hohen Stimmlage und zieht eine blöde Grimasse.

»Was? Meinst du vielleicht, ich kann nicht auch mal dummes Zeug von mir geben?«

»Du kannst alles machen, was du willst! Du bist schließlich Ginger Cat!«

»Waaaas?« Valeska reißt die Augen auf. »Die Ginger Cat, wegen der Leo mich vorhin gefragt hat? Also die, wo die Tochter von der Freundin …«

»Ja, die.« Leo rollt mit den Augen. »Aber die ist es nicht.«

»Ich habe doch noch letzte Woche kurz mit ihr gechattet, über …!«

»Über die Musik von David Garrett«, unterbreche ich sie und schaue schuldbewusst zu Boden.

»Woher weißt du …? Nein, das ist nicht wahr, oder?«

»David Garrett? Ernsthaft? Auf so schmierige Typen stehst du?« Leo macht ein angewidertes Gesicht.

»Ich steh nicht auf den, ich finde nur, dass er mit seiner Geige … Ach, was rechtfertige ich mich überhaupt vor dir?« Sie knüllt das Müsliriegelpapier zusammen und wirft es nach ihm, dann wendet sie sich wieder mir zu. »Aber wieso bitteschön bist du Ginger Cat?«

Ich zucke mit den Schultern. Darüber habe ich nie so richtig nachgedacht. Als ich mich damals bei Facebook registriert habe, mit meinem Namen und meinem Profilbild, saß ich mehrere Stunden vor dem Bildschirm und war ratlos, wem ich eine Freundschaftsanfrage schicken könnte. Ich klickte mich durch die Profile meiner Mitschüler und war erstaunt darüber, wie viel sie von sich preisgaben. Erstaunt und neidisch. Bilder von Partys und beim Lagerfeuer am See. Bilder von Sonnenuntergängen auf Dächern, Bilder mit knappen Shirts in der Kletterhalle, Bilder vom Rumsitzen auf Marcel Wegeners Motorhaube. Ein Leben, das ich nie führen würde. Deshalb würde sich auch niemand mit mir bei Facebook befreunden wollen. Beim Durchklicken ist mir aber der hohe Anteil an Kätzchenfotos und -videos aufgefallen. Irgendwelche Katzen, die mit Hunden schmusen oder sich auf die Hinterpfoten stellen, um zu Michael Jacksons »Billie Jean« mit den Vorderpfoten zu wackeln. Fotos von Katzen in Waschbecken, in Kühlschränken, in Schuhen und in Eierkartons. Katzen mit Sonnenbrille, mit Wollmütze und Katzen am Klavier.

Durch die Bank weg schien jeder bei Katzen auf *Gefällt mir* zu klicken.

Und so wurde ich zu Ginger Cat, ohne groß darüber nachzudenken. Es machte Spaß, mir diese Scheinidentität zuzulegen, YouTube nach Cat-Content zu durchstöbern, Fotos von Katzen in der Nachbarschaft zu knipsen, um sie in der Chronik zu posten, oder Filme wie *Aristocats* oder *Garfield* zu verlinken.

Albern – ich weiß, aber so habe ich zumindest ein wenig Einblick, was in der Schule vor sich geht.

»Weißt du, was ich mich die ganze Zeit frage?« Leo stapelt konzentriert die restlichen Riegel aufeinander. »Ich frage mich, warum du eine Katze bist, statt, sagen wir mal... hm, ich meine, du hättest auch Spider Man sein können oder Captain America oder Wolverine.«

»Oder wenigstens Graf Dracula«, mischt sich Valeska ein.

»Ja, vielen Dank für eure hilfreichen Tipps. Ich werde mir das für die Zukunft merken. Ihr könntet euch aber auch mal fragen, warum ihr euch mit Kätzchen anfreundet, deren Identität ihr nicht kennt.«

»Ich dachte, du bist die heiße Lydia!«, protestiert Leo.

»Und ich dachte, du wärst die Tochter von... na, ihr wisst schon.«

»Nun, da hat euch das Denken wohl nicht weit gebracht.«

»Ha!« Leo stößt seinen Müsliriegelturm um und legt mir den Arm um die Schulter. »Unser Einstein hier, der hat so einen erfrischenden Sarkasmus, findest du nicht?«

Ich winde mich ein bisschen unter seiner Umarmung, tue so, als wäre es mir unangenehm, aber in Wirklichkeit genieße ich es, Leos schweren Arm auf meiner Schulter zu spüren.

»Lass ihn in Ruhe.« Valeska springt auf, dann wendet

sie sich an mich. »Obwohl ich es nicht besonders nett finde von dir.«

»Was denn jetzt? Den Spruch gerade eben oder die Tatsache, dass ich Ginger…«

»Beides! Alles!« Sie wirft mir einen tadelnden Blick zu, zwinkert aber gleich hinterher. Ich vermute, das bedeutet, dass sie nicht ganz so böse ist, wie es wahrscheinlich angebracht wäre. »Und jetzt lasst uns endlich die anderen suchen. Mal sehen, was die dazu sagen, wenn sie erfahren, dass du das Kätzchen bist.«

»Komm, Kumpel, Valeska hat Sehnsucht nach unserem Liebespärchen. Na ja, wenigstens ist sie die Spielverderberin und nicht ich.«

Wir kommen wieder auf die Beine und schlurfen, recht lustlos, die Treppen nach oben. Ich fühle gerade eine leichte Müdigkeit und frage mich, ob wir die ganze Nacht aufbleiben müssen. Valeska hingegen macht einen sehr dynamischen Eindruck. Sie tänzelt vor uns her, elegant und sexy, und ich glaube nicht, dass sie das spielt. Sie ist einfach so. Elegant und sexy.

Nur unerreichbar. Mit diesem Fakt werde ich mich ein paar Nächte lang quälen müssen.

»Nell! Chris!« Auch ihre Stimme ist elegant und sexy.

»Die sind im Zweiten.«

»Woher weißt du das?«

Leo zuckt geheimnisvoll mit den Schultern.

»Etwa zusammen?«

»Was glaubst du denn?«

»Ich fasse es nicht, dass sich hier niemand an die Regeln halten kann!«

»Sei nicht so kleinlich.«

»Pfff.«

Äußerlich betrachtet, würden die beiden ein gelungenes Paar abgeben. Beide schön, beide groß, beide stolz. Sie würden sich gut auf einem Gemälde machen. Dort könnten sie auch nicht reden und das wäre für meine Ohren ab und zu durchaus eine Wohltat.

»Wenn der Sturm nicht gewesen wäre… Wir hätten nie ein Wort miteinander gesprochen, oder?« Valeska bleibt stehen und wartet, bis wir aufgeholt haben.

»Mit Sicherheit nicht«, sagt Leo, während er ein paar Türklinken runterdrückt. Ich finde das ein bisschen hart von ihm, aber Valeska scheint es nicht zu stören.

»Was hättet ihr gemacht, wenn wir heute um vier ganz einfach nach Hause gegangen wären?« Ich bin mir nicht sicher, warum ich das jetzt frage. Vielleicht liegt es an Leos Ansprache, dass ich mich mehr einbringen soll, vielleicht will ich mich von meiner Müdigkeit ablenken, vielleicht interessiert es mich aber auch wirklich.

Valeska seufzt. »Ich hätte wahrscheinlich Klavier geübt, danach hätte ich gelesen, dann Abendbrot mit meinen Eltern gegessen…«

»Was hätte es gegeben?«, unterbricht Leo.

»Hm, wahrscheinlich Spargelspitzen mit Petersilie oder so Zeug.«

»Hmmm, yummie«, grinst Leo und rümpft die Nase. »Ich hätte eine Pizza in den Ofen geschoben.«

»Und ich hätte mir eine Suppe gekocht«, erkläre ich.

»Kochst du öfter?« Valeska hakt sich fröhlich bei mir unter, was mein Herz beinahe zum Stillstand bringt.

Ich merke, wie ich mich sofort verkrampfe, während ich mir Mühe gebe, ganz normal weiterzulaufen. »Also … ja, ich koche öfter. Meine Mutter arbeitet bis abends.«

»Oh, das wäre toll. Meine Eltern sind immer zu Hause.«

»Meine Mutter nie«, entgegnet Leo.

»Sei froh.«

»Ich glaube nicht, dass du weißt, was du da redest.«

»Und ich glaube nicht, dass du beurteilen kannst, ob ich weiß, was ich da rede.«

»Könnten wir das lassen? Ich wollte wissen, was ihr nach der Schule gemacht hättet, und nicht einen Wettbewerb der bescheuertsten Eltern vom Zaun brechen.«

»Du hast recht. Was hättest du denn nach der Schule gemacht?« Valeska rückt noch näher an mich ran, und ich denke, wenn ich es nicht schaffe, mich auf der Stelle zu entspannen, platze ich oder breche zusammen.

»Ich hätte wahrscheinlich am Rechner gesessen.«

»Öde«, findet Leo.

»Schon klar«, pflichte ich ihm bei.

»Was hättest du denn Aufregendes gemacht?« Dabei setzt Valeska »Aufregendes« mit den Fingern in Gänsefüßchen.

»Mir in die Hose.«

»Hä?« Sie scheint wieder genervt.

»Na, auf der Bühne von der Open Stage im *Nirwana*.«

Valeska setzt einen nachdenklichen Gesichtsausdruck auf und schüttelt leicht den Kopf. »Warum erzählst du uns das jetzt?«

»Du hast doch gefragt!«, gibt Leo zurück und wechselt einen Blick mit mir, aber ich kann ihm im Moment nicht helfen, weil ich zu sehr damit beschäftigt bin, meine Atmung zu kontrollieren.

»Nein, ich meine, du erzählst doch sonst nicht solche Sachen. Du sagst immer nur, wie toll alles ist und wie cool du bist und wie geil das Leben ist, aber dass du dir irgendwo in die Hosen machst…«

»Tja, Überraschung, Überraschung! Auch ich habe meine dunklen Geheimnisse.«

Diesmal erwidert Valeska nichts Schnippisches und verdreht auch nicht die Augen. Stattdessen bleibt sie mit mir am Arm stehen und sieht ihn ernst an. »Siehst du, und das meine ich. Eigentlich ist es egal, ob du voll cool auf einer Bühne stehst und dir in Wirklichkeit in die Hosen machst oder ob Anton öde vor dem Rechner rumhängt oder ob ich versuche, mir Spargelspitzen runterzuwürgen, letztendlich sind wir damit immer alleine.«

»Puh.« Leo fährt sich mit der Hand durch die Haare. »Auch für den Fall, dass du recht haben solltest, ist es mir echt schon zu spät für so ein deprimierendes Gespräch.«

»Ja.« Sie winkt ab. »Ich wollte euch die Stimmung gar nicht vermiesen, ich wollte es bloß gesagt haben.«

»Und ich danke für deine Offenheit…« Leo verbeugt sich vor ihr. »Wir werden darüber nachdenken, stimmt's, Einstein, und dich wissen lassen, sobald wir eine Lösung für das Problem gefunden haben.«

»Ja, danke.« Valeska zupft irgendwas an ihrer Leggins zurecht, und ich ergreife diese Gelegenheit, um mich aus ihrer Umklammerung zu lösen, die einerseits schön ist, mir andererseits aber Magenkrämpfe bereitet.

Ich nehme meine Brille ab und fange an, sie äußerst gewissenhaft mit einem Zipfel meines Unterhemds zu polieren, damit sie nicht auf die Idee kommt, sich noch einmal bei mir unterhaken zu wollen.

Das ist einer dieser Momente, in denen mich das Leben zutiefst verwirrt.

»Meint ihr, wir müssen hier in der Schule übernachten?«, frage ich, um von meinem Unvermögen abzulenken.

»Übernachten? Wo willst du dich denn hier aufs Ohr hauen? Auf dem Lehrerpult vielleicht?«

»Im Lehrerzimmer stand ein kleines Sofa.«

»Genau, ein KLEINES Sofa. Sollen wir uns da vielleicht zu fünft stapeln?«

Valeska kichert. In ihrem Gesicht sieht man genau, wie sie sich das gerade bildlich vorstellt.

»Hast du eine bessere Idee?« Ich ziehe den Reißverschluss von Leos Lederjacke bis unters Kinn zu, weil mir jetzt auch noch kühl wird.

»Wir machen selbstverständlich die Nacht durch.«

»Selbstverständlich!« Ich versuche, seinen Tonfall nachzuahmen.

»Mensch, Anton, was glaubst du, wie oft werden wir noch in dieser Schule eingesperrt sein?«

»Vermutlich nie wieder.«

»Genau! Das hast du schön zusammengefasst. Vermutlich nie wieder. Und da dies also eine einmalige Sache in unserem Leben ist, ist das Letzte, was wir tun werden, schlafen. Weil…?« Er sieht mich mit großen fragenden Augen an.

Ich seufze. »Weil wir dann wahrscheinlich etwas verpassen könnten.«

»BÄM!« Er klatscht in die Hände. »Ich sehe schon, deinen Ruf als Schlauberger hast du nicht umsonst. Und nun genug geplaudert, Freunde, lasst uns lieber die anderen so richtig aufmischen. Wer zuerst oben ist!«

Er sprintet die Treppe hoch, Valeska folgt ihm auf dem Fuße und versucht, ihn wegzudrängeln.

»Pass auf, Prinzessin, sonst holst du dir noch einen Kratzer.« Er tut so, als wollte er ihr ein Bein stellen, und die beiden kabbeln sich den ganzen Weg bis zum nächsten Treppenabsatz.

»Der Einzige, der einen Kratzer hat, bist du!« Sie tippt an sein Nasenbein.

»Aua!«

Ich renne den beiden hinterher.

Sport ist nicht meine Stärke.

Immerhin wird mir wieder warm.

Und die Müdigkeit… nun ja, vielleicht sollte ich mich einfach mal nicht so anstellen!

Valeska

Liebe stille Begleiterin,

Romeo und Julia haben sich natürlich tierisch erschrocken. Mitten im Kuss sind wir reingeplatzt.

Ich nenne sie natürlich nicht Romeo und Julia, ich zitiere bloß Leo.

Dieser Typ löst merkwürdige Gefühle in mir aus. Ich möchte ihn umarmen und erwürgen. Beides auf einmal. Eigentlich nervt er mich mit seiner Art. Ich glaube ihm höchstens die Hälfte von dem, was er erzählt. Ich finde, er ist viel zu laut, zu krass, zu eingebildet. Und trotzdem macht es wahnsinnig Spaß, die Zeit mit ihm zu verbringen. Hier ohne ihn eingesperrt zu sein, wäre nur halb so lustig. Dieser Gedanke ärgert mich natürlich, weil ich mich frage, ob ich nicht schon drauf und dran bin, auf seine Masche reinzufallen. Bis heute hätte ich es mir nie eingestanden, aber seine Leichtigkeit ist etwas, worum ich ihn zutiefst beneide. Und ich merke sogar, dass ich in seiner Nähe auftaue und auch irgendwie mehr ich sein kann. Das nervt.

Wir waren auf dem Flur so laut, eigentlich hätten Nell und Chris uns hören müssen, aber sie waren vermutlich so versunken ineinander, dass erst unser unsanftes Türaufreißen sie aufschrecken konnte.

»Mal was von Anklopfen gehört?« Chris strich seine zerzausten Haare glatt und Nell hatte ganz gerötete Wangen und Lippen. Sie konnte nicht aufhören zu grinsen.

Ich fand das wirklich süß, und gleichzeitig wurde ich traurig, oder besser gesagt sehnsüchtig. Ich hatte mir das schon so oft ausgemalt… mit Florian. Wie wir aus irgendeinem Grund die Letzten in der Schule sind. Wie er mich ansieht, mit diesen wilden Augen, die ich damals auf der Tanzfläche, in diesem Club, bei ihm beobachten konnte. Wie er die Tür vom Klassenzimmer schließt, bevor ich raus kann. Ich sage dann nichts, stelle auch keine dummen Fragen, setze auch kein erschrockenes Gesicht auf, höchstens ein Lächeln, und warte, bis er auf mich zugeht. Vielleicht werde ich tief einatmen, um genug Luft in meine Lungen zu bekommen für unseren wahnsinnig langen und leidenschaftlichen Kuss. Ich denke, er wird mich an die Wand drücken, und wenn nicht, dann werde ich es tun. Ich kann mir nichts Aufregenderes vorstellen, als jemanden in einem stürmischen Kuss gegen die Wand zu drücken.

Wahrscheinlich wird er so etwas sagen wie: *Das dürfen wir nicht.*

Aber das muss er ja, schließlich ist er derjenige, der etwas zu verlieren hat.

Und obwohl er das in mein Ohr flüstert, wird er

trotzdem mit seiner Hand unter mein Kleid fahren und dann...

Oh Gott! Tausendmal habe ich das in Gedanken durchgespielt.

Liebe stille Begleiterin, verachte mich nicht dafür.

Ich träume noch ganz andere Sachen von ihm, die schreibe ich hier nur nicht auf, für den Fall, dass dich jemals jemand findet, was auch so schon schrecklich genug wäre.

Ich finde es natürlich trotzdem schön für Nell. Und wenn ich die beiden jetzt so beobachte, hätten sich keine zwei Besseren finden können. So wie sie strahlen, so wie sie sich ansehen, würde ich mich nicht wundern, wenn sie in einer Woche ihre Verlobung bekannt geben.

Während Leo und Anton die riesige Requisitenkiste der Theater-AG durchwühlen, verschwinden Chris und Nell immer wieder hinter dem Bühnenvorhang, wahrscheinlich um schnell zu knutschen.

Hier sind wir nämlich gelandet, in der Aula, wo der Mond wie ein gigantischer Scheinwerfer durch die hohen Fenster auf die Bühne scheint. Die dichten Sturmwolken sind plötzlich weg. Nur noch dünne Wolkenfetzen huschen über den Himmel, werden vom Wind auseinandergezerrt und lösen sich dann auf.

Der Regen ist weniger geworden. Zwischendurch hatte ich schon den Eindruck, er hätte ganz aufgehört. Es pfeift auch nicht mehr so gespenstisch durch das Schulgebäude.

Anton hatte die Idee mit der Aula. Wir liefen den dunklen Flur entlang, wie eine kleine eingeschworene

Gang, unsere Schritte hallten durch das leere Schulgebäude, unsere Schatten wurden an die Wände geworfen,
Chris schoss ein paar Bilder davon, Leo pfiff vor sich hin
und ich griff nach Antons Arm.

»Lassen wir die doch kurz vorgehen«, schlug ich leise
vor und ließ seinen Arm wieder los, weil ich merkte,
dass es ihm unangenehm war.

Wir warteten kurz schweigend, die anderen drehten
sich nach uns um, aber ich winkte sie weiter. Anton trat
von einem Fuß auf den anderen und spielte am Reißverschluss der Lederjacke rum.

»Die Jacke steht dir«, sagte ich, als die anderen außer
Sichtweite waren.

»Das wolltest du mir sagen?«

»Nein, also das auch, aber eigentlich wollte ich mich
bei dir bedanken.«

»Wofür?« Er senkte den Kopf und schaffte es nicht,
mir in die Augen sehen. Ich weiß nicht, ob er mir als
Person nicht in die Augen sehen konnte, oder mir als
Mädchen, oder überhaupt jemandem, der sich vertrau-
lich mit ihm unterhalten wollte.

»Ich wollte Danke sagen, dafür, dass du mir vorhin
durch diesen Asthmaanfall geholfen hast.«

»Ist doch selbstverständlich.«

»Mag sein. Aber nicht jeder kann das.«

»Na ja, wie gesagt, ich habe Übung darin.« Er kratzte
sich an der Nase, und überhaupt, sein ganzer Körper
schrie förmlich danach, am liebsten im Erdboden zu
verschwinden, aber ich wollte trotzdem unbedingt, dass
er das weiß.

»Du bist ein guter Freund.«

»Ein Freund?« Er lachte etwas unbeherrscht und brachte mich damit ebenfalls zum Lachen.

»Nicht, wenn du nicht willst.«

»Doch, ich… nur, also… damit habe ich leider keine Übung.«

»Mach dir keine Sorgen, ich auch nicht wirklich.«

Ein kurzer scheuer Blick von ihm. »Vielleicht lässt sich ja im Internet was dazu finden, eine Anleitung oder ein Tutorial.«

»Da bin ich sicher.« Ich streckte ihm meine Hand entgegen, ganz offiziell, als hätten wir ein Geschäft zu besiegeln.

Er nahm sie, hielt sie immerhin eineinhalb Sekunden fest, und als er sie losließ, zwinkerte er mir zu, was irgendwie komisch aussah, aber mit etwas Übung würde auch das noch werden.

Als wir unten eintrafen, hatten die anderen drei schon die Tür zur Aula aufgebrochen, vielleicht war sie auch offen gewesen – ich fragte nicht –, und sahen sich hinter der Bühne um. Ich strich mit meiner Hand über die Lehnen der Stuhlreihen. Säuberlich aufgestellt und seit der Weihnachtsaufführung ungenutzt und verwaist. Ich zeichnete mit meiner Fingerspitze eine Blume in die dünne Staubschicht.

Es fühlt sich immer noch unwirklich an, hier in dieser Schule eingesperrt zu sein, aber gleichzeitig, als müsste es so sein. Als würde diese Schule jetzt uns gehören.

Alle Bedenken bezüglich aufgebrochener Türen oder gestohlener Lebensmittel sind wie weggeblasen. Es ist mir egal, ob Maria Rössler sauer auf mich sein wird, weil ich ihre Leggins ausgebeult habe, es ist mir auch egal, ob der Direktor uns in sein Büro bestellen und eine lange Predigt halten wird, ich kann gut so tun, als würde ich zuhören, und trotzdem an etwas ganz anderes denken. An den Sternenhimmel in der Wüste, an Polarlichter, an den Sturm und den Vollmond heute Nacht, an Florian Radtke.

Und ganz besonders egal ist es mir, falls es einen Tadel oder einen Schulverweis geben sollte, oder was weiß ich, was diese erwachsenen, vernünftigen Menschen sich sonst für Disziplinierungsmaßnahmen ausdenken.

Was für ein Wort: Disziplinierungsmaßnahmen.

Ich werde meinen Eltern in die Augen sehen, mit den Schultern zucken und sagen: *Ist mir egal.*

Das ist mein großes Vorhaben nach diesem Sturm. Das habe ich mich noch nie getraut.

Aber hiermit, liebe stille Begleiterin, gebe ich dir schon das zweite Versprechen in dieser Nacht: Ich werde ab sofort meinen eigenen Weg gehen. Vielleicht schmeiße ich den Klavierunterricht hin, und wenn ich ehrlich sein soll, hat Modern Dance mir auch nie besonders viel Spaß gemacht.

Ich weiß nicht, was genau es ist, was mich in diesem Augenblick so stark fühlen lässt. Sind es die vier dort auf der Bühne? Vor wenigen Stunden noch schien es mir unvorstellbar, die Nacht mit ihnen zu verbringen, und jetzt, wenn ich sie mir so ansehe, kommen mir ihre Gesichter schon so vertraut vor, ihre Stimmen klingen warm in meinen Ohren und ihre Sprüche bringen mich zum Lachen.

Oder ist es dieser Sturm da draußen? Vorhin auf dem Dach traf er mich mit voller Wucht, so eindrucksvoll, so inspirierend. Ich verspüre den Wunsch, mehr davon zu erleben... mehr Stürme, mehr Gewitter, mehr Adrenalin. Ich möchte in der Wildnis verloren gehen und mich auf eigene Faust durchschlagen müssen. Ich möchte mit jemandem einen hohen Berggipfel erklimmen und dort die Nacht unter dem nackten Sternenhimmel verbringen, ohne zu schlafen, eng aneinandergedrückt, weil es so kalt dort oben ist. Ich möchte durch tiefen Schnee stapfen, einem wilden Tier gegenüberstehen, ich möchte jemandem das Herz brechen, betrunken in einer Bar in Tokio Karaoke singen, in Paris einen wildfremden Jungen küssen, mich in New York mit der Subway verfahren.

All das, worüber meine Eltern den Kopf schütteln würden.

Das ist vielleicht kindisch. Aber in dem Fall ist mir auch das egal. Und du musst es ja niemandem weitersagen, liebe stille Begleiterin. Es reicht, dass sich dieser Gedanke in meinem Kopf eingenistet hat. Ich habe noch keinen konkreten Plan, ich weiß noch nicht genau, welcher mein Weg sein soll. Aber es ist aufregend. Das alles ist schrecklich aufregend!

Während ich das hier schreibe, haben sich Leo und Anton in Elfenkostüme gequetscht und stolzieren über die Bühne. Die beiden sind so grundverschieden, aber in diesen Glitzerröcken und mit den Blumenkränzen im Haar verblassen die Gegensätze auf einmal. Chris schießt lachend ein paar Fotos von ihnen und Nell probiert die Knöpfe der Musikanlage aus.

Mir kommt es vor, als seien auch sie in einer ähnlichen Scheißegalstimmung. Wir haben aufgehört, Pläne zu schmieden. Wir haben aufgehört, aus dem Fenster zu schauen und zu überlegen, wann wir nach Hause können. Keiner macht sich mehr einen Kopf über den Hausmeister oder über den Geschirrspüler, der in der völlig eingesauten Cafeteriaküche darauf wartet, eingeräumt zu werden.

»Hey, Prinzessin? Hast du vielleicht Lust, uns zu schminken? Du kannst das doch bestimmt.« Leo hält eine Palette mit Lidschatten in die Höhe.

»Gleich«, antworte ich, »lass mich das hier noch schnell zu Ende schreiben.«

»Ich werde mich nicht schminken«, protestiert Anton.

»Nur zum Spaß.« Leo boxt ihn in die Schulter.

»Was soll das für ein Spaß sein?«

»Tja, das wirst du wohl erst herausfinden, wenn du es ausprobiert hast.«

Anton schaut hilfesuchend zu Chris, der hebt bloß seine Schultern und drückt noch einmal ab. Nell hat mittlerweile den richtigen Knopf gefunden und leise Klaviermusik erfüllt die Aula. Irgendwas von Chopin. Ich musste das auch schon spielen, mir fällt der Titel jedoch gerade nicht ein, was ich als gutes Zeichen für meinen neuen Weg deute. Im Kopf wird Platz frei! Endlich!

Leo fängt natürlich sofort an, in seinem Röckchen

über die Bühne zu tänzeln und Pirouetten zu drehen wie eine zu groß geratene Ballerina.

Das bewundere ich jedenfalls auch an ihm, dass er sich trotz seiner ganzen Coolness, der Sprüche, des sexy Blicks, nicht zu schade ist, sich zum Affen zu machen. Ganz so, als würde er sich nicht so ernst nehmen, wo ich doch glaube, dass er sich im Grunde sehr ernst nimmt. Ein Widerspruch, der ihn nur noch interessanter macht.

Er ist viel lockerer, als ich dachte, auch viel lustiger und auch viel charmanter.

Und obwohl ich es nicht leiden kann, Prinzessin genannt zu werden, klingt es aus seinem Mund nett, fast liebevoll.

Ich würde mich nie in Leo verlieben, aber ich verstehe die anderen Mädchen jetzt besser. Die anderen zweihundert in der Schule, die ihm diese schmachtenden Blicke zuwerfen, die er auch noch mit einem unverschämten Zwinkern beantwortet.

Umso erstaunlicher, dass ich ihn an unserer Schule nie mit einem Mädchen gesehen habe. Kein Händchenhalten, keine Flirts in der Raucherecke, keine Knutschflecken am Hals.

Dafür gab es vor einem Jahr das Gerücht, er hätte was mit der Verkäuferin vom Kiosk gegenüber der Schule gehabt. Der zehn Jahre älteren Verkäuferin. Der von oben bis unten tätowierten Verkäuferin. Der Verkäuferin mit den tiefen Ausschnitten, aus denen die vollen Brüste beinahe rausfallen.

Allerdings hatte niemand eindeutige Beweise, und

ich selbst hegte sogar den Verdacht, dass Leo das Gerücht selbst gestreut hatte, um sich interessanter zu machen. Aber dafür hatte wiederum ich keine Beweise.

Wenn ich ihn mir allerdings jetzt hier so als Ballerina angucke, kann ich mir nicht vorstellen, dass er es mit dieser krassen, großbusigen Frau aufgenommen hat.

Und während ich mir all diese Gedanken mache, frage ich mich plötzlich, ob nur ein Einziger von den Hunderten Schülern dieser Schule sich jemals derartige Gedanken über mich gemacht hat.

»Meint ihr, die will mal Schriftstellerin werden oder so was?« Leo redet mit den anderen über mich. Ich tue so, als hätte ich das nicht gehört, als wäre ich ganz versunken in diese Zeilen, die ich schreibe.

Liebe stille Begleiterin, du musst manchmal auch als Alibi herhalten. Verzeih.

»Was willst du denn mal werden?«, fragt Chris, setzt sich an den Bühnenrand und fängt an, die Linse seines Fotoapparats zu polieren.

»Rettungssanitäter!«, schmettert Leo raus, während er sich ein glitzerndes Tuch um den Hals bindet.

»Was? Quatsch.«

»Wieso Quatsch?«

»Hast du nicht vorhin Gitarre gespielt und etwas von einem Gig erzählt? Willst du nicht Musiker werden?«

Leo hält verdutzt inne. »Und du meinst, du weißt jetzt alles über mich? Nur weil ich was von einem Gig gequatscht habe und diese Lederjacke trage, die übrigens jetzt Kollege Einstein anhat?«

»Hab ich doch gar nicht gesagt«, verteidigt sich Chris.

»Das ist, als würde ich sagen, dass du Fotograf werden willst, nur weil du die ganze Zeit mit deiner Kamera durch die Gegend rennst.«

»Ich will ja auch Fotograf werden.«

»Ach? Na, ist doch schön für dich.«

»Und du willst echt Rettungssanitäter werden?«, fragt Anton, dessen Tütü bei jeder Bewegung raschelt.

Eigentlich ist das dort oben eine ganz schön absurde Situation. Diese Jungs in den Elfenkostümen, die sich ganz seriös über ihre Zukunft unterhalten.

»Was weiß ich, was ich werden will? Wenn ich aus dieser Schule raus bin, will ich erst mal anfangen zu leben, also so wirklich, so richtig… Versteht ihr, was ich meine? Macht ihr euch ernsthaft schon Gedanken, was ihr mal werden wollt?«

Anton wiegt seinen Kopf hin und her. »Manchmal.«

»Und? Lass mich raten, du willst eine Mars-Expedition leiten?«

»Nein«, erwidert er, und dann huscht ein verschmitztes Lächeln über seine Lippen. »Aber vielleicht möchte deine Mutter das.«

Leo springt elfenhaft auf Anton zu, greift sich sein Gesicht und drückt ihm einen schmatzenden Kuss auf die Stirn. »Seht ihr, unser Anton hier ist ein echter Komiker. Und das alles hat er in nur wenigen Stunden gelernt, stellt euch bloß vor, zu was er fähig sein wird, wenn er eine ganze Woche zum Üben hat.«

Anton wischt sich mit dem Ärmel über die Stirn und weicht vorsichtshalber einen Schritt zurück. Das Lächeln bleibt aber.

Nell hat sich eine Straußenfeder aus der Requisitenkiste geangelt und in die Haare gesteckt. Sie wirft einen schnellen Blick in den Spiegel und dann in die Runde. »Im Internet gibt es Hunderte von diesen Berufstests. Ich glaube, ich habe sie fast alle gemacht, und immer kam in etwa das Gleiche raus – ich wäre ein Beratertyp, sollte ein Psychologiestudium anstreben oder irgendwas mit Pädagogik. Aber wisst ihr was? Ich will gar kein Beratertyp sein, ich finde Beratertypen ätzend.«

»Es ist bloß ein Internettest. Du musst dein Leben nicht davon abhängig machen«, erwidert Leo, setzt sich zu Chris an den Bühnenrand und lässt seine Beine baumeln.

»Schon klar, ich finde es nur so gruselig, dass wir von allen Seiten beeinflusst werden. Von unseren Eltern, den Lehrern, den Freunden, dem Berufstest im Internet, und am Ende weiß man vielleicht gar nicht mehr, was man selbst wollte oder am besten kann.«

»Dann musst du halt einen Selbstfindungstrip durch den Urwald machen oder so was.«

»Mein Opa hat mir den ersten Fotoapparat geschenkt, als ich sechs war, und mich damit auch beeinflusst«, schaltet sich Chris ein. »Er war dabei, seinen Dachboden auszuräumen, und ist über ein altes Modell gestolpert. Er sagte, es sei steinalt und es sei nicht weiter schlimm, wenn ich es kaputt machte. Also rannte ich damit durch die Gegend wie mit einem Spielzeug. Ich fotografierte alles: Blumen und Katzen, Briefkästen …«

Liebe stille Begleiterin, es scheint, als würde das ein längeres Gespräch werden. Ich komme nicht mehr hinterher mit dem Notieren. Ich versuche, es mir zu merken und später nachzutragen, aber Leo wollte geschminkt werden und vielleicht fällt mir ja auch noch was Kluges zu dem Thema ein.

Chris

Ich hatte bisher nie die Gelegenheit, Nell nachts zu sehen. Ihre halb geschlossenen Augenlider, ihr Gähnen hinter vorgehaltener Hand, ihre geröteten Wangen, so als hätte sie Fieber. Ich sehe sie an und denke mir, sie könne gar nicht mehr wunderschöner sein, und ein paar Augenblicke später ist sie es doch.

Eigentlich wusste ich, dass dies heute meine Nacht wird. Wir haben uns geküsst. Zwei Mal. Sie hat meinen Handrücken gestreichelt, ich ihr Haar.

Aber jetzt holen mich wieder die Zweifel ein.

Ich finde, im Kuss ist alles so klar. Beide wissen ganz genau, was sie wollen. Es gibt keine Fragezeichen im Kopf, kein Damals und auch kein Später, und es ist egal, ob die Zeit stehen bleibt oder die Welt untergeht – solange man im Kuss nicht gestört wird, ist alles recht.

Im Prinzip habe ich heute Nacht mehr bekommen, als ich mir hätte erträumen können, und dennoch bin ich nicht zufrieden, weil mich ständig diese Fragen quälen: Werden wir uns noch mal küssen? Auch morgen wieder?

Vielleicht sogar noch in einer Woche?

Soll ich am Montag, auf dem Schulhof, ganz selbstverständlich zu ihr hingehen? Oder ist alles, was hier passiert ist, bloß dem Sturm geschuldet und der Magie der Nacht und kann gegen die Welt dort draußen gar nicht standhalten?

Immerhin hat sie vorhin Ja gesagt, als ich sie fragte, ob sie sich die Fabrik ansehen möchte.

Nell liegt auf dem Rücken auf der Bühne, sie hat die Arme unter dem Kopf verschränkt und lauscht aufmerksam den Gesprächen, die schon eine ganze Weile eine neue Qualität erreicht haben. Es ist schon nach drei. Der große Sturm ist vorerst abgeflaut und mit ihm haben sich auch unsere Gemüter ein wenig beruhigt. Keiner ist mehr in Habachtstellung, niemand guckt skeptisch, die blöden Sprüche haben aufgehört. Na gut, außer von Leo, aber der kann nicht anders. Ich denke, wir haben jetzt trotzdem alle verstanden, dass er es nicht böse meint.

Valeska hat ihm Smokey Eyes geschminkt und dieser Typ sieht immer noch gut aus.

Ich habe ein paar Fotos davon gemacht, wie sie sich auf Knien gegenübersaßen, die Gesichter ganz nah beieinander, er mit geschlossenen Augen, sie mit einem feinen Pinsel und erstaunlich ruhiger Hand.

Anton hat sich nicht schminken lassen, er bestand darauf, auf sein Bauchgefühl zu hören, und das sagte ihm, es fühle sich schon komisch genug an, in einem Tütü herumzurennen.

Danach redeten wir noch über eine Menge anderer Dinge: Berufswünsche und Realityshows, Massentierhaltung, veganes Essen, ob es gerechtfertigt ist, Autos anzuzünden, um ein Zeichen gegen den Kapitalismus zu setzen, über die Wahrscheinlichkeit eines Dritten Weltkriegs, über Meinungsfreiheit und über Lieblingsfilme, über die Alkoholfahne unseres Direktors, über Schultratsch und darüber, wie sich in einer Klasse immer die gleichen Gruppen und Cliquen bilden.

Mir schwirrt bereits der Kopf, und dann macht Leo auch noch den Vorschlag, ein Spiel zu spielen, bei dem man ganz ohne Nachdenken, aus dem Bauch heraus, auf Fragen antworten soll.

»Okay, ich fange einfach mal an. Also, der heftigste Albtraum, den ihr je hattet?«

Nell dreht sich auf die Seite und stützt den Kopf in ihre Hand. »Kann ich?«

Leo nickt. »Klar, aus dem Bauch heraus.«

»Ich habe mal geträumt, dass ich nachts durch die Straßen laufe und von einem Mann verfolgt werde. Ich laufe immer schneller, mache immer größere Schritte und bekomme Seitenstechen. Als ich dann um die Straßenecke biege, kann ich schon unser Haus sehen, also beeile ich mich auf den letzten Metern. Der Typ ist immer noch hinter mir. Als ich unser Haus endlich erreiche, merke ich, dass ich keinen Schlüssel dabeihabe. Ich werde panisch. Glücklicherweise steht das Fenster im Erdgeschoss offen und meine Mutter sitzt im Wohnzimmer und liest ein Buch. Ich klettere durch das Fenster rein, und meine Mutter sieht zu mir auf und fragt, was los sei. Ich sage ihr, dass ich meinen Schlüssel vergessen habe, und sie deutet auf den Tisch. Dort liegt er. Ich schnappe mir den Schlüssel und keine Ahnung wieso, aber ich klettere wieder aus dem Fenster nach draußen, um die Tür zum Haus mit dem Schlüssel zu öffnen, obwohl ich doch schon drin war. Und in dem Moment, als ich den Schlüssel ins Schlüsselloch stecke, legt der Mann seine verschwitzte Hand auf meinen Mund und zieht mich weg.«

Alle halten den Atem an, aber Nell sagt nichts mehr.

»Und dann?«, fragt Valeska.

»Dann bin ich aufgewacht.«

»Aber warum bist du denn noch mal aus dem Fenster raus? Das ergibt doch gar keinen Sinn.« Anton runzelt die Stirn.

»Keine Ahnung, es war doch ein Traum.«

Der Gedanke, dass es Nell schlecht geht, dass sie Albträume hat oder Ängste, macht mich irgendwie fertig, und ich würde sie am liebsten in meine Arme nehmen, aber ich bin mir nicht sicher, ob das in diesem Moment, mit den anderen um uns herum, richtig wäre.

»Okay, okay, wir dürfen die Antworten nicht zerreden«, stellt Leo klar. »Das Spiel funktioniert nur, wenn man nicht zu viel nachdenkt, versteht ihr? Lassen wir Nells Albtraum einfach so stehen und machen weiter. Nächste Frage, was war das Dümmste, was ihr je gemacht habt?«

»Ich bin mal S-Bahn gesurft«, rutscht es mir heraus. Das Prinzip des Spiels scheint zu funktionieren.

»Nein!« Leo macht ein fassungsloses Gesicht.

»Doch. Vor ein paar Jahren. Ich glaube, ich war zwölf oder so. Ich habe mit meinen Eltern Bekannte in der

Stadt besucht. Ihr Sohn, er war ein paar Jahre älter als ich, hat es mir gezeigt. Kennt ihr noch diese alten Bahnen, die, bei denen man während der Fahrt die Türen aufmachen konnte?«

»Ich habe mal eine Dokumentation über S-Bahn-Surfer gesehen. Es gab Hunderte Tote«, wirft Anton ein.

Ich zucke mit den Schultern. »Kann sein. Jedenfalls war ich da mit diesem älteren Jungen unterwegs, es saß sonst niemand im Waggon, und da machte der auf einmal die Tür auf. Wir saßen ein paar Sekunden davor und genossen den Fahrtwind, aber dann sprang er plötzlich auf und kletterte raus. Er hielt sich mit einer Hand am Türgriff fest, streckte den anderen Arm weit von sich und kreischte... vor Freude oder Schiss oder was weiß ich. Und ich wusste, dass es dumm war, ich hatte davon gelesen, dass Leute dabei draufgegangen waren, aber irgendwie wollte ich selbst spüren, was für ein Gefühl das ist, also winkte ich meinen Freund wieder rein und ging an seiner Stelle raus.«

»Und?« Nells Augen glänzen vor Aufregung.

»Es war genial.«

»Ja, da wette ich drauf.« Sie lächelt mir so verschwörerisch zu, als würde sie es gleich morgen mit mir ausprobieren wollen.

»Aber es war total dumm«, schiebe ich schnell hinterher. »Ich kann echt froh sein, dass nichts passiert ist.«

»So ähnlich fühlte es sich wahrscheinlich auf dem Dach vorhin an.« Valeska zieht Radtkes Jacke aus, rollt sie behutsam zusammen und legt ihren Kopf drauf ab.

»Komisch. So was Dämliches habe ich dir gar nicht

zugetraut.« Leo hat eine Zigarette aus seiner Schachtel gefischt, dreht sie aber bloß zwischen seinen Fingern, ohne sie anzuzünden. »Was war das Fieseste, was jemand je über euch gesagt hat?«

Alle machen ein nachdenkliches Gesicht.

»Spasti, Schwanzlutscher, Evolutionsbremse.« Anton zuckt mit den Schultern, als ob es nichts Besonderes wäre.

»Echt?« Valeska hebt schockiert den Kopf. »Wer hat das gesagt?«

»Ich bin keine Petze.«

»Ich würde denen dafür eine reinhauen«, sagt Leo.

»Ja. Du!«

»Soll ich das für dich erledigen?«

»Nein.«

»Ich würde es machen.«

»Danke, wirklich. Aber ich komme schon damit zurecht.«

»Mann, so eine Schule ist echt kein schöner Ort«, stellt Nell fest. Sie richtet sich wieder auf, setzt sich im Schneidersitz hin und bekommt vor Aufregung noch rötere Wangen, als sie sowieso schon hat. »Ich meine, Mobbing, Langeweile, Lehrerwillkür. Warum lassen wir uns das alles eigentlich gefallen?«

»Oh, Achtung, Jeanne d'Arc schreitet zur Tat!«

»Ach, komm schon, Leo, du wärst doch als Erster dabei.«

»Nee, lass mal.« Er winkt ab. »Ich kann gerne den Trotteln, die unseren Kumpel hier beleidigen, eine reinhauen, aber ich werde mich bestimmt nicht in der Schülervertretung engagieren oder so.«

»Warum nicht?«

»Weil das alles immer Laber-Rhabarber ist. Alle sitzen sie brav im Stuhlkreis, haben sich Kaffee oder Tee in der Thermoskanne mitgebracht, reden sich ihr Leben schön und quatschen stundenlang über Belanglosigkeiten. Danke, ist nicht mein Ding.«

»Also lieber den Kopf in den Sand stecken?« Nells Augen blitzen auf, sie kräuselt empört ihre kleine Nase und wird wieder ein Stück schöner.

»Hey, sei nicht so überheblich. Ich stecke ganz bestimmt nicht den Kopf in den Sand. Ich habe meine Art, mit solchen Dingen umzugehen, und wenn du Revolution bei Latte macchiato machen willst, dann mach doch, aber bitte verschon mich damit.«

»Ich trinke gar keinen Latte macchiato!«

»Schon gut, schon gut, wir wollten doch die Antworten nicht zerreden«, werfe ich mich dazwischen. Ich muss Nell nicht verteidigen, sie ist viel schlagfertiger und selbstsicherer als ich, aber jetzt ist es mir schon rausgerutscht. Ich hoffe nur, sie nimmt es mir nicht übel.

»Also gut«, gibt sie nach. »Dann die nächste Frage. Wer von euch hat seine Eltern schon mal beim Sex erwischt?«

Valeska hebt die Hand.

Wir gucken alle neugierig zu ihr, außer Anton, der zupft mit roten Ohren an seinem Tütü rum.

»Ich war acht. Ich dachte, meine Mutter hätte Schmerzen, also ging ich nachschauen.«

»Oh Gott!« Nell schlägt sich die Hand vor den Mund, Leo grinst breit, wie immer, und ich schaue zu Boden,

277

weil ich nicht weiß, was die angemessene Reaktion darauf ist.

Wir erzählen uns gerade ziemlich intime Dinge. Vor wenigen Stunden wäre das noch undenkbar gewesen. Vor wenigen Stunden haben wir uns noch skeptisch beäugt und sehr darauf aufgepasst, was wir zu wem sagen.

Die Müdigkeit lässt uns unachtsam werden.

Ich weiß nicht, ob das okay ist. Gerade jetzt fühlt es sich gut an, aber was wird am Montag in der Schule sein? Seien wir doch ehrlich, wir werden nicht plötzlich eine Clique werden, nur weil wir eine Nacht zusammen verbracht haben. Wir werden die Alten sein. Anton wird wieder einstecken müssen, Valeska wird umringt von ihren Bewunderern auf dem Schulhof stehen und so tun, als würde sie sich amüsieren, Leo wird weiterhin durch die Schulflure stolzieren wie ein Pfau. Aber wenn ich das logisch fortführen will, muss ich mir auch eingestehen, dass Nell hiernach ebenfalls nichts mehr mit mir zu tun haben will. Und das geht nicht! Das geht einfach nicht. Das wäre noch schlimmer, als wenn sie mir von vornherein einen Korb gegeben hätte. Also entscheide ich mich dafür, doch an Magie zu glauben, an eine stürmische Nacht, in der alles durcheinandergewirbelt wurde. Daran, dass wir netter zueinander sein könnten, weil wir gemeinsam im Lehrerzimmer gewütet haben, und daran, dass uns seit heute vielleicht etwas verbindet.

Ich habe 178 Fotos von dieser Nacht.

»Du hast noch auf keine Frage geantwortet.« Valeska

unterbricht meine Gedanken und deutet mit dem Finger auf Leo.

»Na, dann frag doch.«

Sie überlegt einen Moment. »Gut. Wann und wieso hast du das letzte Mal geweint?«

»Tsss.« Er schüttelt den Kopf und schaut dann hilfesuchend zu Nell. »Hey, Weltverbesserin, läuft das nicht unter Mobbing?«

Jetzt hat auch Nell ihren Spitznamen abgekriegt.

»Findest du?«, erwidert sie und grinst.

»Ich finde, das ist die fieseste Frage von allen.«

»Du hast das Spiel vorgeschlagen«, erinnert ihn Valeska.

»Dann tausche ich eben gegen Tat ein.«

»Hä?«

»Na Tat, so heißt das Spiel: Wahrheit, Tat oder Pflicht.«

»Das hast du vorhin nicht gesagt«, protestiert Valeska, die den Kopf wieder in Radtkes Jacke gekuschelt hat.

»Lass doch«, schaltet Nell sich ein. »Wir überlegen uns schon noch was Schönes für ihn.« Sie reibt sich lächelnd die Hände, aber da kommt Anton ihr zuvor.

»Schenk mir deine Jacke!«

»Was?«

»Schenk mir deine Jacke.«

»Das habe ich schon verstanden. Nur das *Warum* nicht.«

»Weil es deine Tat ist.« Anton sieht fragend in die Runde und wir nicken zur Bestätigung.

»Was ist denn das für eine Tat? Ich dachte eher an so was wie auf den Lehrertisch kacken oder so.«

»Aber das würde dir doch Spaß machen«, erwidert Valeska.

»Na und?«

»Aber eine Tat muss wehtun.«

»Wer sagt das?«

»Das ist so!«

»Mann, mit euch zu spielen ist echt hart. Ihr habt ganz schön beknackte Regeln.« Sein lässiger Gesichtsausdruck wird durch einen schmerzvollen verdrängt. Er schaut zu Anton und schüttelt den Kopf, erst heftig, dann etwas langsamer und dann nur noch resigniert. »Du hast doch gesagt, dass du dich albern fühlst in der Jacke.«

»Vielleicht gewöhne ich mich daran«, gibt Anton zurück.

»Ich weiß nicht, Mann.« Leo springt auf und läuft ein paar nervöse Runden über die Bühne. Er könnte mir leidtun, tut er aber nicht, denn obwohl es eine heftige Nummer von Anton ist, bin ich mir sicher, dass Leo das wegsteckt.

»Ja. Okay. Kannst meine Jacke haben, Kumpel. Ich hoffe, du bist jetzt stolz auf dich.«

»Ehrlich?«

»Ja, ehrlich.«

»Wirklich?«

»Jaaa! Oder willst du noch eine Schenkungsurkunde haben?« Schweißtropfen haben sich auf seiner Stirn gebildet, und als er sich mit der Hand über die Stirn fährt, verwischt er einen Teil seines Augen-Make-ups gleich mit. »Aber ich will das Zeug aus den Taschen haben.«

»Okay ... Danke, ich meine ... Danke«, stottert Anton,

als sei er nicht mehr so sicher, ob er das durchziehen soll.

»Steht dir sowieso viel besser«, sagt Valeska und zwinkert ihm aufmunternd zu.

»Her mit den Sachen.« Leo hockt sich neben Anton hin und hält ihm seine ausgestreckte Hand entgegen. Anton greift mit einem unsicheren Lächeln in die Taschen und holt einen Kugelschreiber, einen MP3-Player, ein Plektrum, ein paar lose zerknitterte Zettel und zwei Billy-Boy-Kondome raus.

»Innen sind auch noch zwei Taschen.«

Und während die Jungs weiter Übergabe machen, rutsche ich zu Nell rüber, und mir fällt ein großer Stein vom Herzen, als sie meine Hand mit ihren Fingern berührt und mir dabei innig in die Augen schaut.

»Hey.«

»Hey.«

»Geht es dir gut? Du hast ganz rote Wangen.«

Sie fährt sich mit Hand über das Gesicht. »Ich könnte auf der Stelle einschlafen.«

»Dabei wollten wir doch noch eine wilde Party schmeißen«, necke ich sie.

»Der Mann hat recht«, mischt sich Leo ein. »Ihr habt mich schon vorhin um meine Party gebracht.« Er schnappt sich seinen MP3-Player und hüpft in seinem Röckchen zur Anlage. »Ich knipse dieses Klassik-Gedudel aus und mache mal richtige Musik rein.«

»Wartet!« Valeska zieht ihr Buch unter der Jacke hervor und schiebt es in die Mitte der Bühne. »Würdet ihr mir vorher noch was in mein Buch schreiben?«

Leo seufzt. »Aber danach ist auf jeden Fall Party angesagt!«

»Versprochen«, erwidert Valeska und legt ihren Stift daneben.

Aber damit gibt sich Leo nicht zufrieden, er sieht uns allen nacheinander in die Augen, bis auch wir brav nicken.

Nell schnappt sich Valeskas Buch als Erste, schlägt es auf und fängt an zu schreiben.

Nell

Liebe Valeska,

hm, das hört sich komisch an, irgendwie so offiziell. So wie: sehr geehrte Frau Valeska. Haha. Wobei das schon wieder lustig wäre. Na ja. Du siehst, ich spinne rum. Das liegt daran, dass ich müde bin und gleichzeitig voll aufgekratzt.

Immer wieder habe ich mich im Laufe der Nacht gefragt, ob ich träume.

Ich muss vieles, was ich gestern noch geglaubt habe, gründlich überdenken.

Und weil dieser Sturm vielleicht eine Möglichkeit für einen Neuanfang ist, will ich dir etwas gestehen.

Es gab einige Tage, an denen ich schlecht über dich gedacht habe. Manches habe ich sogar gesagt. Mit meinen Freundinnen habe ich hin und wieder über dich gesprochen.

Ich will dir das jetzt nicht im Detail wiedergeben, aber im Großen und Ganzen ging es immer darum, dass du Vorteile im Leben hast, wegen deiner schönen Haut und den Augen und Lippen und den Haaren und der Figur und deinen Klamotten.

Hätte ich jemand anders so über dich reden hören, hätte ich gesagt, der sei neidisch. Nur bei mir, da dachte ich, ich hätte den Durchblick und würde dich, als eine der wenigen, als das sehen, was du bist: eine blöde Kuh.

Entschuldige.

Das bist du natürlich nicht.

Die einzige blöde Kuh hier bin ich.

Ich glaube, ich könnte dir das nicht so einfach ins Gesicht sagen, aber es hier aufzuschreiben, fühlt sich gut und richtig an.

Was ich eigentlich sagen wollte: Ich fand es schön mit dir. Ich mochte unser Gespräch und auch alles andere, was wir heute hier gemeinsam gemacht haben.

Irre, oder, wie viele Dinge in einer Nacht passieren können?

Und gleich steigt auch noch diese Party. Ist das Mando Diao, was Leo da angemacht hat?

Also vielleicht, wenn du mich jetzt nicht für bescheuert hältst und mich nicht mehr leiden kannst, weil ich noch gestern dachte, dass du eine blöde Kuh bist, vielleicht magst du dann mal bei mir vorbeikommen. Wir könnten Tee trinken oder uns einen Film ansehen. Ich wollte demnächst anfangen zu nähen. Meine eigenen Klamotten. Hättest du Lust, mit mir zu nähen? Ich würde mir gerne mal das Schnittmuster von einem deiner Kleider klauen. Dieses blaue Kleid mit dem seidenen Gürtel, weißt du?

Du kannst es dir ja mal überlegen.
Ich würde mich total freuen.

Große Umarmung!
Nell!

Anton

Valeska.

Erst bietest du mir deine Freundschaft an, jetzt darf ich in dein Buch schreiben. Ich gebe zu, ich bin mit beidem überfordert.

Trotzdem, ich finde beides sehr nett von dir.

Das mit der Freundschaft wird ein großes Experiment für mich. Aber, wie du dir wahrscheinlich denken kannst, bin ich ein großer Fan von Experimenten.

Mit dem Züchten von Kristallen habe ich im Kindergarten angefangen, dann kam der Chemiebaukasten, Urzeitkrebse, *Abenteuer Raumfahrt*, Physik-Leistungskurs und so weiter.

Auf der zwischenmenschlichen Ebene habe ich mich schwergetan. Tatsächlich dachte ich bis heute, das liege ausschließlich an den anderen. Ausgerechnet Leo musste mich eines Besseren belehren. Mein Hemd liegt jetzt im Müll. Das ist natürlich nur ein symbolischer Akt. Ich weiß, dass sich dadurch allein nicht viel ändert.

Aber wenn du das vorhin ernst gemeint hast, wenn

du mich wirklich zum Freund haben möchtest, werde ich mir alle Mühe geben.

Weißt du, meine Mutter hat eine große Vorratspackung von diesen Asthmasprays. Ich packe eins davon in meinen Rucksack. Und wenn dir mal wieder das Atmen schwerfällt und du dein Spray vergessen hast: DU WEISST JA, DU KANNST IMMER AUF MICH ZÄHLEN.

Das ist doch so ein echter Freundschaftssatz, nicht wahr? Jedenfalls habe ich ihn in Filmen recht häufig gehört.

Nur ich habe ihn bis heute noch nie jemandem gesagt.

Aber ich gebe mir Mühe.

Anton

Chris

Hallo, Valeska,

ich will diese Gelegenheit hier nutzen, um dir zu beschreiben, wann es mir gelungen ist, das perfekte Foto von dir zu machen.

Erinnerst du dich an den Schulball vor einem Jahr in der Aula? Ich glaube, Francesca aus der Zehnten hatte diese Idee beim Direx durchgedrückt, nachdem sie von ihrem Schüleraustauch aus den USA zurückkam. Sie wollte uns ein Stück amerikanischer Kultur näherbringen.

Ehrlich? Als würden wir nicht in jedem zweiten Film, den wir anschauen, eine verdammte Schulballszene sehen.

Aber der Direx fand die Idee »absolut klasse!«.

Ganz im Gegensatz zu geschätzten achtzig Prozent der Schüler. (Ich habe mich immer gefragt, warum eigentlich trotzdem alle gekommen sind? Warum ich gekommen bin? Gruppenzwang?)

Die Einzigen, die es toll fanden, waren Francesca und

ihre Mädchen-Clique, die von Woche zu Woche ihre Besetzung wechselt. Na ja, aber eigentlich ist das nebensächlich. Obwohl, die Mädels aus der Clique waren insofern interessant, als dass sie so viele bunte Glitzerkleider zum Ball aufgefahren haben. Für meine Kameralinse war das ein großes Farbfest. Ganz besonders am späten Abend, als die goldenen Pailletten einen ganz großartigen Kontrast zu dem Erbrochenen an der Schulmauer bildeten. Kunst mit Botschaft, du weißt schon.

Du standest den halben Abend neben der Bühne herum, auf der ich gerade sitze, vor den langen, schweren Vorhängen, welche die hohen Fenster der Aula verdunkelten. Diese grauen Vorhänge hatten beinahe den gleichen Farbton wie dein Kleid. Du hattest dich gut getarnt, man musste schon zweimal hinsehen, um dich zu entdecken.

Ich stellte mich auf die gegenüberliegende Seite. Zwischen uns war die Tanzfläche, auf der sich dann doch einige Tanzwütige tummelten. Ich erinnere mich noch genau, es lief »Sweet Dreams« von Beyoncé und die Mädchen versuchten alle, diese Beyoncé-Moves nachzumachen. (Wer kann das schon, bitte schön? Niemand!)

Ich hob die Kamera nicht vors Gesicht, sondern hielt sie, um dich nicht aufzuschrecken, unauffällig in meinen Händen, etwa in Bauchhöhe, mit einem heimlichen Blick auf das Display. Und ich gebe zu, ich drückte etwa fünfzigmal ab, aber dann gelang es mir schließlich. Das perfekte Foto. Du und der Vorhang, Grau in Grau. In deinem Gesicht liegen so viele verschiedene Ausdrücke, dass ich immer wieder fasziniert bin, wenn ich das Bild ansehe: Sehnsucht, Verachtung, Unsicherheit. Der Traum eines jeden Fotografen. Im Vordergrund unscharfe, herumwirbelnde pinke und gelbe Tüllkleider.

Der absolute Hammer!

Ich wollte dir das Bild schon lange zeigen, aber dann hatte ich immer wieder Angst, es könnte dir nicht gefallen. Das hätte ich nicht verkraftet.

Seit heute weiß ich, du würdest es lieben.

Jetzt habe ich doch viele Worte geschrieben, das war nicht meine Absicht.

Nur eins noch:

War das nicht ein Wahnsinnssturm heute? Du und Leo habt ihn sogar draußen live mitbekommen.

Und wenn es echt ein Jahrhundertsturm war, dann war es möglicherweise der Einzige dieser Art in unserem Leben.

Ist das nicht ein großartiger Gedanke?

Chris

Leo

»Muss ich da jetzt wirklich was reinschreiben?«, frage ich, als Chris mir das aufgeschlagene Buch reicht.

»Du musst überhaupt nichts«, antwortet Valeska, ich kann aber in ihren Augen die Enttäuschung sehen, auch wenn sie sich größte Mühe gibt, sie zu verstecken.

»Also, gib schon her.« Ich nehme Chris das Buch aus der Hand. »... und wenn es echt ein Jahrhundertsturm war ...«

»Hey! Du sollst nicht meins vorlesen!«

»Schon gut, schon gut.« Ich setze mich an den Bühnenrand, schlage eine neue Seite auf und schreibe:

Hey! Prinzessin!
Ich weiß, dass du es nicht leiden kannst, wenn ich dich so nenne, aber sag mal: Bist du jetzt eigentlich verknallt in mich oder nicht?
Love, Leo.

»So, fertig!« Ich schlage das Buch feierlich zu und überreiche es der Besitzerin. Hoffentlich schaut sie gleich rein.

»Schon fertig?« Sie nimmt es mir ab und streicht liebevoll mit der Hand über den Einband.

»Ich bin ein Mann weniger Worte.«

»So, so.«

»Dafür schlagen sie ein wie der Blitz.«

»Aha.« Sie hört einfach nicht auf, diesen roten Samteinband zu streicheln.

»Willst du nicht reingucken?«

»Später vielleicht.« Sie wendet sich ab, kniet sich auf die knarrenden Bühnenbretter und verstaut das Buch wieder unter der Jacke. Schade eigentlich.

»So Freunde, und jetzt habt ihr mir eine Party versprochen!« Ich tanze zur Anlage, öffne die Playlist auf meinem MP3-Player und suche nach dem richtigen Lied für den Auftakt.

»Also, ich habe genau genommen gar nichts versprochen.« Anton zupft an seinem Tütü, als würde es ihn zwicken.

»Na ja, doch, irgendwie haben wir es versprochen«, widerspricht Nell, wirkt aber auch nicht sonderlich begeistert.

Chris fummelt an seiner Kamera herum und Valeska weicht meinem Blick aus.

Ich werde ihnen jetzt nicht noch einmal unter die Nase reiben, dass sie ein lahmer Haufen sind, obwohl sie es verdient hätten. Das würde nur wieder eine Endlosdiskussion auslösen, und ich finde, wir haben heute schon genug gequatscht. Und da ich weiß, dass jede Party einen Vortänzer braucht, werde ich diese Aufgabe überragend erfüllen.

»So, jetzt kommt das geilste Lied auf der ganzen Welt, haltet euch schon mal bereit.« Ich wähle »Mean Street« von Mando Diao, weil es wirklich das geilste Lied auf der ganzen Welt ist, und wer dazu nicht tanzt, dem kann ich auch nicht mehr helfen.

Die ersten Töne erklingen, und ich nehme Anlauf, springe von der Bühne und wirbele auf dem grauen Linoleum der Aula herum, trete Stühle zur Seite und stampfe mit meinen Boots den Takt.

»*Let me take you for a ride*«, gröle ich mit, hebe die Arme und winke den vier, mir zu folgen.

Valeska kommt als Erste von der Bühne gehüpft. Sie löst ihren Dutt und wirbelt ihr langes schwarzes Haar durch die Luft. Na bitte, geht doch!

Take my hand and close your pretty eyes.

Ich bewege mich auf sie zu, strecke meine Hand nach ihrer aus, aber sie schüttelt lachend den Kopf, rempelt mich von der Seite an und tanzt wieder davon. Chris und Nell nehmen die Bühnentreppen nach unten, sie halten sich an den Händen und wagen sich, nach kurzem Zögern, auf die Tanzfläche. Anton steht noch oben, fummelt weiter an seinem Kostüm rum und hofft wahrscheinlich, dass er von unserem Radar verschwindet, aber das lasse ich ihm nicht durchgehen.

»Anton! Du hast zwei Optionen«, warne ich ihn. »Entweder du kommst freiwillig hier runter oder ich komme dich holen.«

»Ich habe hier ... ich muss ...«

»Eins ...«

»Ich lasse mich nicht unter Druck setzen!«

»Zwei …«

»Tanzen gehört nicht zu meinen …«

»Drei!« Ich nehme Anlauf und schwinge mich auf die Bühne.

Valeska kreischt vor Lachen, Anton hingegen reißt nur die Augen auf und versucht, mir auszuweichen, aber ich bin gerade in Bestform, die Musik treibt mich an. Nur wenige Schritte, und schon habe ich ihn gepackt und über die Schulter geworfen. Er ist federleicht. Sein Kostüm raschelt unter meinem Griff, während er mit den Beinen strampelt, allerdings halbherzig. Ich glaube, es macht ihm langsam Spaß.

Ich poltere mit ihm die Treppe runter und stelle ihn auf der Tanzfläche ab.

»Es hat keinen Sinn, sich zu wehren. Du weißt doch, er gibt sowieso keine Ruhe!«, ruft Valeska ihm lachend zu.

Auch Nell lächelt aufmunternd und Chris streckt seinen Daumen in die Höhe.

Anton steht wie angewurzelt da und läuft knallrot an, während ich um ihn herumtanze, ihn zu animieren versuche und ihm meine geilsten Tanzschritte präsentiere. Ich muss schon sagen, dafür, dass er mir meine Lederjacke abgeschwatzt hat, gebe ich mir ziemlich Mühe mit ihm.

Chris und Nell lösen sich voneinander, und Nell kommt mir zur Hilfe, indem sie ihre Hand nach seiner ausstreckt. Und weil Anton ein höflicher Kerl ist, ergreift er ihre Hand, auch wenn es ihn enorme Überwindung kostet. Ich hüpfe zurück auf die Bühne, um den Repeat-Knopf zu drücken. Stimmungsmäßig ist nach oben noch einiges offen. Einzig Valeska ist schon voll drin, sie tanzt durch den ganzen Raum, schleudert ihren Kopf hin und her, während das Haar ihr ins Gesicht peitscht. Chris zieht jetzt seine Schuhe aus und versucht, in Socken, den Moonwalk zu tanzen, während Anton, mit Nells Hilfe, ein paar erste Hüftschwünge zustande bringt. Ich drehe den Regler noch ein bisschen lauter. Chris pfeift, Valeska klatscht, Nell stampft den Takt mit, Anton konzentriert sich auf seine Füße, tanzt sich aber langsam frei.

Das Lied fängt wieder von Neuem an und ich stürme zurück auf die Tanzfläche. Ich drehe mich um mich selbst, erwische doch mal Valeskas Hand und lasse sie Pirouetten drehen. Ihre sonst so bleiche Haut ist ganz erhitzt, die Wangen glühen und ein paar Haarsträhnen fallen ihr wild über die Augen.

Chris tanzt zum Pult, von dem aus die Scheinwerfer bedient werden. Er dreht an den Reglern und drückt ein paar Knöpfe. Natürlich ist das strengstens verboten, da dürfen nur die von der Tontechnik-AG ran, und dass Chris sich einen Dreck darum schert, macht ihn mir nur noch sympathischer. Es wird plötzlich ganz hell, dann wieder dunkel, die Bühne wird in rotes Licht getaucht, der Zuschauerraum in gelbes. Als das blitzende Stroboskoplicht angeht, fangen wir an, Roboterbewegungen zu machen. Das scheint Anton besonders zu gefallen, er geht ganz aus sich raus, streckt seine angewinkelten Arme in alle Richtungen, geht in die Knie, legt seinen Kopf schief und kommt wieder hoch. Dann wird es wieder ganz dunkel, es vergehen einige Sekunden, und plötzlich geht ein einzelner, heller Scheinwerfer an und auf dem Boden tanzen tausend kleine Punkte. Ich schaue zur Decke, reiße die Arme hoch, strecke sie der Discokugel entgegen, die mir in meiner gesamten Schullaufbahn noch nie aufgefallen ist. Die Mädels bewundern lachend ihre Arme, die mit den weißen Pünktchen übersät sind, Chris schießt vom Pult aus ein paar Fotos und ich erhasche einen begeisterten Blick von Anton. Wir nicken uns zu, dann werfe ich mich auf den Boden, um in dem Pünktchen-Meer zu baden. Ich mache bescheuerte Schwimmbewegungen, wälze mich hin und her und strecke alle viere von mir.

Das Lied fängt noch einmal von vorne an, und dann noch drei oder vier weitere Male, ich höre auf mitzuzählen.

Ich habe einen Teil meines Kostüms in die Ecke geschmissen, das Tütu habe ich mir über den Kopf gezogen. Valeska hat ihr Shirt unter den Brüsten zusammengeknotet und tanzt jetzt bauchfrei, während Anton sich an den Rand der Tanzfläche zurückgezogen hat, um etwas zu verschnaufen. Nell hat es sich anscheinend zur Aufgabe gemacht, hinter den Pünktchen herzujagen, wenigstens guckt sie mich nicht mehr so mürrisch an.

Ich weiß selbst nicht, was mich reitet, aber ich trete an Chris ran, der auf dem Boden liegt und Aufnahmen von der Discokugel macht. »Froschperspektive, hm?«

»Genau«, antwortet er, ohne vom Sucher aufzublicken.

»Du, ich muss mal mit Nell reden.«

Jetzt blickt er doch auf und zieht die Augenbrauen zusammen. »Mach doch.«

»Nur ganz kurz.«

»Du musst mich nicht um Erlaubnis fragen.«

»Ich weiß. Ich frage trotzdem.« Keine Ahnung, irgendwie liegt mir gerade dran, keine Missverständnisse aufkommen zu lassen.

»Brauchst du nicht. Aber sag mal, kann ich endlich mal ein anderes Lied anmachen?« Er hält mir seine Hand hin und ich helfe ihm wieder auf die Beine.

»Klar kannst du, brauchst mich nicht um Erlaubnis fragen.« Ich zwinkere ihm zu. Und während er sich auf den Weg zur Anlage macht, fange ich Nell ab.

»Können wir kurz reden?«

»Jetzt?«

»Ja.«

»Wieso jetzt?

»Weil ich es sonst wieder vergesse.«

Sie zuckt mit den Schultern. Ich deute mit dem Kopf zur Tür.

»Na gut.« Sie folgt mir nach draußen.

Als wir in dem dunklen Flur stehen, kommt mir meine Idee schon weniger gut vor. Das mit den Aussprachen ist nicht mein Ding. Ich hätte einfach weitertanzen sollen.

»Also?« Sie sieht mich mit einem argwöhnischen Blick an.

»Also, ich wollte … ich sollte … Äh, was meintest du eigentlich vorhin mit der Praline?«

»Bitte was? Deshalb sollte ich jetzt mitkommen?« Sie wirft einen Blick durch den Türspalt in die Aula, als würde sie jeden Moment wieder dort drin verschwinden.

»Nein. Ich wollte mich eigentlich entschuldigen.« Das hätte ich schon mal hinter mir.

»Eigentlich entschuldigen?« Sie verschränkt die Arme vor der Brust.

Verstehe, so leicht will sie es mir nicht machen.

»Nicht eigentlich, sondern tatsächlich.«

»Aha.«

»Für vorhin, in der Umkleide.«

»Und für was genau?«

Diese Frauen, echt, können einen ganz schön zappeln lassen.

»Für was genau … für was genau … Ich weiß es doch auch nicht. Irgendwas ist da schiefgelaufen. Ist mir so auch noch nie passiert. Also, bei den anderen fünfzehn Mädchen in der Umkleide … Nein, nein, Spaß. Okay, ich denke, ich war irgendwie zu … forsch? Das ist doch so ein Anton-Wort, oder?«

»Möchtest du jetzt wie Anton klingen?«

»Nein, aber er hat doch immer die richtigen Worte.«

»Was möchtest du denn jetzt eigentlich sagen?« Ihr Blick ist immer noch skeptisch und sie wippt ungeduldig mit dem Fuß.

»Ich möchte sagen, dass ich ein Arsch war und dass es mir leidtut.«

Jetzt endlich verschwinden die kritischen Falten von ihrer Stirn. »Okay. Danke.«

»Wie okay? Das war's?«

Jetzt lacht sie sogar. »Das ist echt mehr, als ich erwartet habe.«

»Verstehe.«

Ich kratze mich am Kopf. Vermutlich ist das kein Kompliment, aber ich will da jetzt auch nicht zu sehr in die Tiefe gehen. Wenn es für sie okay ist, ist das doch super.

»Und das mit der Praline?«

»Ach, das war doch bloß Quatsch.«

»Ich hab es nicht verstanden.«

»Da gibt es auch nichts zu verstehen, vergiss es einfach.« Sie winkt ab.

»Also, können wir Freunde bleiben?« Ich strecke ihr versöhnlich meine Hand entgegen.

»Wir waren nie Freunde.«

»Heute sind wir Freunde.«

Sie macht ein erstauntes Gesicht. »So einfach ist das?«

»Klar.«

Sie scheint einen Moment zu überlegen.

Tja, eigentlich schade, süß ist sie ja. Wir hätten uns ein paar gute Wochen machen können, aber wahrscheinlich ist sie bei Papparazzo besser aufgehoben.

»Na gut, Freunde.« Sie ergreift meine ausgestreckte Hand und schüttelt sie kurz und förmlich.

»Fantastisch! Weißt du, ich habe nicht so viele weibliche Freunde.«

Sie grinst und greift nach der Türklinke. »Hm, woran das wohl liegt …«

»Ach, lassen wir das … Sollen wir wieder rein?« Ich nehme ihr die Klinke aus der Hand, öffne die Tür und deute mit der Hand in den Saal.

Sie grinst mich an, macht einen kleinen Knicks und geht zurück in die Aula.

Ich werfe einen schnellen Blick hinter uns, mir war

so, als hätte ich einen Scheinwerfer durch die Flurfenster blitzen sehen, aber wahrscheinlich habe ich mir das nur eingebildet.

Drinnen kommt Valeska auf uns zugerollt. Sie trägt Rollschuhe an den Füßen, und es sieht aus, als wäre es ihr erstes Mal, so wie sie mit den Armen fuchtelt. Auch Anton sitzt auf dem Boden und schnürt sich so Dinger an die Füße.

»Wo habt ihr die her?« Ich strecke meine Arme aus und bin bereit, Valeska jeden Moment aufzufangen.

»Hier ist noch mehr Zeug.« Anton deutet auf eine weitere Truhe, die er anscheinend unter der Bühne hervorgezogen hat, dann zurrt er den Schnürsenkel fest und kommt sehr elegant wieder auf die Beine. »Okay, kann losgehen.« Er gibt Chris, der an der Musikanlage sitzt, ein Handzeichen, und Chris drückt auf meinem Player auf Start. »Hamma« von Culcha Candela dröhnt aus den Lautsprechern.

»Das ist nicht auf meinem Player drauf!«, protestiere ich und kann mir nicht erklären, was Chris da eingestellt hat.

»Oh doch!«, ruft er. »Sogar unter der Rubrik *Lieblingslieder*.«

»Nie im Leben!«

Chris grinst und hebt die Augenbraue, Valeska schüttelt sich vor Lachen und muss sich bei Nell festhalten, die auch losprustet, nur Anton bleibt ernst und legt plötzlich ein paar beeindruckende Rollschuh-Moves aufs Parkett.

Die Mädels fangen an zu kreischen und in die Hände

zu klatschen, sie feuern Anton an und singen diesen beknackten Text mit. *»Du bist Hamma, wie du dich bewegst in dei'm Outfit ...«*

Na gut, Hammer ist er ja, und sein Outfit sowieso. Tütü, Lederjacke und Rollschuhe an den Füßen.

Wenn ich es mir genau überlege, hat sich Anton in einer Nacht von einem Freak zu einem Freak verwandelt. Das ist doch konsequent.

Trotzdem, zurück zu meiner Playlist. Ich hüpfe auf die Bühne und verlange meinen MP3-Player zurück.

»Willst du jetzt etwa der Spielverderber sein?« Chris sieht mir kopfschüttelnd in die Augen. »Jetzt, wo die Party endlich am Laufen ist? Schau dir doch an, wie viel Spaß die da unten haben.«

Ich sehe Anton, der auf nur einem Bein quer durch die Aula gleitet. Ich sehe Nell, die sich einen Hula-Hoop-Reifen aus der Truhe geangelt hat und ihn jetzt um die Hüfte kreisen lässt. Ich sehe Valeska, die ihre Rollschuhe wieder auszieht und einfach barfuß weitertanzt.

Du bist Hamma, wie du dich bewegst in dei'm Outfit ...

Chris, der Spaßvogel, lässt dann noch eine ganze Reihe beknackter Lieder laufen: »Satellite« von Lena, »Applause« von Lady Gaga, irgendwas von Katy Perry und dann noch diesen »Blue Jeans«-Song von der Schlaftablette Lana Del Rey.

Nur fürs Protokoll: Nie und nimmer ist das auf meinem Player drauf!

Später, die Uhr zeigt 5:21, lungern wir auf der Bühne rum, haben es uns mit den Plüschkostümen der letzten

Unterstufen-Theateraufführung und alten Bettlaken, die als Kulisse benutzt wurden, gemütlich gemacht. Anton pennt schon, die Rollschuhe immer noch an den Füßen. Valeska hat ihn mit einem ausrangierten Vorhang zugedeckt. Auf der anderen Seite der Bühne flüstern Chris und Nell leise miteinander.

»Hey, Prinzessin, hast du schon in dein Buch reingeschaut?«

Sie sieht mich mit einem müden und leergetanzten Blick an und schüttelt den Kopf. »Morgen, wenn ich wieder zu Hause bin.« Sie zieht sich Radtkes Jacke fester um die Schultern und legt den Kopf auf einer zusammengefalteten Tischdecke ab.

»Wenn die von der Theater-AG wüssten, wie wir ihre Requisiten behandeln.« Ich mache mich auch lang, lege mich auf den Rücken, die Hände hinter dem Kopf verschränkt, und starre zur Discokugel, die sich unermüdlich weiterdreht.

»Kann es sein, dass es draußen schon hell wird?« Valeska rollt sich zusammen, als müsse sie sich mit ihrem eigenen Körper warm halten.

Normalerweise würde ich mich ja anbieten, sie zu wärmen, aber ich merke, dass auch ich völlig alle bin und jeden Moment einschlafen könnte. »Hm, kann sein«, bringe ich noch zustande, und meine Augen fallen zu.

Valeska

Ich schrecke aus einem unruhigen Schlaf hoch, weil ich glaube, ein Geräusch gehört zu haben. Ich setze mich auf und horche mit klopfendem Herzen.

Dicht neben mir schnarcht Leo, sein Mund ist leicht geöffnet und die Lippen vibrieren beim Ausatmen. Anton liegt immer noch so unter dem Vorhang, wie ich ihn gestern zugedeckt habe. Obwohl, das war ja schon heute.

Ich ziehe mein Handy aus Florians Jackentasche und schaue nach der Zeit. 8:17 Uhr. Ein Blick zum Fenster: Es ist hell draußen, der gewaltige Regen hat sich in ein Nieseln verwandelt, und die Baumkronen wiegen sich zwar noch hin und her, aber längst nicht mehr so imposant wie in der Nacht.

Mir gegenüber liegen Nell und Chris, sie auf dem Bauch, er auf der Seite, ihre Finger ineinander verschränkt.

Ich lausche weiter angespannt, kann aber das Geräusch, das mich geweckt hat, nicht mehr hören. Vielleicht habe ich es auch nur geträumt. Ich ziehe mein Tagebuch, auf dem ich die ganze Zeit gelegen habe, unter meinen Beinen hervor und blättere ganz sachte bis zur letzten beschriebenen Seite.

Bist du jetzt eigentlich verknallt in mich oder nicht?

Dieser Spinner, er denkt wohl…

Da poltert es wieder.

Verdammt, wo kommt das her? Ist es bloß ein Ast, der gegen die Regenrinne schlägt, oder kommt das aus der Richtung des Haupteingangs? Und sind da nicht Stimmen? Ein Schlüssel? Ein Knall? Das sind in jedem Fall Stimmen!

»Hey!« Ich schüttele Leo am Arm und springe auf. »Nell, Chris, Anton!«

»Was ist los?« Nell ist als Erste wach, sie reibt sich die Augen.

»Ich glaube, da ist jemand!«

Anton schreckt kerzengerade hoch und sieht mich mit großen Augen an. Offenbar braucht er eine Weile, bis er begreift, wo er ist.

»Nicht mal in Ruhe schlafen kann man«, protestiert Leo schlaftrunken, zieht Florians Jacke zu sich heran und legt sie sich übers Gesicht.

»Gib die her!« Ich nehme ihm die Jacke weg, werfe sie mir über und drehe mich kopflos um mich selbst.

»Hast du was gehört?« Nell sieht zu mir, während sie gleichzeitig Chris' Schulter berührt und ihn sanft wachrüttelt.

»Was ist los?« Er streicht sich durchs Haar und gähnt hinter vorgehaltener Hand.

»Ich habe Stimmen gehört.«

»Was für Stimmen?«

306

»Oh Gott, wie das hier aussieht!« Ich fange an, Kostümteile vom Boden aufzuheben und sie in die Truhe zu werfen. »Kann mir mal jemand helfen?«

»Moment, ganz kurz, könnt ihr mal alle still sein?« Antons Stimme klingt total heiser. Wenn ich mich recht erinnere, hat er gestern bei Lady Gaga mitgegrölt.

Wir halten inne, das Ohr Richtung Tür, und horchen.

»Da ist nichts.« Leo schüttelt den Kopf und begibt sich wieder in Schlafposition.

»Doch, da, jetzt, das sind doch Schritte.« Ich deute mit dem Finger zur Tür.

»Ich glaube, sie hat recht.« Chris hebt seine Kamera vom Boden auf und hängt sie sich um den Hals.

»Ich höre es jetzt auch.« Nell steht auf und streicht ihr T-Shirt glatt.

»Und was sollen wir jetzt tun?« Anton schnürt sich hektisch die Rollschuhe von den Füßen. »Verstecken? Aus dem Fenster klettern?«

»Gute Idee«, erwidert Leo, der keine Anstalten macht, die Situation ernst zu nehmen.

»Wir könnten doch…«, setzt Chris an, wird aber durch die aufschwingende Tür unterbrochen.

»Da sind sie!« Die durchdringende Stimme des Hausmeisters hallt durch den ganzen Flur.

Er stellt sich breitbeinig in den Türrahmen, stemmt die Hände in die Hüften und hinter ihm tauchen ein paar Köpfe auf. Ich höre sogar die knallenden Absätze meiner Mutter heraus.

Wenige Sekunden später steht auch sie in der Tür. »Gott sei Dank!«

»Was ist hier nur passiert?«

»Wie sind sie in die Aula reingekommen?«

»Die Ärmsten sehen ja völlig lädiert aus.«

»Ich habe das vorhin nicht ganz verstanden, wo waren Sie gleich noch mal?«

Ein Konzert aufgeregter Stimmen legt sich über die Aula, unsere Mütter und Väter, die abwechselnd zum Hausmeister und dann wieder zu uns schauen.

Eigentlich wusste ich die ganze Zeit, dass dieser Moment kommen würde, und doch trifft mich das jetzt mit voller Wucht. Dieser Haufen Erwachsener dort in der Tür verursacht mir Kopfschmerzen. Ich kann keinen klaren Gedanken fassen. Hilfesuchend schaue ich zu Nell, aber sie zuckt nur mit den Schultern und lächelt ratlos.

»Ich möchte jetzt eine Erklärung hierfür!« Die schrille Stimme meiner Mutter sticht ganz klar heraus. Ich würde am liebsten im Erdboden versinken.

»Sollten wir uns nicht zuerst um die Kinder kümmern?« Eine Frau, die wie die erwachsene Nell aussieht, löst sich aus der Gruppe und kommt zur Bühne gelaufen.

»Hi, Mama.«

»Jetzt lass dich doch wenigstens umarmen.«

Nell wirkt nicht gerade begeistert, sie wechselt einen schnellen Blick mit Chris, dann steigt sie von der Bühne runter, direkt in die ausgestreckten Arme ihrer Mutter.

Dieses herzzerreißende Bild scheint eine Kettenreaktion auszulösen, denn jetzt kommen auch die anderen Eltern zur Bühne gelaufen, um ihre Kinder zu begrüßen.

Eine dürre Frau läuft mit schnellen Schritten die Holzstufen nach oben, während Anton hektisch in seine Sambas schlüpft. »Was ist das für eine Jacke, mein Liebling?«

»Das ist … das ist … meine«, stottert Anton.

Antons Mutter lacht angespannt. »Na, das wüsste ich aber. Und jetzt zieh doch diesen albernen Rock aus, wir sind hier nicht beim Karneval.« Sie sieht sich nach allen Seiten um und lächelt entschuldigend.

Chris steht seinen Eltern etwas steif gegenüber und blickt zu Boden, sie haben sich zur Begrüßung die Hand gereicht.

»Geht es dir gut?«, sagt der Vater und legt seinem Sohn unbeholfen die Hand auf die Schulter.

»Alles okay.«

»Ihr habt hier ein ganz schönes Durcheinander veranstaltet«, bemerkt seine Mutter leise, aber ich kann es trotzdem hören.

»Kommst du jetzt wohl hier runter und umarmst deine alte Mutter?« Leos Mutter – ganz klar Leos Mutter, das sieht man auf den ersten Blick – hat die Hände in die Hüften gestemmt und wippt lächelnd mit dem Fuß. Von wegen alt. In ihrem sexy Outfit und mit der blondierten Undercut-Frisur sieht sie aus wie die große Schwester von Miley Cyrus. Leo schwingt sich von der Bühne, greift sich seine Mom, die ihm kaum bis zur Schulter reicht, und wirbelt sie im Kreis herum.

Nur meine Eltern stehen, mit vor der Brust verschränkten Armen, wie angewurzelt an der Tür und warten, dass ich zu ihnen komme. Wäre ich in besserer Verfassung, würde ich ihnen diesen Gefallen nicht tun, aber im Moment brummt mein Schädel und ich fröstele und bin schrecklich müde, sodass ich einfach zu ihnen gehe, schwach lächele und mich von ihnen, etwas verkrampft, umarmen lasse.

»Valeska, was um Himmels willen hast du da an? Wo ist dein schönes neues Kleid?«

»Irgendwo beim Musiksaal, glaube ich.«

»Du glaubst??? Valeska, was …?«

»Die ganze Schule ist ein einziger Sauhaufen!«, ertönt die dröhnende Stimme des Hausmeisters. Ich habe gar nicht gemerkt, dass er weg war. Jetzt ist er jedenfalls wieder da, mit vor Ärger gerötetem Gesicht. »Wie seid ihr überhaupt in die ganzen Räume gekommen? Die Cafeteria habe ich höchstpersönlich abgeschlossen!«

»Moment mal«, wirft sich Leos Mutter dazwischen, als würde sie ahnen, dass nur ihr Sohn dahinterstecken kann. »Ich hätte vorher gerne geklärt, wo Sie eigentlich waren. Denn wenn ich mich nicht irre, sollten Sie hier sein. Stattdessen sperren Sie einfach unsere Kinder ein und machen sich 'nen schönen Abend.«

»Mom…« Leo zupft an ihrer Jacke, aber sie schiebt seine Hand beiseite.

»Ich regel das schon, Leo-Schatz. So leicht kommen die mir nicht davon.«

»Ja, ja, Sie sind schon die Dritte, die das sagt.« Wütend hebt der Hausmeister ein paar Stühle auf und stapelt sie aufeinander. »Aber wie ich schon vorhin erklärt habe, musste ich zu meiner Mutter fahren, weil ihr die Ziegel vom Dach geflogen sind. Die gute Frau ist 85!«

»Und dann haben Sie unsere Kinder einfach hier alleine gelassen?«, fragt Chris' Vater, und seine Frau baut sich demonstrativ hinter ihm zu voller Größe auf. Beide tragen Jack-Wolfskin-Regenjacken. Er in Dunkelgrün, sie in Weinrot.

Der Hausmeister lässt vor Empörung einen aufgehobenen Stuhl wieder auf den Boden krachen. »Ich hab Ihre Kinder nicht alleine gelassen! Ich wusste ja gar nicht, dass sie hier sind, zum Henker noch mal!«

»Einen Augenblick«, schaltet sich Antons Mutter ein. »Aber wir haben doch telefoniert.«

»Wer ist wir?«

»Na, Sie und ich.«

»Ich kann Ihnen versichern, dass wir ganz bestimmt nicht telefoniert haben«, erwidert der Hausmeister und verzieht ratlos das Gesicht.

»Natürlich haben wir telefoniert!«

»Gute Frau, ich bin hier zwar bloß der Hausmeister, aber ich weiß doch, mit wem ich telefoniert habe.«

»Aber mit wem habe ich denn sonst telefoniert?«

»Nicht mit mir!«

»Das ist doch absurd!«

»Na, das können Sie laut sagen.« Er wirft uns einen zornigen Blick zu. »Fragen Sie doch mal Ihre Gören!«

»Also, Gören schon mal gar nicht«, empört sich Leos Mutter und stellt sich vor ihren Sohn.

»Gören oder nicht, das wird ein Nachspiel haben. Das ist Hausfriedensbruch.«

»Ha!« Antons Mutter stemmt die Hände in die Hüften. »Hausfriedensbruch, von wegen. Das ist Freiheitsberaubung Ihrerseits. Die Kinder waren hier eingesperrt. Was, wenn ein Feuer ausgebrochen wäre?«

»Na, glücklicherweise ist ja nichts passiert«, versucht Chris' Mutter zu schlichten.

Meine Eltern halten sich bisher raus, aber ich kann ihnen ansehen, dass es in ihren Köpfen arbeitet. Meine Mutter, als Vorsitzende des Fördervereins, wird ordentlich Druck machen.

»Wo bleibt eigentlich der Direktor?«, fragt Nells Vater, der wie zum Zeichen der Versöhnung einen Stuhl aufhebt und ihn dem Hausmeister hinschiebt.

»Er ist bereits auf dem Weg«, erklärt Antons Mutter. »Es sei denn, es war auch nicht der Direktor, mit dem ich vor einer halben Stunde telefoniert habe.« Sie wirft dem Hausmeister einen spöttischen Blick zu.

»Also, das ist ja lächerlich!«

Leo bedeutet uns in der Zwischenzeit unauffällig, zur Bühne zu kommen.

»Was ist?«, flüstere ich und hebe bei der Gelegenheit mein Tagebuch auf, das ich aus den Augen verloren habe, und drücke es an meine Brust.

»Nicht mehr lange und wir sind geliefert. Wir sollten uns eine Story zurechtlegen. Der Hausmeister, der alte Sack, hat es voll auf uns abgesehen.« Leo wirft einen abschätzigen Blick zu der Gruppe Erwachsener, die aufgeregt weiter diskutieren, dann knufft er Anton in die Schulter. »Deine Mutter ist übrigens der Hammer.«

»Ach ja?«

»Klar, Freiheitsberaubung, geile Nummer.«

»Hört sie euch bloß alle an: Verantwortung, Aufsichtspflicht, Konsequenzen. Blabla, blabla. Ist doch nichts passiert«, raunt Nell.

»Die werden den Radtke trotzdem dafür lynchen.«
Leo stöpselt seinen MP3-Player aus und lässt ihn in der
Hosentasche verschwinden.

Nell und ich wechseln einen heimlichen Blick. Ich
kann es kaum glauben, dass ich ihr wirklich von Florian
erzählt habe. Aber sollten unsere Eltern tatsächlich Florian Radtke hierfür die Schuld geben wollen, werde ich
mich für ihn einsetzen, ganz gleich, wie das nach außen
hin aussieht.

»Ich hab echt keine Lust, hier rumzustehen und mir
diese Diskussion reinzuziehen.« Chris knipst ziemlich
gelangweilt ein paar Fotos von der Gruppe. »Ich wette,
denen würde gar nicht auffallen, wenn wir einfach
gehen.«

»Meinst du?« Ein Lächeln erscheint auf Nells Lippen.

»Ja, Mann, lasst uns gehen!« Natürlich ist Leo sofort
mit dabei.

»Ich als Erster.« Anton steigt aus seinem Tütü,
schmeißt es in die Truhe, na ja, knapp daneben, tippt
sich an den Kopf und macht sich auf den Weg.

»Wir sehen uns am Fahrradständer«, raunt Leo ihm
zu, und Anton nickt, ohne sich nach uns umzudrehen.

Wir schauen ihm gespannt hinterher, wie er sich der
Elterngruppe nähert, aber die sind so vertieft in ihre Diskussion, dass sie gar nicht registrieren, wie er an ihnen
vorbeischleicht und durch die Tür verschwindet.

»Okay, jetzt bin ich dran.« Leo macht sich als Nächs-
ter auf den Weg. Er hat weniger Glück, seine Mutter bemerkt ihn und sieht ihn fragend an.

»Muss aufs Klo«, formt er mit den Lippen und kommt

damit durch, denn seine Mutter nickt und wendet sich wieder den anderen zu. Dort fallen wieder wichtige Worte: Verantwortung, missliche Lage, Beschwerde, Schulamt.

»Bis gleich«, flüstert Nell und huscht lautlos und unbemerkt aus dem Raum.

»Also gut, wir haben alle wahrscheinlich die ganze Nacht kein Auge zugetan...« Chris' Mutter versucht abermals, die Gemüter zu beruhigen, aber weil alle durcheinanderreden, findet ihr Einwand kein Gehör.

»Sollen wir?« Chris deutet mit dem Kopf Richtung Tür.

»Zusammen?«

»Dann ist es erledigt.«

»Na gut.« Ich stecke mein Tagebuch unter Florians Jacke und wir laufen im Gleichschritt zur Tür.

»Aber es war doch die Schnapsidee der Schule!«

»Jetzt geht das wieder los!«

»Sind Sie sich da sicher?«

»Wollen Sie mir unterstellen...?«

»Nein, nein, es könnte doch nur sein, dass in dem ganzen Durcheinander...«

Und da sind auch Chris und ich durch die Tür. Sobald unsere Eltern außer Hörweite sind, fangen wir an schneller zu laufen, wir biegen um die Ecke und rennen das letzte Stück bis zum Haupteingang.

Chris drückt die schwere Holztür auf und lässt mich als Erste durchgehen. Die frische Morgenluft weht mir unerwartet stark ins Gesicht, und sofort muss ich an die

Minuten auf dem Schuldach denken, den prasselnden Regen, den heftigen Wind, das verrückte Gefühl, gleich loszufliegen.

Ich versuche, den gigantischen Pfützen auszuweichen, doch der komplette Schulhof hat sich in ein Schlammfeld verwandelt, und ich kann nicht verhindern, dass ich Maria Rösslers Schuhe komplett einsaue. Mein Kleid und meine Sandalen liegen noch im obersten Stockwerk, aber die sind mir egal. Da Florian nicht aufgetaucht ist, werde ich seine Jacke mit nach Hause nehmen, ich könnte sie ihm am Montag nach dem Unterricht vorbeibringen, das wäre immerhin ein guter Vorwand, einmal alleine mit ihm zu reden.

Überall liegen abgebrochene Äste, der Müll aus der großen umgekippten Tonne wurde in alle Ecken verstreut und das Transparent, das an der Fassade Werbung für das Schultheaterstück machte, hängt traurig und in Fetzen gerissen nur noch an einem Seil.

Die drei anderen stehen wie verabredet am Fahrradständer und fangen an, zu klatschen und zu jubeln, als sie Chris und mich sehen.

Wie soll ich es ein ganzes Wochenende lang alleine aushalten?, schießt es mir durch den Kopf, und ich bin froh, dass ich sie gebeten habe, in mein Tagebuch zu schreiben. Denn ganz egal, was aus uns fünf wird, ob wir am Montag noch miteinander reden oder uns in einer Woche aus den Augen verlieren, ob wir in der Cafeteria hin und wieder beieinandersitzen werden oder uns nur flüchtig auf den Schulfluren zunicken werden, die Erinnerung an diese Nacht füllt etliche Seiten in meinem

Tagebuch. Und wer weiß, vielleicht mache ich mal was daraus. Vielleicht schreibe ich mal eine Geschichte darüber, oder gar einen ganzen Roman?

»Hey, was machen wir denn jetzt? Es ist schrecklich kalt.« Nell, die nur im Shirt hier draußen steht, schlingt die Arme um ihre Brust und hüpft auf und ab, um sich wieder aufzuwärmen.

»Keine Ahnung, aber ich hab euch eure Rucksäcke mitgebracht«, sagt Anton und deutet auf den Berg Taschen hinter ihm.

»Danke, Anton, du bist der Beste!«, sagt Nell und zieht einen Pulli aus ihrem Rucksack.

»Ich hab doch gesagt, dass die Jacke Superkräfte verleiht«, sagt Leo, klopft ihm auf die Schulter und macht sich eine Zigarette an.

Anton kann sich ein Lächeln nicht verkneifen, hebt ein paar unreife Äpfel vom Boden auf, die der Sturm vom Baum gefegt hat, und wirft sie in die Pfützen.

»Die schönen Äpfel«, sage ich und sehe bedauernd zu den Ästen hoch. Nur noch drei Äpfel hängen traurig in der Baumkrone, die restlichen liegen wild verstreut zu unseren Füßen.

Chris nimmt die Kamera von seinem Hals, schaut sich suchend um und steuert schließlich die Parkbank gegenüber von uns an. Er stellt die Kamera vorsichtig auf der Lehne ab und sieht durch den Sucher. »Wir müssen wenigstens noch ein Gruppenfoto machen oder nicht? Könnt ihr euch zusammen aufstellen?«

»Ja, das machen wir!« Ich trete neben Anton, der mir einen hübschen rötlich schimmernden Apfel reicht.

Statt ihn in eine Pfütze zu werfen, stecke ich ihn in die Jackentasche.

Nell drückt sich an mich und legt mir den Arm um die Schulter und ich schlinge meinen Arm um ihre Taille.

Leo stellt sich hinter uns auf und pustet seinen Rauch über unsere Köpfe hinweg.

»Und du?«, ruft Nell besorgt in Chris' Richtung.

»Moment, ich muss nur den Selbstauslöser einstellen. Also, Anton, noch ein bisschen näher zu den Mädels ran… Gut so… Und Leo, kannst du ein kleines Stück in die Knie gehen? Dein Kopf…«

»Na klar, Paparazzo.« Jetzt spüre ich Leos Atem an meinem Haar, und als ich mich kurz umdrehe, zwinkert er mir zu. Ich drücke mein Tagebuch fester an mich.

»Super. Jetzt nur noch den Timer auf zehn Sekunden… Leuchtet das rote Licht? Ja?«

»Alles roger!«, ruft Anton und reckt den Daumen.

»Okay… Zehn…« Chris lässt die Kamera los, kommt auf uns zugerannt, stellt sich neben Leo und legt seine Hand auf Nells Schulter. »…drei, zwei, eins und… lächeln!!!«

Danke

Ivana Marinović, für deine Geduld, deinen Scharfblick, deine aufmunternden Worte, deine Wertschätzung, deine unersetzlichen Impulse. Ohne dich wäre das Buch ein ganz anderes.

Jana Breunig, für die Idee, aus der dieses Buch entstanden ist, und für die netten Telefonate, die mir geholfen haben, die richtige Richtung einzuschlagen.

Paula Spychalski, für die gemeinsame Zeit auf dem Sofa, in der wir uns einen Teenie-Film nach dem anderen reingezogen haben und immer schrecklich verliebt waren.

Marie-Kristin Dammer, Christian Dworschak, Fantasie Träumerei Be, Damaris Anna, Jacque Kilauea, Mirko Woitalla, Melanie Goldbach, für die Hilfe bei der Frage nach dem Traummädchen.

Uta Kargel, für die Wiederaufnahme einer wunderbar inspirierenden Freundschaft.

Patrycja Spychalski
Bevor die Nacht geht

288 Seiten, ISBN 978-3-570-16303-0

Als Kim und Jacob sich an einem ganz normalen Samstagmorgen in der Berliner S-Bahn treffen, ist es Liebe auf den ersten Blick! Eigentlich wollte Kim nur einkaufen, doch als Jacob ihr erzählt, dass er Berlin nicht leiden kann, überredet sie ihn, mit ihr zu kommen – quer durch die Stadt, an all ihre Lieblingsorte. Jacob soll sich in Berlin verlieben ... und vielleicht auch in sie. Doch für Jacob ist es der letzte Tag, bevor er am nächsten Morgen für ein Jahr weggeht. Obwohl es hoffnungslos ist, folgt er diesem Mädchen, das sich so unerwartet in sein Herz gemogelt hat, durch Straßen, Parks und Cafés ... Einen Tag und eine Nacht haben sie – und jede Sekunde mit Kim pulsiert vor Leben, wie Berlin selbst.

www.cbt-buecher.de